तुम याद आओगे
लीलाराम

तुम याद आओगे लीलाराम

प्रकाश मनु

ज्ञान विज्ञान एजूकेयर

प्रकाशक • **ज्ञान विज्ञान एजूकेयर**
3639, प्रथम तल
नेताजी सुभाष मार्ग, दरियागंज
नई दिल्ली–110002

संस्करण • 2025
मूल्य • चार सौ पचास रुपए
मुद्रक • श्री साई प्रिंटर्स, साहिबाबाद

TUM YAAD AAOGE LEELARAM
Stories by Shri Prakash Manu ₹ 450.00
Published by **GYAN VIGYAN EDUCARE**
3639 Netaji Subhash Marg, Darya Ganj, New Delhi-110002
ISBN 978-93-88984-03-4

मानसिंह को,

जिसने कुरुक्षेत्र यूनिवर्सिटी में शोध के दौरान

अपनी खट्टी-मीठी बातों के साथ-साथ

बढ़िया, कड़क चाय पिलाकर

निरंतर उत्फुल्ल बनाए रखा…!

ये कहानियाँ, जो जीने के मानी देती हैं...!

कहानी के लिए दीवानगी तो शुरू से ही थी। बचपन में मुझे याद है, माँ और नानी की सुनाई गई कहानियाँ मुझे किसी और ही दुनिया में पहुँचा देती थीं। लगता था, वह दुनिया मेरे आसपास की देखी-भाली दुनिया से काफी अलग और कौतुक भरी है। उसमें हर क्षण कुछ-न-कुछ घटित होता था और मुझे लगता था, मैं बिना पंखों के उड़ रहा हूँ, उड़ता जा रहा हूँ एक अंतहीन आकाश में और जीवन-जगत् के एक-से-एक नए रहस्यों को जान रहा हूँ।

कहानी के जरिए बिना पंखों के उड़ने की कहानी शायद मेरे जीवन की सबसे अचरज भरी कहानी है, जिसने मुझे भीतर-बाहर से बदल दिया और जिस दुनिया में मैं था, जी रहा था, उसके मायने भी कुछ बदल गए। दुनिया वही थी, जिसमें सब जी रहे थे, पर मेरे लिए वह दुनिया कुछ अलग हो गई थी।

यह कहानी थी। कहानी का जादू...! मेरा रोयाँ-रोयाँ उस समय कहानी की गिरफ्त में होता।

मैं कहानी सुन नहीं रहा होता था। उसके भीतर चला जाता था। कहानी में समा जाता था, बल्कि सच तो यह है कि मैं कहानी में और कहानी मुझमें समा जाती थी। यों एक नहीं, कई निराली और अबूझ दुनियाएँ मेरे आगे खुलती चली गईं और मैंने जाना—बड़े ही अचरज के साथ यह जाना कि जो दुनिया हमारे आसपास है और जिसे हम हर घड़ी देखते हैं, अकेली वही दुनिया नहीं है, बल्कि इस दुनिया के भीतर बहुत सारी दुनियाएँ हैं तथा उन दुनियाओं के भीतर और बहुत सी दुनियाएँ। तमाम रंगों और रहस्यों और अबूझ जिज्ञासाओं से भरी दुनियाएँ, जिन्हें जाने बिना हम अधूरे ही रहते हैं।

यह मेरा पुनर्जन्म था, शायद एक कहानीकार के रूप में पुनर्जन्म...!

बाद में 'हिंदुस्तान टाइम्स' में आया, तो हिंदी के बड़े कहानीकार मटियानीजी से मुलाकात हुई और उनसे बहुत अंतरंगता भी हुई। वे जब भी मिलने आते, अपने

बारे में बताते थे। बहुत-बहुत सी बातें। बड़े दुःख-दाह से भरी भी—तो उन दिनों उनकी अपनी कहानी खुद उनके मुँह से सुनने को मिली। बहुत कठिन जीवन था उनका। एक अनाथ बच्चा, जिसके भीतर सपने थे। किशोरावस्था में कसाई का काम करना पड़ा, पर उन्हीं दिनों थोड़ा-थोड़ा लिखना भी उन्होंने शुरू कर दिया था। एक दिन कसाई की दुकान पर कीमा कूट रहे थे, तो बगल से गुजरते किसी शख्स ने बड़ा तीखा और काटने वाला व्यंग्य किया, "देखो, सरस्वती का कीमा कूटा जा रहा है···!"

मटियानीजी तिलमिलाए। इतना गुस्सा आया कि लगा, दीवार से सिर दे मारें। भीतर गहरी छटपटाहट। उस रात सोने से पहले वे देर तक दीवार में अपना सिर मार-मारकर पुकारते रहे, "हे सरस्वती माँ! मुझे चाहे जितने दुःख देना, चाहे जितनी तकलीफें देना, पर मुझे लेखक बनाना!···मैं बस लेखक ही बनना चाहता हूँ, कुछ और नहीं।"

जितनी-जितनी उनकी जिंदगी में मुसीबतें आतीं, उतनी ही उनके भीतर यह पुकार गहरी होती जाती।

मैं जब मटियानीजी से उनकी कहानी सुन रहा था, उनके लेखक होने की कहानी, तो मुझे बचपन में माँ से सुनी कहानियाँ याद आ रही थीं, अधकू याद आ रहा था। एक हाथ, एक पैर वाला अधकू, जिसने बड़े-बड़ों को चुनौती दी और अपनी दुनिया बदलकर दिखा दी।···मैं भी तो शरीर से दुबला-पतला सा ही था। तिनके जैसा। पर मन बड़ा था, इसलिए अधकू मुझ पर छा गया। बाद में लिखना शुरू किया तो सोचता था कि लिखूँगा तो चीजें बदलेंगी। कुछ थोड़े से लोग तो होंगे, जो पढ़ेंगे और अंदर तक महसूस करेंगे। बहुत ज्यादा नहीं, तो दो-चार ही सही। बहुत हैं। किसी एक ने भी उसी भाव से पढ़ा, जो भाव कहानी लिखते समय आपके भीतर जनमा था, तो यही बहुत है।

और ऐसा होता है···! यही शायद सच्चाई की ताकत है। यही लेखन की ताकत और सार्थकता भी है।

□

पर बात तो कहानियों की हो रही थी···।

मुझे याद है, बचपन में अक्षर-ज्ञान के बाद जब क, ल और म को मिलाकर कलम बना लेने का जादू मैंने जाना, उस दिन मेरी दुनिया में जैसे सबसे बड़ा चमत्कार हुआ था। कहीं भी अक्षर दिखाई देते, दीवार पर, अखबार में, किताबों में या दुकानों के आगे लगे बड़े-बड़े साइनबोर्डों पर, तो मैं उन्हें मिलाकर पढ़ने

लगता। एक अतृप्त प्यास, जो एक बार भड़क गई, तो शांत होने का नाम ही नहीं ले रही थी। पढ़ना-पढ़ना और पढ़ना···! इसके अलावा कुछ सूझता ही न था। लगता था—मैं पागल हो गया हूँ, अक्षर-पागल···। एक अजब-सा दीवानी।

फिर एक दिन श्याम भाईसाहब मेरे लिए जो पुस्तक लाए, उसने तो मेरी जिंदगी ही बदल दी। वह प्रेमचंद की कहानियों की किताब थी। किताब का नाम था, 'प्रेमचंद की श्रेष्ठ कहानियाँ'। उसमें 'ईदगाह', 'दो बैलों की कथा' समेत कई कहानियाँ बड़ी रुचि और आनंद से पढ़ गया। पर जब 'बड़े भाईसाहब' कहानी पढ़ी तो मैं हक्का-बक्का। सचमुच अवाक्! मैंने अपने आपसे कहा, "अरे, यह तो मेरे श्याम भैया की कहानी है। भला प्रेमचंद को कैसे पता चली··· ?"

उस दिन और कुछ हुआ हो या नहीं, पर मैंने कहानी की ताकत जरूर जान ली। एक की लिखी कहानी किसी जादू-मंतर से सबकी कहानी हो जाती है। एक के दिल में कुछ उमड़ता हो और वह उसे वैसे ही जिंदा तथा दमदार शब्दों में ढाल दे, तो जितने भी उसे पढ़ते हैं, सबके दिल में वही घुमड़ता है। मुझे लगा, "अरे, यह तो दुनिया का सबसे बड़ा जादू है। महान् करिश्मा! और यह साहित्य में घटित होता है, कहानी में। वाह, कैसा कमाल है···!"

बाद में प्रेमचंद की और कहानियाँ पढ़ीं। उनके उपन्यास 'गबन', 'निर्मला', 'कर्मभूमि', 'रंगभूमि', 'सेवासदन', 'प्रेमाश्रम', 'गोदान' पढ़े। शरत, रवींद्रनाथ के उपन्यास पढ़े। मैं पढ़ता था और रोता था, रोता था और पढ़ता था।···करुणा के मानी शायद मैंने जान लिए थे, जो फैलकर पूरी जिंदगी को खुद में समेट लेते हैं।

उन दिनों घर में बिजली न थी। लालटेन जलाई जाती, पर पूरे घर में दो-तीन ही लालटेनें होती थीं। तो मैं जो छत पर पढ़ रहा होता, अकसर रात की स्याही गहराने तक, जब तक अक्षरों का अनुमान लगा सकता था, पढ़ता···पढ़ता और पढ़ता ही रहता, क्योंकि कहानी का डंक मुझे चुभ गया था। और जितना अधिक पढ़ता, नशा और गहराता जाता। उसकी गिरफ्त और···और तेज होती जाती।

और शायद यही क्षण थे, जब जाने-अनजाने में मैं लेखक हुआ। भले ही उसका पता थोड़ा आगे चलकर लगा हो।

□

अलबत्ता अपनी कोई चालीस बरस लंबी कथा-यात्रा पर निगाह डालता हूँ, तो मन में संतोष के साथ ही एक विस्मयजनक आह्लाद का भाव उपजता है। इसलिए भी कि मेरी कहानियाँ कहानी के बने-बनाए रास्ते पर चलने से एकदम शुरू से ही इनकार करती रही हैं। यह दीगर बात है कि जब ये कहानियाँ छपकर

आईं, तो इन्हें सराहने वाले पाठक कहाँ-कहाँ मिले, उनकी अलग-अलग ढंग की उत्तेजक प्रतिक्रियाएँ कैसी थीं, इसकी चर्चा शायद खुद एक कहानी बन जाए। हाँ, इन प्रतिक्रियाओं में एक बात आश्चर्यजनक रूप से मिलती-जुलती और साझी थी कि इनमें से सभी को लगा था कि ये कहानियाँ एकदम सच्ची हैं। इन कहानियों के पात्र एकदम सच्चे हैं और ये कहानियाँ मेरी आत्मकथा के अनलिखे पन्नों में से चुपके-चुपके निकलकर आई हैं।

मेरे कथा-गुरु दिग्गज कथाशिल्पी देवेंद्र सत्यार्थी ने शुरुआती दौर की लिखी मेरी 'यात्रा' कहानी सुनने के बाद जिस तरह मुग्ध और अभिभूत होकर आशीर्वाद दिया था और कहानियाँ लिखने की अपनी ही लीक पर चलते रहने का जो बल दिया था, उसे भूल पाना असंभव है। साथ ही उन्होंने कहानी को लेकर कबीर की उलटबाँसी की तरह जो बड़ी कमाल की बात कही, वह मुझे आज भी कहानी के बड़े-से-बड़े शास्त्रीय सिद्धांतों से बड़ी लगती है कि "याद रखो मनु, कहानी सिर्फ तुम ही नहीं लिखते, बल्कि कहानी भी तुम्हें लिखती है, इसीलिए कहानी लिखने के बाद तुम वही नहीं रहते, जो कहानी लिखने से पहले थे।"

जितना-जितना इस कथन के बारे में सोचता हूँ, उतना ही भीतर उजाला-सा होता जाता है, जैसे कुछ अंदर की गहरी, बहुत गहरी सच्चाइयाँ सामने आ रही हों। कोई बड़ी बात कही जाती है, तो कैसे चीजों के नए-नए अर्थ खुलते हैं, यह मैंने सत्यार्थीजी के इस कथन के साथ-साथ बहुत बार भीतरी नदी की यात्राएँ करते हुए जाना।

तभी पहलेपहल यह भी जाना कि कोई कहानी भी, अगर वह सच में कहानी है, तो अपने आप में एक खोज है। भाषा और अनुभव के स्तर पर एक बड़ी खोज, और वह सबसे पहले तो खुद लेखक को ही समृद्ध करती है। शायद इसीलिए कहा था मेरे गुरु और कथाशिल्पी सत्यार्थीजी ने कि कहानी लिखने के बाद आप ठीक-ठीक वही नहीं रहते, जो कहानी लिखने से पहले थे। आप भीतर-बाहर से बहुत कुछ बदल चुके होते हैं।

कुछ भी हो, सत्यार्थीजी के इस महाकथन ने मुझे बहुत सारी विलक्षण अंतर्यात्राओं से जोड़ दिया और हर यात्रा मेरे लिए कुछ बड़ी और गहन उपलब्धियाँ लेकर आई।

इसी तरह सत्यार्थीजी ने मुझे कहानी के एक और विराट् सत्य का दर्शन कराते हुए कहा, "अगर तुममें कहानी को देखने की दृष्टि है, तो तुम देखोगे मनु, तुम्हारे सब ओर कहानियाँ-ही-कहानियाँ बिखरी पड़ी हैं। बस उन्हें तुम्हारी कलम के स्पर्श

की प्रतीक्षा है। तुम उन्हें प्यार से उठाओ और लिखना शुरू कर दो। वे देखते-ही-देखते तुम्हारे सामने हँसते-बोलते, चहचहाते या फिर उदास रंगों वाले जीवित संसार में बदल जाएँगी।"

मेरी लंबी कहानी 'टैक्सी ड्राइवर रामलाल दुआ की कहानी', याद पड़ता है, डॉ. माहेश्वर और श्रवण कुमार जैसे प्यारे लेखक-मित्रों के बीच हिंदुस्तान टाइम्स की कैंटीन में पढ़ी गई, तो कहानी सुनते हुए डॉ. माहेश्वर के आँसू छलछला आए थे। कहानी बीच में रोकनी पड़ी थी और एक अंतराल के बाद वह फिर शुरू हुई। इस लंबी कहानी के पूरे होते-होते रात घिर आई थी। मैंने डॉ. माहेश्वर और श्रवण कुमार दोनों मित्रों से क्षमा माँगते हुए कहा, "माफ करें, कहानी बहुत लंबी थी। इस वजह से आपको देर हो गई।"

इस पर डॉ. माहेश्वर ने एक सीझी हुई हँसी के साथ कहा था, "दोस्त, यही तो तुम्हारी अदा है कि जिस चीज का भी वर्णन करते हो, तुम उसके इतने बारीक से बारीक डिटेल्स देते जाते हो कि सुनने वाला ताज्जुब में पड़ जाता है। कितने लेखक हैं, जिनमें अपने पात्रों के भीतर इतनी गहराई में उतरने का धीरज है, तो तुम अपनी कहानी के लंबे होने से क्यों परेशान हो? प्रकाश मनु ऐसी कहानियाँ नहीं लिखेगा तो कौन लिखेगा?"

□

संग्रह की शीर्षक-कथा 'तुम याद आओगे लीलाराम' मेरी आत्मकथात्मक कहानी है, जिसमें गर्दिश के दिनों की ऐसी तकलीफें हैं, जिन्हें कभी किसी से कहा या बाँटा नहीं जा सका। मेरे समय और जीवन का बहुत कुछ जो अभी तक अनकहा है, वह न जाने कैसे इस कहानी में खुद-ब-खुद ढलता चला गया। और यह ऐसी कहानी है, जिसके बारे में मैं कह सकता हूँ कि इसमें आपको मेरी आत्मकथा के बहुत करुण पन्ने फड़फड़ाते मिलेंगे। मेरी आत्मकथा का यह भाग अभी सामने आया नहीं है, पर 'तुम याद आओगे लीलाराम' में कुरुक्षेत्र के दिनों के दारुण कष्टों की तसवीर आप शायद बहुत विश्वसनीय रूप में देख पाएँगे।

'तुम याद आओगे लीलाराम' कहानी ही है, आत्मकथा नहीं, पर बेशक वह मेरी आत्मकथा से बहुत सटकर निकलती कहानी है। मेरे जीवन का यह वह दौर था, जब बहुत रोना आता था और आप रो भी नहीं पाते थे। अंदर-अंदर रुदन दबाकर जीना और इस हालत में भी मजबूती से कलम पकड़े रहना, यह उस दौर की एक ऐसी खब्त है, जिसे मैं ताजिंदगी नहीं भूल सकता। उन दिनों इस हालत में भी जो कुछ लिखा गया, वह एक जलती भट्ठी के बीच बैठकर लिखने से कम न था।

अपने उस गर्दिश भरे दौर को याद करता हूँ, तो मानसिंह की काफी याद आती है। कुरुक्षेत्र विश्वविद्यालय में शोध के दौरान हिंदी विभाग के पीयन भाई मानसिंह का प्यार, अपनत्व और दिलासे भरा साथ हमें निरंतर मिला। हमें यानी मुझे और सुनीता को। रात-दिन काम और काम के बीच मानसिंह ने कड़क चाय पिलाकर हमें जीवंत रखा था। इससे भी अधिक उसके किस्से और कहानियों की अविरल वाग्धारा ने, जिनमें जीवन बोलता था। कहने को मानसिंह पीयन ही था। ज्यादा पढ़ा-लिखा भी नहीं, पर उसकी चेतना मुझे बहुतेरे कथित भद्रजनों और दिन-रात किताबें घोखने वाले पढ़ाकुओं से कहीं अधिक उजली नजर आई।

ऐसे मानसिंह की एक उजली सी छवि मेरी कहानी 'तुम याद आओगे लीलाराम' में कहीं उतर आई है। कहानी में आते-आते बहुत कुछ बदल गया है, पर वह बुनियादी तौर से मानसिंह के चरित्र का विकास ही है और कहानी में मानसिंह को पहचानना मुश्किल नहीं है।

हिंदी के जाने-माने लेखक प्रो. शशिभूषण सिंहल भी उन दिनों कुरुक्षेत्र विश्वविद्यालय में ही थे। कोई तीन बरस पहले 'साहित्य अमृत' में यह कहानी छपी, तो उनका फोन आया। कहानी की देर तक प्रशंसा करने के बाद उन्होंने कहा, "मानसिंह को हमने भी देखा तो था, पर उसका चरित्र इतना बड़ा है, यह तो मनुजी, पहली बार आपकी कहानी पढ़कर ही पता चला।"

अब मैं उनसे क्या कहता और कैसे समझाता कि अगर वे मेरी जगह खड़े होकर देखते, तभी समझ सकते थे कि मानसिंह क्या था। उनकी नजर में वह एक पीयन था और मेरी नजरों में सोने के दिल वाला एक खरा इनसान। देखने के अलग-अलग 'फ्रेम ऑफ रेफरेंस' ने सबकुछ बदल दिया।

आज मानसिंह नहीं है, पर उसके लिए मन में जो गहरी कृतज्ञता का भाव है, उसे शब्दों में कैसे व्यक्त करूँ, मैं नहीं जानता। आज वह जिंदादिल शख्स नहीं है, पर उसकी स्मृति को तो मैं प्रणाम कर ही सकता हूँ। उसकी निकटता में मैंने जीवन के जो गहरे पाठ पढ़े, उन्हें आज भी भूला नहीं हूँ और शायद कभी भूलूँगा भी नहीं।

'आप कहाँ हैं जित्ते सर' में मेरे मलोट के दिनों के अनुभव हैं और जो मुझे थोड़ा निकट से जानते हैं, वे जित्ते सर की चिंताओं और कशमकश में कहीं-न-कहीं खुद मेरी व्यथा और बेचैनी ढूँढ़ ही लेंगे। कहानी का करुण अंत एक लेखक की उस त्रासदी को सामने रखता है, जिसमें एक ईमानदार, धुनी और जेनुइन लेखक अंत में एकदम अकेला होता जाता है। पूरी दुनिया में अकेला। और बेतरह प्रेम करने वाले कुछ निकटस्थ जनों तथा अंतेवासी लोगों के सिवा कोई नहीं जान पाता कि

वह कैसी परिस्थितियों में निरंतर टूटता चला गया। हालाँकि उसकी खुद्दारी, जिद और स्वाभिमान तब भी कम नहीं होता। उसे टूट-टूटकर मरना पसंद है, पर बहुत से दुनियादार लेखकों की तरह दूसरों की शर्त पर जीना और सफल होना नहीं।

अंत में इधर लिखी गई अपनी ताजा कहानी 'भटकती जिंदगी का नाटक' की चर्चा करने का मन है। मेरे बहुत प्रिय कवि विष्णु खरे जब हिंदी अकादमी के उपाध्यक्ष बने, तो उन्होंने 'इंद्रप्रस्थ भारती' का कहानी विशेषांक निकालने की योजना बनाई। इस विशेषांक के लिए उन्होंने आग्रहपूर्वक कहानी माँगी, तो मैंने उन्हें बताया कि "मेरे पास अधलिखी कुछ कहानियाँ हैं। उनमें से एक कहानी मैं जल्दी ही पूरी करके भेजता हूँ।"

विष्णुजी का आग्रह, "प्रकाशजी, कहानी आज ही चाहिए।"

उनके आग्रह की अवहेलना भला मैं कैसे कर सकता था? लिहाजा सुबह से लेकर रात कोई बारह बजे तक इस कहानी से जूझता रहा, तब कहीं यह पूरी हुई। रात में ही मैंने विष्णुजी को कहानी भेजी और आश्चर्य, रात में ही उन्होंने इसे पढ़ भी लिया और सुबह पाँच बजे मैं उठा तो देखा, मोबाइल में उनका संदेश था। कहानी उन्हें बेहद पसंद आई थी और बड़ी प्रमुखता से उन्होंने इसे 'इंद्रप्रस्थ भारती' में छापा।

तब से दर्जनों फोन इस पर प्रशंसा के आ चुके हैं और इनमें नेशनल स्कूल ऑफ ड्रामा से निकले तीन नाट्यकर्मी भी हैं। थोड़े-थोड़े अंतराल बाद उनके फोन आए और तीनों ने ही इस कहानी के नाट्य रूपांतरण की अनुमति देने की गुजारिश की। वे इसे रंगमंच पर लाने के लिए उत्सुक थे। अंततः बेहद उत्साही रंगकर्मी मीता मिश्रा ने हिंदी अकादमी के नाट्य उत्सव में इसे मंचित किया, तो मन में भावनाओं की तेज उथल-पुथल थी। नाटक को दर्शकों ने बेहद सराहा। खुद मेरे जीवन का यह एक यादगार अनुभव था।

□

आज जब मेरी ताजा कहानियों का संचयन 'तुम याद आओगे लीलाराम' आप सबके हाथ में है, मुझे बेहद याद आ रहे हैं अपने आत्मीय पाठक, जो पत्र-पत्रिकाओं में मेरी कोई भी कहानी पढ़ने पर अपनी उत्साहपूर्ण राय देना नहीं भूलते। उनके शब्दों का आवेग मन को रोमांच से भर जाता है। इनमें से एक उम्रदराज पाठक, जो पिछले चालीस बरसों से बड़ी उत्कटता से कहानियों को जी रहे थे—ने मेरी एक लंबी कहानी 'तुम याद आओगे लीलाराम' की चर्चा करते हुए गुलेरीजी की 'उसने कहा था' कहानी से उसकी तुलना की और उसे हिंदी की कुछ महानतम

कहानियों में शुमार किया तो कुछ देर के लिए मैं अवाक् सा रह गया।

अपनी कहानियों के इन सरल और आवेगी पाठकों के प्रति आज भी मैं गहरी कृतज्ञता अनुभव करता हूँ। सच पूछिए तो आलोचकीय टीपों से कहीं अधिक पाठकों की सरल और निर्व्याज टिप्पणियों ने मुझे तृप्ति और रचनात्मक संतोष दिया। खासकर यह बात मुझे चकित करती है कि कहानियों के बने-बनाए ढाँचे से अलग होने पर भी उनकी संप्रेषणीयता इतनी थी कि पाठकों ने उनका पूरा रस लिया, और उसी आवेग के साथ उसे ग्रहण भी किया।

एक अरसे बाद छपे मेरी नई और ताजा कहानियों के इस संग्रह पर भी आत्मीय पाठकों के स्नेहिल पत्रों और राय की उत्सुकता से प्रतीक्षा रहेगी।

—प्रकाश मनु

545 सेक्टर-29,
फरीदाबाद (हरियाणा), पिन-121008
मो. 9810602327
e-mail: prakashmanu333@gmail.com

अनुक्रम

1

आप कहाँ हैं, जित्ते सर…?

एक काली अफाट रात के बाद की सुबह। शोकमग्न। भीतर बहुत कुछ झिंझोड़ती, तोड़ती हुई-सी। बार-बार रोती हुई-सी आवाज में एक कातर पुकार, 'जित्ते सर…जित्ते सर…जित्ते सर…!' किसी भूडोल की तरह बार-बार चक्कर काटती हुई। और कितना ही चाहूँ, मैं खुद को रोक नहीं पाता। मानो खुद ही किसी अजानी भूल के लिए माफी माँग रहा होऊँ।

कल रात ही दिल्ली से नीलू का फोन आया था। नीलू खट्टर। रात के कोई साढ़े बारह बजे होंगे शायद, या शायद कुछ ज्यादा। और रात की निःस्तब्धता को चीरते हुए उसने वह खबर दी थी, जिसकी आशंका तो हर घड़ी थी, पर उसे हकीकत मानते हुए दिल थरथराता है। "आशुतोष, जित्ते सर नहीं रहे…अपने जित्ते सर…! अभागा कैंसर उन्हें ले गया। जिन्हें हजार परेशानियाँ नहीं मार पाईं, हजार मुश्किलें नहीं झुका पाईं, उन्हें कैंसर…! ओह, तरीके भी विधना के कैसे-कैसे हैं। जिसे ले जाना होता है, उसे वह हर हाल में छीन ही लेता है। यूँ भी अब उनके शरीर में जान ही कितनी थी, सारा रक्त जैसे सूख गया हो। कल ही अस्पताल से निगम बोध घाट पर हम लोग ले गए, विद्युत शवदाहगृह और…और…!" कहते-कहते नीलू रो पड़ा था।

सुनते ही भीतर कोई तेज आग की लपट-सी उठी थी, जिसने सब उथल-पुथल कर दिया। वे जित्ते बाबू, जो हमारे अध्यापक ही नहीं, बहुत कुछ थे…जिन्होंने हमें सही मानी में रचा था, वे अब कभी नहीं मिलेंगे…कभी नहीं!

जित्ते बाबू की जो हालत थी, उसमें उन्हें शायद जाना ही था, पर यों अकेले…?

नीलू बता रहा था, पिछले दो-ढाई महीने से हालत ज्यादा खराब थी, पर किसी पर निर्भर होना उन्हें पसंद नहीं था। श्यामला भाभी के जाने के बाद तो और

भी सिमट से गए थे अपने में। यों हम लोग जाते, तो खूब बातें करते थे। कभी-कभी हँसकर कहते, "मैं मोहताज होकर नहीं जीना चाहता। ऐसे जीवन से तो मौत भली।...ईश्वर से कभी कुछ माँगा नहीं, पर आजकल कभी-कभी प्रार्थना कर लेता हूँ कि जीवन बस घिसटता रहे, उससे पहले मृत्यु दे देना, प्रभु!"

छुट्टी के दिन अकसर कुछ शिष्य लोग पहुँच जाते तो दो कमरों के उस छोटे से फ्लैट में थोड़ी रौनक हो जाती। "जित्ते सर बताइए, हमारे लिए कोई काम हो तो...!" सभी का आग्रह।

इस पर हँसकर कहते, "काम होगा तो जरूर बताऊँगा, पर अभी तो ऐसी कोई बात नहीं। मैं खुद एम्स चला जाता हूँ। वहाँ कीमियोथेरेपी वे लोग कर रहे हैं और कुछ दवाइयाँ भी।...पर अब तो आदत पड़ गई है। शरीर है, तो उसके साथ सौ रोग। उन्हें अपना काम करने दो, मैं अपना करता रहूँगा।"

"आशुतोष, तुम्हें बहुत याद करते थे।" नीलू बता रहा था, "एक दिन बातें कर रहे थे। पिछली बार मैं और तुम एक साथ मिले थे, उसी को याद करते थे बार-बार। मैंने कहा—बुलाऊँ आशुतोष को? तो बोले, नहीं...उसे बेकार परेशान करने से फायदा? वह जहाँ भी है, मेरे पास ही तो है। वैसे भी जो करना है, डॉक्टरों को ही करना है। और फिर तुम लोग तो हो ही, तुम सब—और मुझे क्या चाहिए?...कहते-कहते कुछ देर के लिए रुके। ऐसा लगा, कहीं गहरे अतल में हैं। फिर एक फीकी मुसकान के साथ बोले—अपनी इस ऊबड़-खाबड़ जिंदगी में बहुत कुछ देखा, बहुत कुछ पाया। अब कोई इच्छा बाकी नहीं रही।...तुम लोग हो, मेरे सबसे अपने। बेटों से कहीं बढ़कर। तुममें भी मैं ही तो हूँ...!"

नीलू कुछ ऐसे बता रहा था, जैसे शब्द उसके काबू में न हों और बस, आप-से-आप निकलते जा रहे हों! पता नहीं कब-कब की बातें। भूली-बिसरी यादों की पिटारी खुल गई थी और कितने ही भुला दिए गए प्रसंग...भावुक क्षण...!

सुनकर आँखें टप...टप...टप...! ओह, जित्ते सर ने कितना दिया हम सबको, पर बदले में हम क्या कर सके? जब उन्हें जरूरत थी हम लोगों की तो वे अकेले, एकदम अकेले होते गए। खासकर श्यामला भाभी के जाने के बाद तो एकदम। यों वे भी बिल्कुल दुबली-पतली ही थीं। क्षीणकाय, पर सँभाल लेती थीं, खुद को भी और जित्ते सर को भी। उनके जाने के बाद तो कोई देखनेवाला नहीं रहा। जित्ते सर रात-दिन अपने काम में डूबते चले गए। आधी-आधी रात तक उनका लिखना-पढ़ना चलता रहता। मन में कोई इच्छा थी तो बस एक ही कि जैसे भी हो, उनका यह उपन्यास पूरा हो जाए, जिसमें उनके पूरे जीवन की यातना और बीहड़ अनुभव

थे, जो कभी-कभी उनसे सुनने को मिलते और अब वे लिख डालना चाहते थे, एक उपन्यास की शक्ल में। उनकी अपनी जिंदगी का 'युद्ध और शांति'…!

एक बार हम लोगों के आग्रह पर पूरी कहानी सुनाई थी, उन्होंने।…

वह एक बड़ा, बहुत बड़ा सामंती घर था, जिससे वे विद्रोह करके निकले थे। उसका बीस फीट ऊँचा हाथी गेट पूरे शहर में मशहूर था। किसी दहाड़ की तरह खुलते और बंद होते कपाट। नौकर-चाकरों की पूरी फौज। संतरी और दरबान भी। अंदर ही मंदिर भी था, जिसमें सुबह-शाम घंटे-घड़ियाल बजते। तो औरतों को इस किले से बाहर जाने की कोई जरूरत ही न थी। हाँ, आदमी कभी-कभार निकलते, बहुत जरूरी हो, तब। वहाँ थानेदार और कलक्टर भी हर रोज सलाम करने जाते थे और खानदानी होने के नाम पर पता नहीं क्या-क्या चलता था। कितना काला और सफेद। जरूरत पड़ने पर काला सफेद हो जाता और सफेद काला। अफसर जो सलामी देने आते, वही सब गुर बता जाते थे। तो व्यापार ऐसा चोखा कि बारिश की तरह आसमान से धन बरसता था।

पर जित्ते…? वे बचपन से ही कुछ अलग थे। एक सपना झिलमिल करता था उनकी आँखों में कि कुछ अलग करना है। औरों जैसी नपी-तुली जिंदगी नहीं और सफलता तो हरगिज नहीं। कुछ और जो ठीक से सफलता के दायरे में नहीं आता, बल्कि उससे उलट।…तरुणाई में तो उनके दोस्तों की संगति और रात-रात भर जाग-जागकर बहसें और अड्डेबाजीवाली संस्कृति से हर किसी को परेशानी। सात भाई-बहनें, पर उनका अलग वर्ग, अलग संस्कृति। न सहोदर भाई-बहनों को उनका जीवन समझ में आता था, न स्वाभिमान। जब तक माता-पिता थे, तब तक कहीं एक कोमल-सा तंतु था…कि एक घर है, जहाँ वे लौट सकते हैं। माँ-बाऊजी जानते थे, उनका यह बेटा कुछ अधपगला, कुछ दीवाना सा है, किसी की न सुनने और अपने मन की करनेवाला। जो सोच लिया, सो सोच लिया। कोई उसे तिल भर हिला नहीं सकता। पर सोचते थे कि वह बुरा नहीं है।…जब तक जिए, उन्होंने इंतजार भी किया। पर उनकी आँखें मुँद जाने के बाद तो दीवारें मोटी होती गईं और ऊँची भी और फिर, दीवारों के आगे दीवारें…!

जितनी अदृश्य, उतनी कठिन भी।

माँ-बाऊजी के गुजरने के बाद भाई-बहनों ने थोड़ी देर के लिए तो ऊपर-ऊपर से निभाया। एकाध चिट्ठी-विट्ठी, फोन। कभी-कभार जन्मदिन पर याद कर लेना… या किसी तिथि-त्योहार पर, फिर यह भी छूटता गया। छूटना ही था। उन्होंने खुद को समझा लिया कि उनका एक भाई कुछ गड़बड़ किस्म का निकल गया…आवारा।

निरर्थक। जिंदा होकर भी वह जिंदा नहीं है, इसलिए उसे भुला देना ही ठीक है। तो घर में सबने जित्ते के नाम पर स्याही पोत दी कि नहीं, अब यह नहीं है, होकर भी नहीं!

यों सात भाई-बहनों के बड़े परिवार के होकर भी जित्ते बाबू अकेले, एकदम अकेले पड़ते गए और तब उन्होंने अपना अलग परिवार बना लिया। उनके शिष्य जो जगह-जगह थे और उन पर जान देते थे, वे ही उनका परिवार बन गए। वही उनके भाई-बहन, बेटे-बेटियाँ और मित्र। वे बड़े फख्र से कहा करते थे, "इत्ता प्यारा और निराला परिवार तो खुदा किसी-किसी को देता है। मेरे पास क्या नहीं है। सबकुछ तो है, सबकुछ...! मेरे जैसा भाग्यशाली भला कौन होगा?"

पर यह भी शायद उनका मुगालता ही साबित हुआ, इसलिए कि हम लोग... हम सारे लोग भी उनके लिए क्या कर सके?...बस कभी-कभार फोन, जिसमें जित्ते बाबू के बारे में ताजा समाचार इधर से उधर हो जाते, पर उनके सुख-दुःख को बाँटने और उनके अकेलेपन को बाँटने की कोशिश किसने की?

मैं पुणे के जिस कॉलेज में था, वहाँ मैनेजिंग कमेटी की राजनीति के कुछ अलग दाँव-पेच और परेशानियाँ। साल में एकाध बार ही निकल पाता था। आदित्य कनाडा में था और दो-तीन बरस में एक चक्कर लगा पाता था। दिल्ली आते ही हम लोग दौड़-दौड़कर जित्ते सर के पास जाते और वे हमें अपने प्यार की छाँव में ले लेते थे। पर उनके लिए कर तो कुछ भी नहीं पाए हम। हाँ, नीलू खट्टर दिल्ली में ही है और एक उसी ने शायद पूरी तरह शिष्य का धर्म निभाया। हम सबके लिए कोई संदेश देना होता तो वे नीलू से ही कहते थे और अगले दिन हम सबके फोन खड़कने लगते थे।

शायद नीलू के जरिए ही हम सबका तार उस विस्मयपूर्ण अतीत से जुड़ा हुआ था, जित्ते सर जिसके मूर्त्त रूप थे और उन्हीं के जरिए ही वह शायद वर्तमान से आकर जुड़ता था।

और अब तो वह सबकुछ एक गुजरा हुआ इतिहास ही है, जिसके साथ यादें, यादें और बस यादें जुड़ी हैं। ऐसी अजीब यादें, जो समय के साथ धुँधली नहीं पड़ीं, कुछ और गाढ़ी स्याही में उभर आई हैं!

□

पंजाब का पुरानी यादों में ऊँघता-सा एक पुराना कस्बा, रोशनपुरा। उसी के दयावती आदर्श डिग्री कॉलेज में हमारी हिंदी ऑनर्स की बी.ए. फाइनल की कक्षा। मुझे आज भी याद है, क्लास में वह आखिरी दिन था, जब जित्ते सर ने देर तक पढ़ाने के बाद, चलते-चलते एक आखिरी बात कही थी, "पता नहीं, आगे कभी

तुम लोगों से मिलना हो या नहीं। पर पता नहीं क्यों, तुम लोगों से बहुत मोह हो गया। तुम लोग योग्य हो और बेशक तुममें से बहुत से विद्यार्थी जीवन में आगे निकलेंगे। आगे बहुत कुछ पाने के मौके तुम्हारे आगे आएँगे, जिन्हें पाने की हसरत हर किसी में होती है। तब पता नहीं, तुम्हें मेरी याद आएगी या नहीं? पर मैं चाहता हूँ, कुछ चीजें तो जरूर याद रखो''' !"

कहते-कहते एक पल के लिए चुप। फिर आँखों में एक अजीब चमक-सी उभरी। धीरे से बोले, "हालाँकि कभी-कभी यह भी लगता है कि तुम लोग भूल जाओगे। सोचोगे कि एक गड़बड़-सा टीचर था, जाने क्या-क्या बोलता रहता था। उसमें से काहे को कुछ याद करके दिमाग खराब करें?'''अभी नौजवान हो, इसलिए शायद तुम्हें मेरी बातें अच्छी लगती होंगी। कल को दुनियादारी सीखोगे तो तुम भी उसी तरह मोटी खाल के हो जाओगे, जैसे सभी होते हैं। बस, अपने लिए खाना, खटना'''लगेगा, यही जीवन है। पर भई, ऐसे तो चूहे और पिस्सू भी जी लेते हैं। तुम्हारी बी.ए. ऑनर्स की इस आखिरी क्लास में मैं अपनी यह इच्छा तो प्रकट कर ही सकता हूँ कि तुम आदमी बनो, आदमी का जीवन जियो!"

हम लोग सारे-के-सारे विद्यार्थी सन्न! हतप्रभ! लगता था, एक पल में ही हमारे शरीर और मन की सारी बादी उन्होंने झाड़ दी और कुछ ऐसा कर दिया कि अपने आपका सामना करना हमारे लिए मुश्किल हो गया। उनके शब्दों में ऐसी धार और ऐसी लपट होती थी। हम जानते थे, पर आज तो'''

जित्ते सर ने रजिस्टर उठा लिया था। चलने लगे, पर चलते हुए फिर रुके। बोले, "हालाँकि कभी-कभी मुझे लगता है, तुम लोग सोचते होगे, जित्ते सर को तो बीमारी है, प्रलाप करने की, इसलिए रास्ता चलते अगर कहीं मुझे देख लिया, तो तुममें से जो ज्यादा समझदार विद्यार्थी हैं, वे सोचेंगे कि अरे, सामने से जित्ते सर आ रहे हैं। जल्दी से रास्ता बदल लो कि कहीं यहाँ भी भाषण देना न शुरू कर दें''' !"

"नहीं-नहीं, सर!" सुनकर हमारी पूरी क्लास चीख पड़ी थी, "ऐसा कभी नहीं होगा, सर'''कभी नहीं!"

"हाँ-हाँ, मुझे यकीन है कि तुम लोग अच्छे विद्यार्थी हो!" कहते-कहते जित्ते सर अचानक हँस पड़े थे, "मैंने तो यों ही मजाक किया था!"

पर आज लगता है, उन्होंने मजाक नहीं किया था, एक ऐसी कटुतम सच्चाई बयान की थी, जिसे हम सुनना तो नहीं चाहते थे, पर हकीकत शायद उससे बहुत अलग नहीं है।

पंजाब में वह भिंडराँवाले का जमाना था और उसका भय बड़े-बड़े राजनेताओं

को भी कँपा देता था। ऐसी खबरें उन दिनों सुनने को मिलतीं कि क्लास में भी हम सब डरे-डरे से रहते थे। बातें करते हुए भी एक भय सवार हो जाता सिर पर, लेकिन जित्ते सर पर कोई असर नहीं। उनका बोलने और पढ़ाने का वही ढंग, जिसमें सच्चाई हर सूरत में सामने आती ही है। वे पाठ पढ़ाते नानक का, सूर, कबीर और तुलसी का, उनका काव्य-मर्म खोलते, तो साथ ही धर्म की व्याख्या भी करते। कहते, धर्म तो करुणा की वह नदी है, जो इनसान से इनसान को जोड़ती है, जहाँ गरीब-अमीर सभी को आश्रय मिलता है। सभी इनसान जहाँ एक बराबर हैं और भेदभाव की सारी दीवारें ढह जाती हैं।...उसका मूल रूप तो बड़ा अद्‌भुत है!

पढ़ाते-पढ़ाते पलटकर फिर वे मौजूदा हालात पर आ जाते और बड़ी तल्खी से कहते, "कल ही मैंने अखबार में पढ़ा है, तुम लोगों ने भी पढ़ा होगा। आतंकी आए, गाँव में एक समुदाय के लोगों को बाहर बुलाकर उन्हें गोली मार दी और सबसे बड़ा दुःख तो इस बात का है कि यह सारा पागलपन धर्म के नाम पर हो रहा है। पर आप लोग खुद सोचें, यह क्या है, इसे धर्म कहेंगे? यह सीधे-सीधे हिंसा है, हैवानियत है। असल में धर्म जब हिंसा या आतंक से जुड़ता है, तो वह दुनिया की सबसे आततायी और निरंकुश सत्ता बन जाता है।"

उनकी साफ-साफ बातें, उनकी हिम्मत देखकर अच्छा लगता। पर भीतर-ही-भीतर एक भय की सिहरन-सी दौड़ जाती कि अगर जित्ते सर को कुछ हो गया तो? अगर किसी ने चिढ़कर उनका नाम आतंक के सरगना तक पहुँचा दिया तो...?

जित्ते बाबू हिंदी के प्राध्यापक थे और भला पंजाब के उस छोटे से कॉलेज में हिंदी को पूछता कौन था? पर जित्ते बाबू हिंदी के थे, लेकिन हिंदीवाले नहीं, हिंदीवालों जैसे नहीं। उन्होंने अपने विद्यार्थियों से दिल का नाता जोड़ा और एक अलग माहौल बनाया। यह शायद हमारे कॉलेज में पहली बार हुआ कि जो साइंस और कॉमर्स के विद्यार्थी थे, वे भी अपने हिंदी के पीरियड के लिए व्याकुल रहते। सबको लगता, जित्ते सर कुछ अलग हैं। उनकी बातें दिल में उतरती हैं। शायद इसीलिए उनके पढ़ाए हुए शिष्य आज चाहे दूर-दूर हों, विदेशों तक में, पर एक जित्ते सर ही हैं, जो एक से दूसरे के दिलों को जोड़ते हैं और लगता है, दीये से दीये जलते जा रहे हैं और एक लंबी कतार-सी है।

और शायद इसीलिए जित्ते सर को याद करते ही खुद-ब-खुद हम सबके दिलों में रोशनी का एक तार-सा जुड़ जाता है!

□

जिस समय जित्ते सर की नियुक्ति हुई, हम लोग बी.ए., पार्ट वन में थे। पूरी

क्लास में कोई सात-आठ बच्चे। देखकर बड़ी हैरानी हुई थी उन्हें। फिर जब उन्होंने अपने पूरे जोम में आकर पढ़ाना शुरू किया तो हमें लगा, अरे, ये तो कुछ अलग-से सर हैं··· कि इनकी बातें तो दिलों तक उतर रही हैं। ऐसी बातें तो कोई नहीं कहता, न घर में, न बाहर। लगा कि यह खाली पढ़ाना नहीं है, बल्कि कुछ है, जो हमें झिंझोड़कर अंदर से जगा रहा है। हमारी पाठ्य-पुस्तकों में जो पुराने जमाने के पाठ थे, उन्हें भी वे आज से और आज के जीवन से जोड़ते तो सबकुछ नया-नया सा लगता। किसी चमत्कार की तरह, यहाँ तक कि क्लास से बाहर सुननेवालों की भीड़ लग जाती।

अकसर अगले पीरियड की घंटी बज जाती और जित्ते सर को उसके बाद भी अपना लेक्चर समेटने में पाँच-सात मिनट और लगते। इस बीच वहाँ आसपास टहल रहे छात्र दरवाजे पर आ-आकर इकट्ठे हो जाते और जित्ते सर की बातें इस कदर कानों के कान खोलकर सुनते, जैसे हिंदी का पीरियड नहीं, कोई कवि-सम्मेलन हो रहा हो या कोई किस्सागो ऐसा दिलचस्प किस्सा सुना रहा हो, जिसका एक-एक शब्द कानों से पीना जरूरी हो।

धीरे-धीरे जहाँ हम सात-आठ विद्यार्थी थे, महीने भर बाद पच्चीस-तीस हो गए। पूरी क्लास भरी-भरी लगने लगी। पढ़ाई का आनंद भी बढ़ गया और हम इस तरह तैयार होकर कक्षा में आते, जैसे हर दिन कुछ नया घटनेवाला है और हम क्लास में नहीं पहुँचे तो वह हमसे छूट जाएगा। जो पढ़ते थे, वह औरों को भी बताते। हर दिन कुछ नया-नया सा था। नया उत्साह, नई बातें। जैसे बिना कुछ बताए ही जित्ते बाबू ने बता दिया था कि पढ़ाई क्या चीज है।

वे कई बार हँसकर कहते भी थे, "देखो भाई, मनहूसियतवाली शक्ल बनाकर पढ़ाना मुझे पसंद नहीं है। क्या तुम्हें वैसी पढ़ाई पसंद है··· ?"

इस पर हम सब चिल्लाते, "नहीं-नहीं सर, नहीं!··· आप जैसा पढ़ाते हैं, हमें वही अच्छा लगता है।"

हिंदी का विभाग, जो हाशिए पर था, अब अच्छा-खासा दिखने लगा। इतने उत्साही विद्यार्थी, इतना जोश, गतिविधियाँ। इस पर जो पहले से जमे हुए टीप मास्टर टीचर थे, उन्हें परेशानी हुई। जिन विषयों को छोड़-छोड़कर विद्यार्थी हिंदी में आते, उन्हें भी दिक्कत होने लगी। उन्होंने बच्चों को समझाना शुरू किया, "क्यों पढ़ रहे हो हिंदी-विंदी··· ! इसे पढ़कर क्या हासिल होगा··· ? और फिर कितनी ही मेहनत कर लो, नंबर तो तुम्हारे ज्यादा आ नहीं सकते।"

इस पर कुछ विद्यार्थी डगमगाए। सबसे पहले जित्ते सर के पास आनेवालों में नीलू खट्टर ही था, जो बाद में हिंदी का प्राध्यापक बना। उसकी प्रतिभा को जित्ते

बाबू ने तो देखते ही पहचान लिया था, पर वह खुद अभी डाँवाँडोल था।

"सर, मैं हिंदी छोड़ना चाहता हूँ। मुझे लग रहा है, हिंदी मुश्किल है। मैं इसमें कच्चड़ ही रहूँगा, तो इसलिए···!" एक दिन उसने झिझकते हुए जित्ते सर से कहा।

"पर किसने कहा तुमसे कि तुम्हें हिंदी नहीं आती?" जित्ते सर चौंके, "मैंने तो कभी कहा नहीं। अच्छा, जो मैं पढ़ाता हूँ, क्या वह तुम्हें मुश्किल लगता है, समझ में नहीं आता? मेरा तो खयाल है, तुम बहुतों से अच्छे हो।"

"पता नहीं सर, पर लग रहा है, मैं कहीं फेल न हो जाऊँ···?" नीलू घबराया हुआ था। किसी ने उसके मन में खासा भय पैदा कर दिया था।

"फेल···?" जित्ते सर हैरान हुए, "कैसी बात कह रहे हो, नीलू? हिंदी की पूरी-की-पूरी क्लास पास होगी और सबके बहुत अच्छे अंक आएँगे और तुम्हें तो फर्स्ट डिवीजन मिलनी चाहिए, मेरे खयाल से···!"

"सर, आप कहते हैं तो हिम्मत आ जाती है, पर अकेले में सोचता हूँ तो डर लगता है···" नीलू ने अपनी परेशानी बताई।

"अच्छा, तो यह बात है!" जित्ते सर मुसकराए, फिर बोले, "तुम ऐसा करो, अपना डर मुझे दे दो और निश्चिंत हो जाओ। बस, एक ही काम करो। जो मैं पढ़ाता हूँ, उसे घर जाकर एक बार पढ़ लो। नहीं तो मेरे कमरे पर किसी भी समय आकर पूछ लो। मेरा पूरा समय तुम बच्चों के लिए ही है, फिर मुश्किल आएगी कहाँ से?"

यों नीलू खट्टर जाते-जाते रह गया। फिर जग्गी के साथ तो और भी मुसीबत आई। उसके पिता नहीं रहे। दुकान पर बैठना उसकी मजबूरी थी। वह पढ़ाई छोड़ना चाहता था, पर जित्ते सर बोले, "अरे जगदीश, तुम तो काफी होशियार विद्यार्थी हो। पढ़ाई क्यों छोड़ते हो?···जहाँ तक हिंदी की बात है, तुम्हें कोई मुश्किल नहीं होगी। रात को मेरे घर आकर पढ़ लिया करो। मैं भरोसा देता हूँ, तुम्हारे बहुत अच्छे नंबर आएँगे। बाकी विषयों के अध्यापकों से भी मैं कहूँगा। सब तुम्हारी मदद करेंगे।"

जग्गी को लगा, जित्ते सर तो फरिश्ते हैं। उसने घर जाकर माँ को बताया तो उनके मुँह से बोल तक नहीं निकले। फिर उन्होंने कहा, "अपने सर को बोलना, मेरी माँ आपको लाख-लाख असीसें दे रही हैं।" और एक जग्गी ही क्यों, आदित्य मिनोचा, गिरीश, लखपत राय, अखिलेश, सुशांत, मीरा सेठी, वंदना अग्रवाल, नमिता···हमारे बैच के कितने ही विद्यार्थी शुरू में घबरा-से रहे थे, पर फिर सब-के-सब जित्ते सर की पसंदीदा छात्र-मंडली में शामिल हुए, जिन्होंने बढ़िया नंबर लाकर सबको चौंकाया। इनमें से कुछ तो कॉलेज की सांस्कृतिक गतिविधियों में भी खूब चमके।

सबको लग रहा था, यह हिंदी का प्राध्यापक कुछ अलग है। इससे बहुत सारे लोग चिढ़ गए। वे जित्ते सर को जुनूनी कहते। इस पर जित्ते सर हँसकर कहते, "हाँ, मैं हूँ और मेरा खयाल है, हर प्राध्यापक को थोड़ा जुनूनी तो जरूर होना चाहिए।"

कॉलेज में बहुतों को समझ में नहीं आ रहा था, यह उलटा चक्का कैसे घूम गया? हिंदीवालों की तो वे कहीं गिनती ही नहीं करते थे। पर अब तो हम लोग भी सँभल गए थे। पहले की तरह हमें डराना आसान नहीं था। अब हम खुद ही धीरे-धीरे जवाब देना सीख गए थे।

"हिंदी पढ़कर क्या होगा, हिंदी की जरूरत ही क्या है?" लोग टेढ़ी हँसी के साथ कहते।

"हिंदी हमारे जीने की भाषा है, हँसने-रोने की भाषा। हिंदी में हमारा पूरा देश बोलता है।" हम लोग उसी अंदाज में कहते, जिस अंदाज में जित्ते सर कहा करते थे।

"अरे, वो सब तो ठीक है, पर हिंदी से कोई नौकरी तो नहीं मिलेगी न।" लोग डंक चुभोते।

"नौकरी के लिए बाकी विषय तो हम पढ़ते ही हैं न! पर हिंदी से जो मिलता है, वह भी कम नहीं। जित्ते सर कहते हैं, हिंदी से हमारा तार जुड़ता है, पूरे देश और समाज से। हिंदी पढ़ने पर नजरिया बड़ा होता है और अपने देश की जनता का हृदय हमारे आगे खुलता है। हमारी संस्कृति और इतिहास के पन्ने खुलते हैं। हिंदी हमें सोचना सिखाती है, सोच-समझकर जीना सिखाती है…!" हम लोग इतने आत्मविश्वास से जवाब देते कि पूछनेवाले सिटपिटा जाते।

यों पंजाब के उस छोटे से कस्बे के दयावती आदर्श डिग्री कॉलेज में एक हलचलों जैसी हलचल थी, क्योंकि जित्ते सर हमारे साथ थे।

□

और फिर एक दिन जब यूथ फेस्टिवल की तैयारियाँ जोरों पर थीं, हम लोगों ने सोचा कि इस बार हिंदी में भी एक जोरदार नाटक पेश किया जाए। पर उसकी तैयारी कौन करा सकता था, सिवाय जित्ते सर के? सो हम सब मिलकर गए उनके पास। शुरुआत मैंने ही की, "सर, हम लोग चाहते हैं, इस बार यूथ फेस्टिवल में एक नाटक पेश करें। आप हमें नाटक तैयार करा दीजिए।"

"मैं…? नाटक…!" जित्ते सर ने हैरानी से कहा, "पर आशुतोष, मैंने तो कभी कोई नाटक नहीं कराया। यों भी कविताएँ तो लिखी हैं, कहानियाँ भी, पर नाटक तो मैंने कभी नहीं लिखा। तो अचानक…?"

"पर सर, आप जिस तरह पढ़ाते हैं, उससे हम सबको लगता है, आप नाटक

बहुत अच्छा करा सकते हैं। हम सबका मन है, सर!" आदित्य ने जोर देते हुए कहा।

"तुम नरूला मैडम से क्यों नहीं कहते? हो सकता है, वे तुम लोगों की मदद करें···!"

"नहीं सर, उनकी तो कोई रुचि नहीं है, इस सबमें। पिछले साल हम बच्चों ने कविता प्रतियोगिता के लिए कहा था, तब भी उन्होंने कहा था, ये सारे काम तुम लोग खुद करो। मेरे बस का नहीं है।" सुशांत ने कहा।

"अच्छा, ठीक है, प्रिंसिपल साहब से इज़ाज़त तो ले लो। मिसेज नरूला सीनियर हैं। कहीं ऐसा न हो कि उन्हें बुरा लगे कि उनके होते, मैंने यह जिम्मा क्यों ले लिया?"

और फिर जित्ते सर को मानना ही पड़ा। हम लोग बात-की-बात में प्रिंसिपल सतीश खोसलाजी के पास भी पहुँच गए। बोले, "सर, हम लोग इस बार नाटक करना चाहते हैं। आप प्लीज, जित्ते सर से कहें, उसकी तैयारी करा दें···!"

मि. खोसला ने एक क्षण के लिए कुछ सोचा, फिर कहा, "अच्छा, ठीक है, मैं उनसे कहता हूँ।" उसी समय उन्होंने जित्ते सर को बुला भेजा। उनके आने पर हँसते हुए बोले, "देखिए जित्ते साहब, यह तो कलाकारों ने अपना डायरेक्टर खुद तय कर लिया। अब तो आप मना नहीं कर पाएँगे।"

जित्ते सर भी हँस पड़े। बोले, "मैंने नाटक कभी किया नहीं, पर बच्चे कह रहे हैं तो इसमें भी हाथ आजमाकर देखता हूँ। हालाँकि कह नहीं सकता, इनाम हम लोग जीत पाएँगे या नहीं···?"

"आप चिंता न करें सर, हम लोग जान लगा देंगे। बस, आप हमें डायलॉग बोलने का अभ्यास करवा दीजिए।" मैंने कहा तो सबने सिर हिलाकर अनुमोदन कर दिया।

जित्ते सर मुसकराए। बोले, "ठीक है, मेरे लिए यह एक नया चैलेंज है, पर करता हूँ कोशिश।"

बस, उसी दिन से जित्ते बाबू तैयारी में लग गए। उनका तरीका ही यही था। या तो वे किसी काम के लिए आसानी से तैयार ही नहीं होंगे और हाँ करेंगे तो उसमें पूरी जान लगा देंगे। पर नाटक के निर्देशन वगैरह की बात तो बाद में थी, पहले नाटक लिखा तो जाए। जित्ते सर का कहना था, ऐसा नाटक हो, जिसमें आज का समाज हो, आज के हालात और ऐसे सवाल भी, जो दर्शकों के दिलों को झिंझोड़ दें।

जित्ते सर का एक पूरा दिन इसी उधेड़बुन में निकला। बार-बार एक ही

विचार हिट करता था, आज के बुद्धिजीवी सुविधापरस्त हो गए हैं, इसीलिए समाज दिशाहीन है। राजनेता और धर्म के धंधेबाज जैसे चाहें, लोगों को बहकाते हैं और अपना स्वार्थ साधते हैं। इसके लिए बहुत हद तक जिम्मेदार तो बुद्धिजीवी ही हैं, जो अपने खोल से बाहर आने को तैयार ही नहीं हैं।

उन्होंने इसी तबके पर नाटक लिखने का निश्चय किया। पूरे एक दिन उनके भीतर चक्की-सी चलती रही, जैसे हर रचना से पहले चलती थी। और फिर उन्होंने कागज-कलम उठाई, किसी धुन में खर्रे-के-खर्रे लिखते चले गए। एक साथ कोई अठारह-बीस फुलस्केप कागज। फिर पढ़ा। कहीं-कहीं काटकर नए संवाद लिखे, फिर पढ़ा, फिर तराशा, फिर लिखा।

आखिर तीसरे दिन वह नाटक पूरा हुआ। शीर्षक अजब-सा था, 'सात सुकरात'। इनमें हर सुकरात की अलग मुद्रा थी, अलग रंग-ढंग और मिजाज। उनमें से कोई किसी दूसरे से सीधे मुँह बात करने के लिए तैयार नहीं था। सातों सुकरात सात अलग-अलग दिशाओं में मुँह किए खड़े थे और मौका पाते ही एक-दूसरे की खिल्ली उड़ाते थे··· !

पहला सुकरात एक नखरीला कवि था, जो 'हुम्म··हुम्म' करके अपनी महानता का सिक्का जमाता था। दूसरा एक जगविख्यात चिंतक। तीसरा एक अक्खड़ और घमंडी पत्रकार, जिसकी आँखें आसमान तक चढ़ी हुई थीं। चौथा एक धार्मिक पत्रिका का संपादक, जो सीधे-सीधे भगवान् की ठेकेदारी करता था। पाँचवाँ चुपड़ी बातें करनेवाला कुशल उपदेशक, जिसे एक टी.वी. चैनल के धंधे ने पैदा किया था। छठा भाषणों से क्रांति लानेवाला समाज-सुधारक, सातवाँ सत्ता की पोल में घुसा एक पॉलिटिकल एक्टिविस्ट··· !

सातों सुकरातों के अलग-अलग मूड, अलग-अलग दिशाएँ। जो विद्रोही कवि था, उसका अंदाज सबसे अलग। बात-बात पर उसके मुँह से निकलता, "तुम नहीं जानते कि हम कौन हैं? हम··हम लोग जले हुए लोग हैं···जले हुए लोग, याद रखना!"

जवाब देता दूसरा सुकरात, जो आसमान तक चढ़ी हुई आँखोंवाला पत्रकार था। वह एक तीखे व्यंग्य के साथ मुँह बिचकाकर कहता, "जली हुई रोटी तो सुना था, जला हुआ कोयला भी, पर जले हुए लोग··· ! भला यह जले हुए लोग क्या होता है, क्या उसमें से जले हुए दूध जैसी गंध आती है?"

सातों सुकरातों के अलग-अलग नखरे, अलग-अलग मुद्राएँ। छिपे हुए अहं की छद्म लीलाएँ। एक-से-एक दिलचस्प। सभी का 'हुम्म··हुम्म' करने का

अपना मौलिक ढंग। लगता था, वे युगों से ऐसे ही हैं और हमेशा ऐसे ही रहेंगे। पर नाटक के आखिर में जनता आर्तनाद करती है और सूखे खेत, जली हुई फसलें, मरी हुई मछलियाँ और हताश लोग जमीन पर बिछे पड़े हैं। तब लंबी सफेद दाढ़ीवाले एक दरवेश का प्रवेश होता है। हाथों में इकतारा लिये गाता हुआ दरवेश। वह हताश लोगों को देखता है और फिर अजीबोगरीब मुद्राएँ बनाए सातों सुकरातों को, जो सात अलग-अलग दिखाओं में देख रहे थे।

वह दरवेश गंभीर है। चिंतित। कुछ देर ठोड़ी पर हाथ रखे सोचता है, फिर एकाएक जोर से चिल्ला पड़ता है, "मिल गया, मिल गया, मिल गया...!" और वह दरवेश एक-एक करके सातों सुकरातों का मुँह उधर घुमा देता है, जहाँ हताश लोग हैं और सूखे खेत, सूखे तालाब और नदियाँ...और जली हुई धरती, जिसकी छाती पर जख्म-ही-जख्म हैं!...और बस, तभी चमत्कार हुआ। अलग-अलग बोलियाँ बोलनेवाले सातों सुकरात मिलकर एक हो गए।

"देश ऐसे ही सुधरेगा, ऐसे ही बनेगा नया भारत, नया देश...! हम आएँगे, जाएँगे, मगर अपने खुरदरे हाथों से देश की ऐसी तकदीर लिख जाएँगे कि वह आगे बढ़ेगा, आगे, आगे...बहुत आगे!" दरवेश की गूँजती आवाज और सातों सुकरातों को पहली बार हाथ-में-हाथ लिये एक साथ काम करते देखा गया। कहीं वे झाड़-झंखाड़ साफ कर रहे थे, कहीं फावड़े चलाकर जमीन समतल कर रहे थे, कहीं पेड़ लगा रहे थे, कहीं रास्ते के अवरोध हटाकर नदी की धारा को उन्मुक्त कर रहे थे।

डेरा बाबापुरा के जिस कॉलेज में यह युवा उत्सव हुआ, उसके प्रिंसिपल सिद्धू साहब तो इतने प्रभावित हुए कि अलग से जित्ते बाबू से मिलने आए। बहुत देर तक उनका हाथ पकड़कर खड़े रहे। फिर कहा, "देखो जित्ते साहब, आपके नाटक को दूसरा पुरस्कार मिला। निर्णायकों का जो भी निर्णय हो, वह सिर-माथे। पर सच्ची कहूँ तो आपका नाटक मेरे दिल को छू गया। मैं जज होता तो आपको ही पहला नंबर देता। असल में आपने नब्ज पकड़ ली...आपके कलाकार भी बहुत अच्छे हैं, बड़ा सच्चा अभिनय किया सबने!" कहते हुए उनकी आँखों में जो चमक थी, उसने हर किसी को थोड़ी देर के लिए अवाक् कर दिया। लगा, हमारा नाटक करना सार्थक हो गया।

जित्ते सर ने भीगे हुए स्वर में कहा, "बस-बस, सिद्धू साहब! आपने सबकुछ कह दिया। जो शब्द आपने कहे, उससे ऐसा लगा, जैसे हमारा ही नाटक अव्वल आया हो। बल्कि उसके अव्वल आने से भी वह खुशी न होती, जो आज मैं महसूस कर रहा हूँ।"

बाद में पता चला कि युवा उत्सव में जो नाटक प्रथम आया था, उसकी तैयारी एन.एस.डी के कलाकारों की एक प्रोफेशनल टीम ने कराई थी और उस पर हजारों रुपए खर्च हुए। जबकि हम लोगों ने बस, रात-रात भर प्रैक्टिस की और ऐसी जबरदस्त एक्टिंग की कि कोई भी किसी से उन्नीस नहीं था। शायद सच्चाई दिल को कहीं ज्यादा करीब से छू लेती है।

□

ऐसी एक थोड़े ही, कितनी ही प्रतियोगिताओं की यादें मन में हैं, जिन्हें याद करते हुए मन भीगता है। जित्ते सर तो जैसे अपने घर के ही प्राणी थे। हम लोग दौड़-दौड़कर उनके पास जाते थे और वे सारे काम एक ओर रखकर झट हमारे लिए तैयारी करने में जुट जाते थे। इनमें कुछ वाद-विवाद प्रतियोगिताएँ तो ऐसी थीं, जिन्हें भुला पाना मुश्किल है। खासकर राजनीति और धर्म के संबंध को लेकर जो डिबेट थी, उसने तो सबको झकझोर दिया था। कुछ लोगों का कहना था कि धर्म जब राजनीति में आता है तो वह उसे सही मानवीय दिशा देता है, पर जित्ते सर ने दूसरा पक्ष उठाया। उनका तर्क था कि धर्म का जब राजनीति से गठबंधन होता है तो वह इतनी बड़ी विध्वंसक शक्ति बन जाता है कि कई बार तो समूची मनुष्य जाति के लिए आत्मघाती हो जाता है। धर्म हमारे निजी जीवन और आचरण में रहे तो अच्छा है, पर सार्वजनिक जीवन में उसका जरूरत से ज्यादा प्रदर्शन उसे भ्रष्ट करता है। धर्म अच्छा है, जब तक कि वह मनुष्य की गहरी आंतरिक जिज्ञासा से जुड़ा है, एक विनयशील अंत:पुकार है। पर धर्म की बड़बोली सत्ता स्वयं उसे और दूसरों को भी भ्रष्ट करती है और कई बार तो आतंककारी होकर अधर्म से बढ़कर घातक हो जाती है।

जब नीलू खट्टर ने वाद-विवाद प्रतियोगिता में अपने तर्क रखने शुरू किए, सुननेवालों की आँखें फैलने लगीं। वह भिंडराँवाले के आतंक का जमाना था, जब शब्दों पर पहरा था। कब, किसने क्या कहा, ये बातें भी खबर बन जाती थीं। उस समय ऐसी बातें कहना अपने पैरों पर कुल्हाड़ी मारने से कम घातक नहीं था।

सुननेवाले पसीने-पसीने! पर दूर बैठे जित्ते सर एक आश्वस्ति भरी मुसकान के साथ मानो भीतर-ही-भीतर खट्टर का मनोबल बढ़ा रहे थे कि हाँ-हाँ, कहो··· कहो! इतने प्रभावशाली अंदाज में कहो कि सुननेवालों में से कुछ के दिलों में तो हलचल मचे। इस हॉल की दीवारों पर तुम्हारे शब्द दर्ज हो जाएँ।···

मानो दूर बैठे भी वे दीप्त आँखों से अपने शिष्य में कोई शक्तिप्रवाह कर रहे हों। और नीलू सचमुच इतने प्रभावशाली अंदाज में बोला कि सुननेवाले अवाक्। ऐसी बातें तो पहले कभी सुनी ही नहीं, पर ये दिल को इतना छू क्यों रही हैं?

बोलने के बाद खट्टर आकर जित्ते सर के पास आकर बैठा तो उसके सिर पर हाथ फेरते हुए, जित्ते सर कितने बड़े लग रहे थे। बिल्कुल किसी पर्वत सरीखे! हालाँकि उस समय उनकी आँखें कुछ गीली-सी थीं।...मैं पास ही बैठा सोच रहा था, जित्ते सर को इतना भावुक तो पहले कभी नहीं देखा।

जैसा कि हमें पहले से ही लग रहा था, खट्टर को कोई पुरस्कार नहीं मिला। पर इसका अफसोस न जित्ते सर को था, न खट्टर को। उन्हें तो अंधी-बहरी दीवारों को अपनी आवाज सुनानी थी और वे इसमें पूरी तरह कामयाब हुए।

सच्ची कहूँ तो यही जित्ते सर का पढ़ाना भी था। वे कोई पाठ्यक्रम को घोटा लगवा देनेवाले प्राध्यापकों में से नहीं थे। वे चाहते थे, उनका हर छात्र कुछ अलग-सा हो, दूसरों से अलग। खूब सोचने-समझनेवाला, संवेदनशील। सबका अपना व्यक्तित्व हो। कई बार कहते भी थे, "देखो भई, ज्यादातर प्राध्यापक लोग जैसे साल भर में एक तवा घुमा देते हैं और अगले साल फिर वही, अगले साल फिर वही...सालोसाल एक ही तरीका। एक घिसी-पिटी स्टीरियो टाइप पढ़ाई। मेरा उसमें बिल्कुल यकीन नहीं है। इसके बजाय, मैं तो तुम्हें भीतर से खोल देना चाहता हूँ, जिससे अपने आसपास तुम जो कुछ घटित होता देखो, उसे देखो, समझो और उसके बीच से जीने का रास्ता निकालो। और रही तुम्हारे पाठ्यक्रमवाली पढ़ाई या कि इम्तिहान की तैयारी, तो वह भी इन्हीं के बीच ही होगी। तुम्हारे मार्क्स निश्चित रूप से औरों से ज्यादा आएँगे, पर मेरा कहना है कि तुम यहीं मत रुकना। तुम जीवन में औरों से अलग दिखो, अगर सचमुच मेरे शिष्य हो तो...!"

शायद यही वजह थी कि हम लोग उनसे प्रेम करते थे। उनसे प्रेम किए बगैर हम रह ही नहीं सकते थे और उनसे मिले बगैर भी नहीं। अगर कुछ दिन नहीं मिल पाए तो भीतर एक व्याकुल पुकार-सी उठती थी कि चलो, जित्ते सर से मिल आएँ। उनसे मिले बगैर कुछ अधूरापन-सा लगता था, एक खला-सा!...और यह किसी एक-दो का नहीं, तकरीबन हममें से हर विद्यार्थी का अनुभव था। पता नहीं, यह क्या जादू कर दिया था उन्होंने हम सब पर कि हम दौड़-दौड़कर उनके पास जाते थे, जैसे उनसे हमें इश्क हो!

हमारी बी.ए. फाइनल की क्लास में किसी प्रसंग में कही गई उनकी एक बात नहीं भूलती। उन्होंने कहा था, "देखो भई, मुझे माफ करना, पर तुम लोग सफल बनो, यह आशीर्वाद मैं नहीं दूँगा। दूसरे देते होंगे, पर मेरे मुँह से तो कभी नहीं निकलते ये शब्द। बल्कि मैं तो कहूँगा, तुम सफल मत बनो, क्योंकि सफलता सिर पर चढ़ जाती है। मैंने बहुत से सफल और सफलतावादियों को देखा है। सफल होते

ही वे इतने मतलबी हो जाते हैं कि घिन आती है। इसलिए मैं अपने शिष्यों से कहूँगा कि तुम सफल नहीं, सार्थक बनो।…तुममें से कल को कौन कहाँ होगा, कोई नहीं जानता। पर मेरा कहना है कि तुम जहाँ भी रहो, वहाँ एक दीया जलाओ, जिससे कि दूसरों को भी रास्ता टटोलने में मदद मिले, रोशनी मिले…!"

इस तरह की बातें उनसे इतनी सुनी हैं कि अगर इकट्ठा करूँ तो एक अलग तरह का सूक्ति-कोश तैयार हो जाएगा। एकदम भिन्न तरह का सूक्ति-कोश। रवायत से एकदम अलग, बल्कि दूसरे छोर पर ले जाता हुआ। और जित्ते सर उन्हें इतने सहज ढंग से कहते थे कि उनका एक-एक शब्द पी जाने का मन होता था। शायद यही वजह है कि जित्ते सर का क्लास रूम का नजारा तो दिलचस्प था ही, उनके घर पर भी सारे दिन विद्यार्थियों का ताँता लगा रहता। हमारे कॉलेज के बाकी प्राध्यापक तो तीन या चार घंटे पढ़ाते थे या कभी इतना भी नहीं। कभी-कभी एकदम गोल भी कर जाते थे, पर जित्ते सर की क्लास तो जैसे हफ्ते में सातों दिन और चौबीसों घंटे चलती रहती थी।

हम लोग पढ़ाई में कोई मुश्किल आने पर तो उनके पास जाते ही थे। पर जित्ते सर हर मामले में हमारे गाइड थे। हमारी कैसी भी समस्या हो, जित्ते सर हमेशा उनकी मदद के लिए तैयार रहते। उनकी बातें ही मन में जोश और उत्साह भर देतीं। लगता था, जैसे हर चीज का हल है उनके पास। मुश्किल कुछ नहीं और असंभव तो कुछ भी नहीं! कभी-कभी हम लोगों की बहुत जिद पर अपनी कोई कविता सुनाते तो हम सब बहते चले जाते थे उनके साथ। यों सारे दिन वे जो कुछ बोलते, बतियाते, प्यार से समझाते या फिर उनकी कक्षा का जादुई व्याख्यान—वह सब कविता ही तो था। बोलते हुए वे इस कदर डूब जाते कि हम विद्यार्थियों को लगता, शायद किसी और दुनिया के हैं जित्ते सर और अभी-अभी हमारी आँखों को धोखा देकर कहीं और निकल जाएँगे।

जित्ते सर के क्लास रूम का वातावरण भी एकदम अनौपचारिक होता। वहाँ भी उन्हें तरह-तरह के प्रयोग करना पसंद था। एक बार नागार्जुन की कविता 'कालिदास सच-सच बतलाना' पढ़ा रहे थे। अचानक उन्होंने नीलू से कहा, "नीलू, जरा पढ़ो तो यह कविता।" नीलू पढ़ता रहा, वे सुनते रहे। फिर आदित्य, फिर गिरीश, मैं। एक-एक करके सब। उस दिन उन्होंने कुछ नहीं पढ़ाया। बस, यह देखा कि कविता किसने कैसे पढ़ी, कितना डूबकर और उसकी लय के साथ बहते हुए पढ़ी।… और पढ़ते समय चेहरे पर कैसे भाव आते हैं। आवाज में कैसी नमी, कैसा उतार-चढ़ाव…!

क्लास में एक लड़की नमिता थी। अकसर चुप-चुप सी रहती। जित्ते सर ने

उससे भी कहा, कविता पढ़ने के लिए। उसने कविता पढ़ी, बड़े ही सधे हुए अंदाज में और एकदम डूबकर। आवाज बड़ी पुरनम। सुनकर जित्ते सर ने सिर हिलाया। बोले, "तुम्हारी आवाज बहुत असरदार है, थोड़े उतार-चढ़ाव में ही बड़ा प्रभाव पैदा हो जाता है!"

वह रो पड़ी। बोली, "सर, मेरे पापा ने सिखाया था, बचपन में ही। वे ड्रामे के आदमी थे। कहते थे, आवाज बड़ी जिंदा चीज है, थोड़ा उसे साधना आ जाए, तो हम कमाल कर सकते हैं।"

जित्ते सर खुश हो गए। बोले, "मैं कभी मिलूँगा तुम्हारे पापा से। संडे को घर पर होते हैं न!"

"सर, नहीं हैं। मेरे पापा अब नहीं हैं।...आपने जिस तरह तारीफ की, उससे पापा की याद आ गई!" कहते-कहते उसकी आँखों में आँसू आ गए।

सुनकर जित्ते सर चुप, एकदम चुप। बोले, "सॉरी...माफ करना, मुझे पता नहीं था...! कविता तुमने वाकई बहुत अच्छी पढ़ी।" फिर किसी और से नहीं कहा उन्होंने कविता पढ़ने के लिए। कुछ देर में कविता की व्याख्या करने लगे तो आवाज भर्राई हुई। थोड़ी देर लगी उन्हें खुद को सँभालने में। फिर रूमाल से आँखें पोंछीं, "ओह, आज तो मुश्किल हो रही है...!" और फिर आगे का पाठ।

कुछ दिनों बाद भीमनीपुर के एक कॉलेज में कविता उत्सव था। उसकी तैयारी हो रही थी, पर जित्ते सर को प्रतिभागी का चुनाव तो करना ही नहीं था। उन्होंने कविता पढ़ने के लिए नमिता को चुना। कहा, "तुम अपने पापा पर ही कविता लिखकर लाओ। बाद में मैं थोड़ा टच कर दूँगा। उसी को पढ़ना।"

वाकई नमिता ने बड़ी भावनात्मक कविता लिखी थी। जित्ते सर ने उसे कहीं-कहीं टच किया। भाषा और लय सँवार दी। नमिता से दो-तीन बार उन्होंने बुलवाया। नमिता पढ़ रही थी तो हम सबकी आँखें नम थीं। जित्ते सर ने कहा, "बस...बस, नमिता, ऐसे ही पढ़ना। इतने ही सधे स्वर में। सुनाते वक्त बहुत ज्यादा भावुक मत हो जाना। भावुक दूसरे होंगे, तुम्हें सुननेवाले...!"

अब तक मिसेज नरूला उनसे चिढ़ने लगी थीं। उन्हें परेशानी इस बात की थी कि कल के आए इस बंदे की पूरे कॉलेज में तूती बोल रही है, जबकि हैड ऑफ द डिपार्टमेंट मैं हूँ! उन्होंने इधर-उधर दो-चार जनों से कहा, "जित्ते साहब खुद को ज्यादा समझने लगे हैं। इतने सीनियर स्टूडेंट हैं। उनमें से किसी को तैयार करते पोएट्री कंपीटिशन के लिए। एक नई लड़की को भेज दिया। देखना, भद पिटवाएँगे कॉलेज की!"

बात जित्ते सर तक पहुँची। हँसकर बोले, "भद किस बात की'' ? मुझे यकीन है, नमिता नई है, पर कविता भीतर उसकी आत्मा में बसी हुई है। इनाम मिले, न मिले, पर वह अपना असर तो छोड़कर आएगी।"

जित्ते सर के साथ पूरी टीम गई, जिसमें पंजाबी और अंग्रेजी में कविता पढ़नेवाले विद्यार्थी भी थे। पहला इनाम पहली बार हमारे कॉलेज की हिंदी टीम को मिला यानी नमिता'''फर्स्ट! जबकि पंजाबी और अंग्रेजीवाली टीमें बस सांत्वना पुरस्कार ही बटोर पाईं।

जित्ते सर अभी प्रोबेशन पर ही थे, जब विद्यार्थियों ने कॉलेज में शिक्षक दिवस मनाया। बाद में अध्यापकों को भी बोलने के लिए कहा गया। एक-दो अध्यापकों ने आशीर्वाद के कुछ शब्द कहे, फिर बारी आई जित्ते सर की, तो बोले, "मुझे लगता है, शिक्षक दिवस शिक्षकों के आत्मसाक्षात्कार का भी दिन है। हमें यह भी देखना चाहिए कि हम अपने विद्यार्थियों को दे क्या रहे हैं। आखिर विद्यार्थी क्यों इज्जत करें हमारी''' ?"

फिर कुछ रुककर बोले, "कभी-कभी विद्यार्थी कहते हैं कि सर, आपकी क्लास में समय का कुछ पता नहीं चलता। लगता है, पीरियड कभी खत्म न हो और हम बैठे सुनते रहें। कुछ लोग यह भी कहते हैं कि सर, आपकी क्लास में बैठकर लगता है कि जीवन में कुछ भी मुश्किल नहीं है। मन में जोश भर जाता है!'''तब मेरा कहने का मन होता है, काश, मैं आपको बता पाता, कैसे वे अध्यापक थे, जिनके चरणों में बैठकर मैंने थोड़ा-बहुत सीखा है। मैं कुछ भी हो जाऊँ, पर उनके पैरों की धूल भी नहीं हूँ'''!"

और फिर जब उन्होंने कोई आधे-पौने घंटे तक अपने अध्यापकों के बारे में बताया तो हॉल में सन्नाटा छा गया। सभी अवाक्''' ! हालाँकि यह दीगर बात है कि कुछ लोगों ने इसमें भी बुराई की गंध ढूँढ़ ली और प्रिंसिपल खोसला तक यह बात पहुँचाई कि "यह नयावाला हिंदी का प्रोफेसर तो अपने को पता नहीं क्या अफलातून समझता है। इसने वहाँ बैठे सभी सीनियर्स की हेठी कर दी'''!"

और इस दुष्प्रचार में सबसे आगे थीं मिसेज नरूला, जिनसे पच नहीं रहा था कि हिंदी का यह नया आया लेक्चरर कैसे विद्यार्थियों के दिलों पर राज कर रहा है!

□

पर मुश्किलें एक ओर से नहीं थीं। पंजाब का वह आतंकवाद का दौर खुद एक बड़ी मुसीबत थी, जबकि रोजमर्रा की छोटी-मोटी बातें भी अब धार्मिक उन्माद की शक्ल लेने लगी थीं। एक रात तो बस की यात्रा में खुद जित्ते सर की हालत

खराब, खूनम-खून··· ! वे रात दस बजे वाली बस में अमृतसर से आ रहे थे। कुछ उनींदे-से। सर्दियों के हाड़ कँपाते दिन। बस कुछ ही आगे आई होगी कि अचानक एक जगह बड़े जोर का धमाका और फिर तेज 'झन्न्न्··· !' की आवाज। पूरी बस के यात्री एकाएक उछलकर खड़े हो गए। जित्ते सर जहाँ बैठे थे, उसके पासवाली खिड़की का शीशा खील-खील होकर चारों ओर बिखर गया था। उन्हें कुछ देर लगी यह समझने में कि किसी ने दूर से पत्थर मारकर बस का शीशा चूर-चूर कर दिया, ताकि···किसी-न-किसी का सिर फूटे!

जित्ते सर के माथे और गालों में कुछ काँच के टुकड़े घुस गए थे। पर असहनीय दर्द के बावजूद वे पूरी तरह होश में थे और दूसरे यात्रियों को धैर्य बँधा रहे थे। उनके पासवाली सीट पर बैठे यात्री को कहीं ज्यादा चोट आई। उसके सिर और माथे से बहने वाला खून रुक ही नहीं रहा था और वह बुरी तरह कराह रहा था। दो-तीन और यात्रियों के चेहरे खूनम-खून थे। एक बूढ़े आदमी के तो आँख के बिल्कुल पास काँच की किरचें चुभी थीं। देखकर दहशत हो रही थी।

गनीमत यह कि जित्ते सर के साथवाली सीट पर श्यामला भाभी एकदम सुरक्षित थीं, और जैसा कि उनका स्वभाव था, उन्होंने झटपट बैग से फर्स्ट एड का सामान निकाला, जिसे वे हमेशा यात्रा में साथ रखती थीं। घायल यात्रियों को वे जरूर फ्लोरेंस नाइटिंगेल लगी होंगी।

बस का ड्राइवर होशियार था। समझ गया, कहीं पेड़ के पीछे छिपे आतंकवादियों की करतूत है। उसने फुर्ती दिखाई। जितनी तेज बस वह दौड़ा सकता था, उसने दौड़ा दी और यात्रियों को किसी भीषण दुर्घटना से बचा लाया।

पर अगले दिन का अखबार वाकई रक्तरंजित ही था। पता चला, रात के सन्नाटे में बस से निकालकर सत्रह बेकसूर यात्रियों को मौत की नींद सुला दिया गया और दुर्घटना वहीं, उसी रूट पर हुई थी, जहाँ जित्ते सर की बस पर वह पत्थर फेंका गया। कोई घंटे भर बाद। जित्ते सर सौभाग्यशाली थे कि बचकर आ गए, पर अगली बस के यात्री उतने भाग्यशाली नहीं थे और फिर··· !

उस हालत में भी जित्ते सर को मंजूर नहीं था कि वे छुट्टी लें। अगले दिन पट्टी बाँधकर पढ़ाने पहुँच गए तो हर कोई हैरान। हम लोगों ने चिंतातुर होकर जानना चाहा, "क्या हुआ सर··· ?" इस पर गंभीर होकर बोले, "मुझे तो क्या होना था? हुआ तो बादवाली बस के यात्रियों के साथ। तुमने अखबार में पढ़ा ही होगा।···" फिर एक क्षण रुककर कहा, "मैंने तुम्हें बताया था न कि धर्म की अति सत्ता विनाशकारी होती है। वह निजी आचरण में रहे तो देवत्व है और राजनीति के

साथ मिलकर अधिशासी सत्ता हो जाए तो विध्वंस करती है। अपना भी और दूसरों का भी।···यह बताना इसलिए जरूरी है कि तुम नौजवान हो। मैं चाहूँगा कि तुम्हारे पैर कभी भटकें नहीं।"

हमें हैरानी होती, एकदम दुबले-पतले से जित्ते सर। उनमें इतनी ताकत छिपी कहाँ है, जिसने उनकी आत्मा को इतना निर्भीक और बलवती बना दिया। पर अब थोड़ा-थोड़ा समझ में आता है कि उनकी असली ताकत शायद विचारों की ताकत थी और वही विचारों की निर्भयता वे अपने शिष्यों में भी देखना चाहते थे।

यों और भी चीजें थीं, जो हमें हैरान करतीं, खासकर यह चीज हमें बड़ी अद्‌भुत लगती थी कि अरे, कितनी कम जरूरतें हैं उनकी। उनके घर जाते तो लगता, जैसे इस घर में किताबों के अलावा कुछ और है ही नहीं। बमुश्किल एक कुरसी-मेज, कुछ कपड़े, बरतन, एक टेपरिकॉर्डर, कुछ कैसेट्स और किताबें, किताबें, बस किताबें।

जब विभागाध्यक्ष मिसेज नरूला और कॉलेज के कुछ और धाकड़ तत्त्वों की दुरभिसंधि के फलस्वरूप तीसरे साल ही उन्हें कॉलेज छोड़कर जाना पड़ा तो हमारी सारी क्लास रोई थी। रात कोई साढ़े ग्यारह बजे उनकी ट्रेन आनी थी और हम सारे छात्र छोड़ने गए थे, उन्हें स्टेशन तक। लोग हैरान, जैसे रात के अँधेरे में विद्यार्थियों का कोई मौन जुलूस निकला हो। गाड़ी में वे और श्यामला भाभी चढ़े तो उनका थोड़ा सा जो सामान था, वह हम लोगों ने आराम से चढ़ा दिया। अपनी बहुत सी चीजें तो वे हम शिष्यों में ही बाँट गए थे। बोले, "क्या करूँगा, यह सब ले जाकर? तुम्हारे पास रहेंगी तो अच्छा लगेगा।"

हाँ, महाकवि रवींद्रनाथ ठाकुर की एक कांस्य मूर्ति उन्हें हम लोगों ने भेंट की थी। उसे वे हाथों में पकड़े हुए थे, जब गाड़ी हौले-हौले सरकने लगी। हम लोगों के लिए अपने आँसुओं पर काबू पाना मुश्किल हो गया। उस समय का एक फोटो हमारे साथी लखपत ने ले लिया। उसमें देखा, उनकी आँखें भी ऐसी थीं, जैसे बमुश्किल खुद को थाम रहे हों।

लौटे तो कितना भीषण खालीपन हमारे हिस्से आया, क्या यह कभी कहा जा सकता है? इतने बरस बीत गए, पर वे लम्हें आज भी भीतर एक अजीब भूचाल की तरह उठते हैं और··· !

□

उस समय मोबाइल फोन तो कहाँ थे? फोन भी शायद किसी-किसी के पास रहे हों। बस, चिट्ठियों का सहारा था। उन्हीं से जित्ते सर के हालचाल पता चलते।

ज्यादा पूछते हुए भी हम लोगों को संकोच होता था। पर इतना तो पता चल ही गया था कि जित्ते सर दिल्ली आए तो यहाँ कोई सहारा उनके लिए नहीं था और न किसी तरह की आर्थिक निश्चिंतता। कहना चाहिए, उन्होंने पहाड़ से निरवलंब कूदने की कोशिश की और इसका शायद नतीजा काफी तकलीफदेह रहा था।

मुझे लगता है, उन्होंने शायद ज्यादा सोचा-विचारा भी नहीं था। जित्ते सर लेखक तो थे ही और शायद बुनियादी तौर पर लेखक ही थे वे। मुझे लगता है, दिल्ली आने का निर्णय भी उसी के बूते लिया गया। 'दिल्ली जाकर मैं कोई पढ़ने-लिखने का काम पकड़ लूँगा और जिंदगी किसी तरह चलती रहेगी'—बस इतना ही सोचकर वे दिल्ली आ गए थे। पर यह चीज दूर से जितनी अच्छी लगती थी, शायद पास से वैसी नहीं थी।

दिल्ली अलग तरह का शहर है और यहाँ की अलग मुश्किलें हैं। लगता है, जित्ते सर को शुरू-शुरू में कई भयावह अनुभवों से गुजरना पड़ा होगा। कोई पाँच-छह साल उनके ऐसे ही कटे, मुसीबतों के साथ। उनके पास कोई नौकरी नहीं थी तो बहुत दिनों तक उन्होंने फ्रीलांसिंग से काम चलाया। प्रकाशकों के आग्रह पर एकमुश्त पारिश्रमिक लेकर कुछ शैक्षणिक किताबें उन्होंने तैयार कीं या फिर प्रूफ पढ़कर घर की जरूरतें पूरी करते। एक बार नीलू खट्टर को उन्होंने चिट्ठी में लिखा भी था, "नीलू, इन दिनों बहुत व्यस्तता है, पर तुम लोगों की बहुत याद आती है। ऐसे प्यारे विद्यार्थी कहाँ मिलते हैं? आजकल लिखने-पढ़ने का काम है और बारह-तेरह घंटे बिना रुके काम करना होता है, इसलिए कई बार लगता है, मेरे पूरे शरीर में आँखें ही सबसे ज्यादा मजदूरी करती हैं।...रात तक उनका ऐसे कचूमर निकल जाता है, जैसे उन्होंने दिन भर बोरे ढोए हों।"

फिर एक बार जब मैं गहरे पसोपेश में था, उन्होंने मुझे लिखा, "आशुतोष, तुम लोग कैसे हो? मेरी इच्छा है कि तुम हिंदी में पी-एच.डी. करो और सच में कुछ जमकर काम करो।" फिर अपने बारे में लिखा, "आशुतोष, इस समय प्रूफ देखने के लिए अनंत काम मेरे सामने पड़ा है। मैं आधी-आधी रात तक जागकर जो पन्ने मेरे सामने आते हैं, उनका एक-एक हिज्जा ठीक करता हूँ। उन्हें बिल्कुल निर्दोष और निर्मल बनाता हूँ, पर फिर एकाएक सोचने लगता हूँ, मैं कुछ भी करूँ, इससे क्या? लोग तो वैसे ही रहेंगे और यह समाज भी। आखिर इस देश और समाज के बिगड़े हुए हिज्जे कौन सुधारेगा...?"

फिर बरसों बाद दक्षिण दिल्ली के एक दूर के कॉलेज में लेक्चररशिप मिली तो उनके आखिर के कुछ वर्ष थोड़े चैन से बीते। पढ़ाने में फिर वही रस आने लगा,

लेकिन पिछले कुछ बरसों के अनुभव उनके इतने कड़वे थे कि वे उन्हें कभी भूल नहीं पाए। वह पहलेवाला जोश और उत्साह शायद नहीं लौट सका। वे अंदर से कहीं टूट चुके थे और रात-दिन कुछ सोचते रहते थे। इधर लिखने की दीवानगी उनकी बढ़ गई थी और कविता की जगह गद्य ने ले ली थी। यहाँ दिल्ली में भी उनकी एक शिष्य-मंडली थी और उसी के बीच वे थोड़ी निश्चिंतता महसूस करते थे। हालाँकि कॉलेजों में पढ़ाई का तौर-तरीका और वातावरण जैसे बदला था, उसने उन्हें हिला दिया। वे पूरी तरह सहज फिर कभी नहीं हो पाए।

बाद में कुछ पेंशन भी हो गई। वे अब निश्चिंत होकर कुछ लिखने की सोच रहे थे। मित्रों के पूछने पर कहते, "शायद अब मैं वह सब लिख पाऊँ, जो मेरे भीतर जाने कब से अटका पड़ा है···!"

अभी कोई साल भर पहले मैं और नीलू खट्टर दोनों मिलने पहुँचे तो बहुत खुश हुए। बहुत खुश। बोले, "लगता है, मैं फिर वहीं पहुँच गया, उसी जगह, जो कोई पच्चीस बरस पहले मुझसे छूट गई थी।" फिर बहुत भावुक होकर बोले, "सच्ची कहूँ तो पढ़ाने का जो आनंद पंजाब के उस छोटे से कॉलेज में आया था, वह फिर कभी नहीं आया। वे मेरे जीवन के स्वर्णिम दिन थे। आज भी निराश होता हूँ तो उसी से शक्ति मिलती है। तुम लोगों को याद करता हूँ और आनंद से भर जाता हूँ···!" कहते-कहते उनका स्वर भीगने लगा था। तबीयत उनकी ठीक नहीं थी, पर मन में गजब का उत्साह।

उस दौर के उनके और विद्यार्थी भी जाकर मिलते तो कुछ पलों के लिए वे मानो ठिठक-से जाते। कई बार बातें करते-करते भावुक हो जाते, "अरे, तुम्हें याद है, वह सब···? मैंने तो नहीं सोचा था कि तुम लोग···!"

"सर, आपने जो दिया है, वह क्या हम लौटा सकते हैं, किसी भी तरह? बस, आपसे मिल लेते हैं, आपके लिए कुछ कर तो नहीं पाए···!" नीलू खट्टर के साथ गया पूरन कह रहा था।

इस पर हँसकर बोले, "इतनी दूर से तुम लोग आ जाते हो मिलने के लिए, कुछ बातें हो जाती हैं। मेरे लिए तो यही सबसे बढ़कर है।"

इधर कुछ वर्षों से वे बड़ी तेजी से अपना आत्मकथात्मक उपन्यास पूरा करने में लगे थे, 'हीरेन बाबू की अजीब दास्तान'। कुछ समय से फोन पर उनसे बातें होने लगी थीं। कभी-कभी अपने अलमस्त अंदाज में कहते थे, "आजकल रात-दिन हीरेन बाबू मेरे साथ रहते हैं।" फिर एकाएक गंभीर हो जाते। कहते, "आशुतोष, सच कहता हूँ, मैं इसे पूरा किए बिना नहीं मरना चाहता!"

बाद में उसी का नाम बदलकर, उन्होंने उपन्यास को नया नाम दिया, 'हीरेन बाबू का अधूरा जिंदगीनामा'। "क्यों, अधूरा जिंदगीनामा किसलिए?" मैंने जानना चाहा।

इस पर बोले, "देखो आशुतोष, यह उपन्यास की शक्ल में मेरी आत्मकथा है। मेरी अपनी औघड़ जिंदगी की कहानी, और आत्मकथा कभी किसी की पूरी नहीं होती। हो ही नहीं सकती, इसलिए यह नया नाम मुझे सूझा, 'हीरेन बाबू का अधूरा जिंदगीनामा'। क्यों, तुम्हें पसंद नहीं आया?"

"नहीं, ठीक है सर...! पर वह पहलेवाला नाम भी अच्छा था।" मैंने झिझकते हुए कहा।

सुनकर सीरियस हो गए। बोले, "लगता है, आशुतोष, तुम्हें वह पहलेवाला नाम ज्यादा पसंद है, पर अब तो रख दिया यह नाम। उपन्यास जब भी छपेगा, इसी नाम से छपेगा।"

फिर एक दिन एकाएक बुरी खबर। फोन करने पर पता चला, उन्हें कैंसर है...गले में। खाने-पीने तक में कष्ट हो रहा है। दवाएँ अब असर नहीं कर रहीं। डॉक्टरों ने जल्दी कीमियोथेरेपी सजेस्ट की है।

फिर पता चला, कीमियोथेरेपी शुरू हो गई है और कुछ-कुछ फायदा है।

फिर एक अच्छी खबर। डॉक्टरों के इलाज के साथ-साथ श्यामला भाभी की अनथक सेवा काम आई। कैंसर की गिरफ्त से वे निकल आए हैं और अब फिर से अपना लिखना-पढ़ना शुरू कर रहे हैं।

फिर एक दिन वज्राघात। श्यामला भाभी नहीं रहीं...अचानक हार्ट अटैक! हम सब लोग दौड़कर पहुँचे, पर वह जो घर की आत्मा थी, चली गई। जित्ते सर अकेले होते चले गए। एकदम अकेले, अकेले और अशक्त।

अभी कोई छह महीने पहले मिला तो पहचाने नहीं जा रहे थे। जैसे गालों की हड्डियाँ झाँक रही हों। इस हालत में दोबारा फिर से कैंसर ने सिर उठाया तो न उनके शरीर में ताकत और न शायद जीने की लालसा ही बची थी।

बस, खुशी इस बात की थी कि उन्होंने अपना वह महत्त्वाकांक्षी उपन्यास पूरा कर लिया था। मैंने देखा, कोई हफ्ता भर पहले ही वह पूरा हुआ था। उस पर तारीख पड़ी थी, 12 फरवरी, 2015 और समर्पण किया गया था, "अपने प्यारे शिष्यों को, जो मुझे अपनी संतानों की तरह लगते हैं। वही मेरा परिवार हैं, वही मेरा भविष्य भी। जब नहीं रहूँगा, तब भी शायद उन्हीं की आँखों से दुनिया को देखूँगा, उन्हीं के कानों से सुनूँगा और उन्हीं में शायद जीवित रहूँगा। सच्ची बात तो यह कि मैं मरना नहीं चाहता...या शायद मरकर भी इसी दुनिया में रहना चाहता हूँ!"

□

···पर हुआ वही, जिसकी ओर तिल-तिल करके वे बढ़ रहे थे।

अंत में निगम बोध घाट। विद्युत शवदाहगृह। नीलू ने बताया, "मुश्किल से कोई पंद्रह-बीस लोग रहे होंगे वहाँ। कोई जाना-माना साहित्यकार नहीं।"

दिल्ली शहर। सबकी अपनी व्यस्तताएँ, सबके अलग समीकरण। फिर घर से निकलना आसान भी तो नहीं होता, जबकि मरनेवाला एक असफल जीवन जीकर गया लगभग बेपहचाना लेखक हो।··· घंटे-आध घंटे में सब खत्म हो गया।

हालाँकि कई बार लगता है, वे इतने विद्रोही और जिंदादिल इनसान थे कि जरूर मौत को भी चकमा देकर आ जाएँगे और हँसते हुए कहेंगे, 'मैं गया कहाँ ? कोई मुझे ले जाए, क्या यह आसान है ? मैं तो यहीं था, तुम सबके पास और हमेशा रहूँगा !'

काश, यह सच होता··· ! काश, हम उन्हें यकीन दिला पाते कि जित्ते सर, आप क्यों निष्फल कहते हैं अपने आप को ? आपके इतने-इतने शिष्य हैं दूर-दूर तक, जिनके दिलों में आप रहेंगे, तो···तो फिर··· ?

अभी मैं यह सोच ही रहा था कि लगा, घोर अँधेरे की चादर फाड़कर निकले हैं जित्ते बाबू। चेहरे पर एक बाँकी, तिरछी मुसकान, "क्या सचमुच··· ?"

और मैं कुछ कहूँ, इससे पहले ही गायब वह बाँकी मुसकान। गायब चेहरे और आवाज की वह कौंध और अब एक अंधकार है, अफाट अंधकार और उसमें डबडबाई आँखों से पूछा गया, काँपता एक सवाल—आप, आप कहाँ हैं जित्ते सर ?

□

2

तुम याद आओगे लीलाराम!

सुबह-सुबह अखबार पढ़ने के बाद, मैं अपना लिखना-पढ़ना शुरू करने की तैयारी में था। इतने में ही दरवाजे पर दस्तक। पहले धीरे से, फिर तेज···!

मैं बाहर गया तो सामने जो दुबला-पतला सा युवक था, उसने बड़े आत्मीय स्वर में कहा, "आप···आप भास्करजी हैं न, भास्कर भट्ट···!"

"हाँ-हाँ, मैं भास्कर···!" थोड़ा अचकचाकर मैंने देखा, उसके चेहरे की ओर। हलके असमंजस में। यह जो शख्स इतने अपनापे से बोल रहा है, मैं उसे पहचान क्यों नहीं पा रहा? शायद कहीं-न-कहीं हम लोग मिले हैं, पर कहाँ?

मुझे लगा, कभी-कभी किसी साहित्यिक गोष्ठी में अचानक बहुत सारे पाठकों से मुलाकात हो जाती है, पर सबके नाम और पहचानें याद नहीं रहतीं। बस, धुँधली स्मृतियों की झलमलाहट-सी। तो कहीं ऐसा तो नहीं···?

"मैं···मैं महिपाल···!" फिर वही उत्साह भरा सुर।

मैंने याद करने की कोशिश की, 'म-हि-पा-ल···! नाम तो जाना-पहचाना लग रहा है, पर···?'

"असल में···बात पुरानी है सर, बहुत पुरानी। आप भूल गए होंगे, पर···पर मैं···! मुझे तो सब ज्यों-का-त्यों याद है।" उसने पिछली धुँधली पहचान को तनिक गहराने की कोशिश करते हुए कहा।

हम लोग अभी दरवाजे पर ही खड़े बातें कर रहे थे। मुझे यह अच्छा नहीं लगा। उसे संकोच-मुक्त करते हुए मैंने कहा, "अंदर आओ न, बैठकर बात करेंगे तसल्ली से।"

भीतर सोफे पर आकर वह बैठा, तो भी हलका सा संकोच। शायद इसलिए भी कि अभी तक हम दोनों में पहचान का तंतु जुड़ नहीं पाया था। यह अटपटेपन की

हालत थी, उसके लिए भी, मेरे लिए भी। इसलिए एकाएक खुलकर सबकुछ बताने की नीयत से बोला, "भास्करजी, मैं कीरतपुर से हूँ, आपने मुझे पढ़ाया है। आपने और आंटी दोनों ने, जब आप लोग रिसर्च कर रहे थे, यूनिवर्सिटी में। पर आपको शायद परेशानी हो रही होगी, तो आप···आप जरा लीलाराम को याद कर लीजिए।"

"लीलाराम!" एकाएक भीतर जैसे कोई हजार वाट का बल्ब-सा जल गया हो। मैंने अधीरता से कहा, "हाँ-हाँ, लीलाराम! क्या हुआ उसे, ठीक तो है न वह···?"

"हाँ जी, ठीक हैं, हालाँकि अब तो अस्सी के करीब हो गए। तबीयत कुछ ठीक नहीं रहती। पीछे काफी समय बीमार रहे। बुखार था, उतर ही नहीं रहा था। कमजोरी बहुत आ गई है, पर वैसे अब ठीक हैं।"

फिर एकाएक सारे अपरिचय के अँधेरे को एक साथ काटते हुए उसने कहा, "आपने अभी तक मुझे पहचाना नहीं न! मैं···मैं महिपाल···लीलाराम का बेटा!"

"ओह, तो तुम वो महिपाल हो, लीलाराम के बेटे!···तो यह पहले नहीं बता सकते थे? अरे, तुम तो बड़े हो गए, काफी बड़े।···तब तो शायद छठी-सातवीं में पढ़ते थे न!" मेरे भीतर अचानक उसके लिए ढेर सारी ममता और लाड़ भर आया।

"आप भी तो कितने बदल गए भास्करजी!" महिपाल मुसकराया, "पहले आपके सारे बाल काले थे, अब एक भी नहीं।···अब तो आप पूरे सफेद हो गए, वो क्या कहते हैं, भद्रजनों की तरह···!"

"हाँ, ठीक कहते हो।" मुझे हँसी आ गई।

पर अगले ही पल महिपाल फिर संजीदा था। बोला, "आपने और आंटी ने मुझे बड़ा सहारा दिया, वरना मैं तो सचमुच बुरी हालत में था। स्कूल में रोजाना डाँट पड़ती थी। क्लास टीचर ने कह दिया था, पास होना है तो जल्दी से साइंस, मैथ्स और इंगलिश के ट्यूशन लगा लो, वरना तुम्हारा पास होना मुश्किल है। हर टेस्ट में फेल होता था। ऊपर से टीचर की डाँट भी। लग रहा था, पढ़ाई छूटेगी। मैंने पापा से कहा तो वे भी परेशान हो गए। फिर कुछ सोचकर बोले—हमारे डिपार्टमेंट में दो रिसर्च स्कॉलर बड़े भले हैं। भास्कर भट्ट और सुप्रिया। इनमें भास्कर भट्ट तो साइंस से हिंदी में आए हैं, वो जरूर कुछ मदद कर सकते हैं। इंगलिश भी जरूर जानते होंगे या फिर हो सकता है, सुप्रिया मैम इंगलिश पढ़ा दें। मेरा खयाल है, ये लोग मना नहीं करेंगे।

"मुझे थोड़ी उम्मीद तो हुई, पर बहुत ज्यादा नहीं। मैंने कहा—वे अपना रिसर्च का काम करेंगे या मुझे पढ़ाएँगे···?

"पापा बोले—ये दोनों कुछ अलग से लोग हैं, जिनमें बड़ी हमदर्दी है। मुझे लगता है, कोई-न-कोई रास्ता निकल आएगा।

"मेरा मन तो डाँवाँडोल था भास्करजी। पर आप तैयार हो गए, आंटी भी···तो सबकुछ आसान हो गया। आपने इतने प्यार से समझाया कि साइंस और मैथ्स की सारी गुत्थियाँ हल हो गईं और आंटी ने भी इंगलिश पढ़ाई तो लगा कि अरे, यह तो इतनी मुश्किल नहीं है। मैं तो बेकार ही डर रहा था।···बस, फिर तो कोई रुकावट नहीं आई, मैं चलता चला गया!"

कहते हुए महिपाल के चेहरे पर गहरी आश्वस्ति का भाव था। जैसे यह सब कहकर ही वह मुक्त हो पाया हो।

मुझे याद आया, वह बच्चा, जो लीलाराम के साथ डरा, झिझका हुआ-सा आया था और पता नहीं क्यों, झेंप के मारे उसकी गरदन ऊपर ही नहीं उठ रही थी। उसकी वजह से पापा परेशान हैं, यह दुःख ही उसे ज्यादा साल रहा था। फिर खुद तो रोज-रोज की जो मुश्किल थी, वह थी ही।

उससे एक रोज पहले ही तो लीलाराम ने अपनी परेशानी बताई थी। बड़े विनीत स्वर में, "भास्कर बाबू, मैं तो इन दिनों बड़ी परेशानी में हूँ। मेरा छोटा बेटा है, महिपाल। यही बच्चा घर में कुछ लायक है, पर इधर देख रहा हूँ, कुछ समय से एकदम मुरझाया हुआ-सा है। मास्टर कहते हैं, साइंस, मैथ्स और इंगलिश के ट्यूशन रखो, पर यह नहीं समझते कि मेरे जैसा गरीब आदमी बच्चे को ट्यूशन कैसे पढ़वाए?···लड़का सयाना है, पर क्लास में डरा-डरा सा रहता है। घर में भी। आप थोड़े दिन अगर पढ़ा दो, तो बड़ा पुण्य का काम होगा।···कुछ देर सुप्रिया मैम पढ़ा देंगी। मैं तो तर जाऊँगा भास्कर बाबू!"

"अरे, तो इसमें क्या परेशानी है?" मैंने कहा, "अच्छा, कल लेकर आना उसे। मैं और सुप्रिया दोनों ही उसकी मदद करेंगे।"

अगले दिन लीलाराम के साथ दबा-सहमा सा महिपाल आया तो उससे मैंने और सुप्रिया ने कुछ देर बात की। लगा, बच्चा तो होशियार है, पर बुनियादी चीजें उसके मन में साफ नहीं हैं, इसलिए बार-बार अटकता है। घबराहट में और भी भूल जाता है। सुप्रिया ने उसे हिम्मत बँधाई और प्यार से सिर पर हाथ फेरते हुए कहा, "अब तुम अपनी सारी परेशानियाँ भूल जाओ। एकदम बेफिक्र होकर घर जाओ। जो भी तुम्हारी चिंता और मुश्किलें हैं, उन्हें हम पर छोड़ दो।"

अगले दिन से मैंने महिपाल को साइंस और मैथ्स पढ़ाने की जिम्मेदारी ले ली, सुप्रिया अंग्रेजी पढ़ाने लगी। कोई छह-सात महीने हमने उसे पढ़ाया। इस दौरान एक

बात उसके मन में बड़ी अच्छी तरह डाल दी कि हर चीज को समझा जा सकता है, रट्टा लगाने की कोई जरूरत नहीं है। जो चीज एक बार समझ में आ जाए, वह फिर जिंदगी भर साथ रहती है। महिपाल को शुरू में कुछ वक्त लगा, पर फिर तो वह दौड़ने लगा। यह नई तरह की पढ़ाई उसे रास आ गई। चीजें समझ में आतीं तो मन में आनंद उमगता और फिर वे झट से याद भी हो जातीं।

जल्दी ही क्लास टेस्ट में उसके नंबर अच्छे आने लगे। मन में आत्मविश्वास आया और फिर एक दिन उसने कहा, "अंकल, अब मैं खुद कर लूँगा। अब कोई परेशानी नहीं है। कोई मुश्किल आएगी तो आकर पूछ लूँगा।" पर इसका मौका तो आया ही नहीं। महिपाल अब फर्राटे से आगे बढ़ रहा था।

यों मैं और सुप्रिया तो केवल छह-सात महीने के ही गुरु थे उसके। पर उसके मन में न जाने क्यों मूरत कुछ ऐसी बन गई कि लीलाराम बार-बार कहता, "आपका शिष्य आपको बहुत याद करता है, भास्कर बाबू! कहता है, भास्कर सर तो अच्छा पढ़ाते ही हैं, सुप्रिया मैम भी बहुत प्यार से समझाती हैं।"

तब से महिपाल तो महिपाल, लीलाराम के मन में भी न जाने कितनी ऊँची प्रतिमा हमारी बन गई कि उम्र भर वह कमतर नहीं हुई।

"पापा तो बार-बार याद दिलाते हैं," महिपाल बोला, "कि भास्कर बाबू और सुप्रिया मैम तेरे गुरु हैं। और गुरु से बड़ा इस संसार में कोई नहीं है, क्योंकि वह अंदर की आँख खोल देता है। ज्ञान की आँख। तो तू एक बार फरीदाबाद जाकर उनसे जरूर मिलकर आना। गुरुओं का आशीर्वाद बड़ा अनमोल होता है।''' साथ ही वे कह रहे थे कि उनको मेरी याद दिलाना कि लीलाराम तो आज भी आपका नाम लेता है!"

"उसे तो हम लोग भी हमेशा याद करते हैं। बात-बात पर, मैं भी, सुप्रिया भी!" मैंने मुसकराते हुए कहा, "कीरतपुर में एक लीलाराम ही तो है, जिसे हम लोग सबसे ज्यादा शिद्दत से याद करते हैं। बाकी लोग तो समय के साथ बदल गए, पर उसका चेहरा हमेशा वही, वैसा ही रहा! एकदम प्रफुल्लित। न उस पर कभी कोई मैल की परत हमने देखी और न उसके दिल में! वह तो एकदम मुक्त है!"

इतने में महिपाल ने झिझकते हुए मिठाई का डिब्बा झोले से निकालकर मेज पर रखा, "यह आपके लिए है, अंकल! आपको खुशखबरी भी देनी है। मैं अब अध्यापक हो गया हूँ, दिल्ली में, और आपको जानकर अच्छा लगेगा कि मेरे विद्यार्थी मुझे बहुत चाहते हैं। कहते हैं कि और अध्यापक आते हैं, ड्यूटी पूरी करके चले जाते हैं, पर आप तो मास्टरजी, खाली पढ़ाते नहीं हो, बल्कि चीजों को हमारे

मिल में उतार देते हो, इसलिए कभी हम भूलते ही नहीं।"

कहते-कहते महिपाल एक पल के लिए रुका। फिर कहा, "मुझे एक ही बात की तसल्ली है, सर! आपसे जो सीखा था, वही अपने छात्रों को लौटा रहा हूँ!"

फिर एकाएक बोला, "आंटी नहीं दिख रही हैं, अंकल?"

"अभी शायद रसोई में हैं। बस, आती ही होंगी।"

तब तक सुप्रिया आवाज सुनकर खुद ही आ गई। मैंने कहा, "पहचाना तुमने इस बालक को?"

सुप्रिया ने गौर से देखा महिपाल का चेहरा और थोड़ा अचकचाई, "भई, कुछ मदद करो।"

"यह महिपाल है, कीरतपुर से...!"

"महिपाल...कीरतपुर से...? तो हो सकता है, बहुत बरस पहले की बात हो, इसलिए थोड़ी सी मुश्किल...!"

"हाँ आंटी, कोई तीस बरस बाद मैं आज आप लोगों से मिल रहा हूँ!" महिपाल ने मुसकराते हुए कहा।

"अरे, इतना लंबा अरसा...? तभी तो...!" हार मानते हुए सुप्रिया ने कहा।

"यह लीलाराम का बेटा है महिपाल, याद आया कुछ?" मैंने कहा, तो सुप्रिया की हालत भी मेरे जैसी ही हुई।

उसकी आँखें नम थीं, "ओह...!" फिर चुप्पी। कोई और शब्द नहीं।

"आंटी, आपने और अंकल ने तब जो पढ़ाया था, वह बहुत काम आया। उस समय तो सचमुच मेरे मन की हालत बड़ी डाँवाँडोल थी, पर आप लोगों ने बड़ा अच्छा किया। इतने मन से और प्यार से सबकुछ समझाया कि पढ़ाई में मुझे मजा आने लगा। बस, फिर आगे कोई परेशानी नहीं हुई।"

"और अब तो यह अध्यापक हो गया है। कह रहा है कि बच्चे इससे बहुत प्रेम करते हैं।" मैंने आह्लादित स्वर में बताया सुप्रिया को।

"अरे, वाह!" सुप्रिया के पूरे चेहरे पर आनंद की हँसी।

"हाँ आंटी, आप लोग जिस ढंग से पढ़ाते थे, मैंने भी बस वही तरीका अपना लिया। आपको बताऊँ आंटी, साइंस की गूढ़ बातें मन में उतारने के लिए मैंने इतनी मजेदार कविताएँ बनाई हैं कि बच्चे उन्हें खेल-खेल में झट से याद कर लेते हैं, फिर उनके लिए कोई मुश्किल नहीं रहती और तब मुझे आंटी, आप लोगों की बड़ी याद आती है। मैं कहता भी हूँ अपने विद्यार्थियों से, कि अगर आपने मेरे सर और आंटी को देखा होता पढ़ाते हुए, तो आपको पता चलता कि पढ़ाना क्या होता है!"

"तो आंटी, आप जैसा तो नहीं, पर थोड़ा-थोड़ा बच्चों पर प्यार का जादू मैं भी डाल लेता हूँ।" कहकर हँसने लगा महिपाल।

फिर मिठाई का डिब्बा सुप्रिया की ओर बढ़ाते हुए कहा, "पापा ने कहा था कि इस बार तुम अपने गुरु और गुरुआनी से जरूर मिलकर आना। उन्होंने ही यह मिठाई भी दी है। कीरतपुर की खास मिठाई, ढोढा बर्फी…!"

महिपाल की बातें। महिपाल की सजीली विनम्रता। हमें सचमुच बड़ा लाड़ आ रहा था, जैसे बरसों बाद बिछड़ा बेटा घर लौटा हो।

याद आया, तब मेरी और सुप्रिया की नई-नई शादी हुई थी। थोड़ा ही समय हुआ था कीरतपुर आए हुए। हम साथ-साथ रिसर्च कर रहे थे तो लगा, हमें साथ रहना चाहिए। शायद इसलिए कि हम एक-दूसरे के लिए ही बने हैं और एक-दूसरे के साथ मिलकर ही पूरे होते हैं। तब विभाग में बड़ी खुद-बुद हुई थी। कुछ पुरानी सोच के लोगों ने इतना बावेला मचाया कि जैसे कीरतपुर यूनिवर्सिटी की नींव धसक गई हो। पर एक लीलाराम वही रहा, नहीं बदला तनिक भी।…उन दिनों जब हम रात-दिन अपना थीसिस पूरा करने में जुटे थे, उसने चाय पिलाकर लगातार हमें चैतन्य रखा। उसकी बातें सुनकर अच्छा लगता था। उनमें जिंदगी थी और निराले किस्सों की महक भी।

अकसर हम विभाग में देर तक बैठकर काम करते तो वह भी बैठा रहता, ताकि कैंटीन से चाय लाकर हमारा उत्साह बनाए रखे। लग रहा था, मैं और सुप्रिया रिसर्च कर रहे थे तो वह भी हमारा साथ देने में पीछे नहीं था। कभी-कभी हम लोग कहते, "काफी देर हो गई। अब तुम घर चले जाओ लीलाराम!" तो वह अनमनेपन से कहता, "हाँ, बस उठता हूँ।"

पर वह उठता तभी था, जब हम उठकर जाने को तैयार होते। चलते-चलते कहता, "रिसर्च स्कॉलर तो कीरतपुर यूनिवर्सिटी में बहुत आए, बहुत गए। पर आप लोगों के साथ बड़ा अपनापा हो गया है, भास्कर बाबू!"

उन समय जब हमारे चारों ओर कैक्टस-ही-कैक्टस उगे थे, उसका साथ, उसकी बातें बड़ी हिम्मत बँधाती थीं। और क्या आज नहीं?

"पता नहीं क्या बात है अंकल, इधर कुछ समय से तो पापा आप लोगों को बहुत ज्यादा याद करने लगे हैं!" महिपाल बता रहा था, "जब भी दिल्ली से घर जाता हूँ, तो उनका पहला सवाल यही होता है कि तुम गए थे, अपने गुरु और गुरुआनी से मिलने? फिर समझाते हैं, इस बार जरूर मिलकर आना बेटा! वे बड़े अच्छे लोग हैं।"

"सेहत अब कैसी है लीलाराम की?" मैं पूछता हूँ, "घूमना-फिरना तो चलता है न! घूमने का वह शुरू से ही शौकीन रहा है।"

"पहले से बहुत कमजोर हो गए हैं अंकल, पर अब भी सक्रिय हैं।" महिपाल बोला, "रोज सुबह घूमने जाते हैं। उनका जीवन जीने का ढंग वही है। हफ्ते में एक बार यूनिवर्सिटी भी जाते हैं। कहते हैं, वहाँ जाकर बड़ा अच्छा लगता है। बहुत कुछ गुजरा हुआ याद आता है, बहुत कुछ...!"

"इसलिए कि लीलाराम तो कीरतपुर यूनिवर्सिटी की नींव से जुड़ा है।" मैं हँसता हूँ, "उसने तो यूनिवर्सिटी का पूरा इतिहास अपने सामने घटित होते देखा है। आचार्य श्रीयुत नलिन से लेकर डॉ. गुप्त और अब मैडम केशवानी तक!"

फिर मैंने हँसते हुए पूछ लिया, "वह तो रामलीलाओं का भी बड़ा शौकीन है न, तो क्या अब भी...?"

"हाँ, अंकल।" महिपाल भी हँसने लगा। बोला, "यह शौक तो उनका बचपन से ही है अंकल। यहाँ तक कि फौज में थे, तब भी नहीं छूटा। बता रहे थे, तब भी दशहरे-दिवाली पर कभी-न-कभी मौका निकाल ही लेते थे और बड़ी अच्छी रामलीलाएँ करते थे। राम, लक्ष्मण, सीता, दशरथ, कैकेयी, परशुराम, रावण, विश्वामित्र सबके पूरे-के-पूरे संवाद अब भी उन्हें याद हैं और वो भी लंबी-लंबी कविताओं की शक्ल में। हाँ, पर इधर उतने बड़े आयोजन नहीं करते। बस, गली-मोहल्ले के छोटे-छोटे बच्चों को इकट्ठा करके बाल रामलीला करवाते हैं, पर उसी में बड़ा अनोखा रस आ जाता है।"

"रस तो असल में मन का होता है न! और उसके मन में रामलीला बसी हुई है, शुरू से...!" सुप्रिया पुराने दिनों को याद करके बोली, "उन दिनों जब यूनिवर्सिटी में हम लोग लीलाराम के किस्से सुना करते थे, तब भी बीच-बीच में मूड में आकर वह बड़े नाटकीय अंदाज में रामलीला के डायलॉग सुनाया करता था। और सुनते ही मन में एक तरंग-सी उठती थी। हम लोग सोचते थे, खाली संवाद सुनकर मन इतना विभोर है तो रामलीला के समय कैसा आनंद आता होगा!"

बातों-बातों में समय का कुछ पता ही नहीं चला। कोई दो-ढाई घंटे हो गए थे। इस बीच सुप्रिया चाय-नाश्ता लाई तो चाय की चुस्कियों से ज्यादा बातों की चुस्कियाँ लीं हमने। बहुत दिनों बाद बातों में इतना रस आया था, और बहुत दिनों बाद लीलाराम के जरिए अपने अंदर इतनी सीढ़ियाँ उतरकर झाँका। आश्चर्य, अतीत अब भी वैसा ही था, उतना ही लुभावना, निर्मल!

कुछ समय बाद महिपाल गया तो लगा, जैसे कोई अपना, बहुत अपना

मिलकर फिर बिछुड़ गया हो। साथ ही लग रहा था, तीस साल पहले का जमाना आज हमने फिर से अपनी आँखों से देख लिया। रू-ब-रू... !

□

और सच्ची पूछो तो तब से कुछ रोज तक मन में बस 'लीलाराम...लीलाराम... लीलाराम' की ही पुकार होती रही।

कीरतपुर यूनिवर्सिटी को जिन वजहों से कभी भूल न पाऊँगा, उनमें लीलाराम भी है। लीलाराम यों तो हिंदी विभाग का पीयन था, पर वह हमारे लिए क्या हो चुका था, यह बताना मुश्किल है। एक तो लीलाराम ने जिन दिनों हम रिसर्च कर रहे थे, बहुत चाय पिलाई, बल्कि कहना चाहिए कि बहुत प्यार से चाय पिला-पिलाकर चुस्त-चौकस रखा। जब थीसिस लिखते समय कागज पर कोई ढंग की चीज उतर आती, कोई चैप्टर बढ़िया ढंग से लिखा जाता तो हमारे चेहरे पर जो चमक आती, वह सबसे पहले लीलाराम ही पढ़ता था और फौरन फरमाइश करता, "अब तो चाय हो जाए बाबू!"

"खाली चाय नहीं, चाय के साथ वाय भी। आते हुए कैंटीन से गरम समोसे भी ले आना।" और लीलाराम खुशी से फुदकता हुआ जाता, जैसे इस सफलता में कुछ श्रम उसका भी है।

सच्ची बात तो यह कि लीलाराम को चाय पीना भी आता था, पिलाना भी। कैंटीन से चाय लेकर आता तो कमरे में आते ही सीधे हीटर पर रख देता, ताकि अगर लाते हुए रास्ते में ठंडी हो गई हो, तो उसका असली स्वाद लौट आए! और फिर हमें चाय पिलाने के बाद सामने वाले कमरे के अपने खास पसंदीदा कोने में बैठकर चाय पीता तो लगता कि एक-एक बूँद रस ले रहा हो!

चाय पीकर उसकी आँखों में जो चमक आती, वह वर्णनातीत है। वही सुख उसे चाय पिलाने में भी मिलता था। जो जादुई नशा बच्चन की कला में है, लीलाराम के हाथों पी गई चाय में उससे कहीं अधिक था, तो वह लीलाराम के कारण ही था। और फिर उसकी सदाबहार बातें और इससे भी बढ़कर उसके कभी खत्म न होनेवाले अपरंपार किस्से... !

वह वक्त हमारे लिए बड़ी उठा-पटक का था। बड़ी उथल-पुथल का झंझावाती दौर! जिंदगी के बहुत बड़े-बड़े तूफानों का सामना किया, उस दौर में हमने। ऐसे में लीलाराम का होना हमारे लिए एक सही मनुष्य के या कहें कि मनुष्यता के बहुत-बहुत संवेदनशील तंतुओं के पास होना था। उसमें इतनी जिंदगी या कि जिंदादिली कूट-कूटकर भरी हुई थी कि गहरी उदासी और दुःख-अपमान के

काले सायों में भी हमें उससे बड़ा सहारा मिलता था।

उन्हीं दिनों मैंने एक बड़ा उपन्यास 'कीरतपुर यूनिवर्सिटी' लिखना शुरू किया था। इस संकल्प के साथ कि उपन्यास जब भी पूरा होगा, उसे लीलाराम को ही समर्पित करूँगा। वही है, जो उस दौर के 'एक सन्नद्ध सैनिक' या विश्वासपात्र चौकीदार की तरह बचा हुआ है। मेरी कथा का कथानायक। वही है, जिसका कद सबसे बड़ा है, तथाकथित बड़े-बड़े प्रोफेसरों से भी बड़ा!

उपन्यास अभी अधूरा है, पर लीलाराम आज भी वैसा ही फैसिनेट करता है! जैसे दोनों हाथों से पुकार रहा हो!

□

हाँ, ऊपर लीलाराम के किस्सों की बात चली थी। उनमें दो-एक अगर यहाँ सुना दूँ तो मुझे यकीन है कि आप भी उनका आनंद लेंगे। असल में आजादी से पहले लीलाराम अंग्रेजी सेना में रहा था, तो उसी दौर के अंग्रेज अफसरों के हजारों किस्से उसके पास थे।

एक तो होली का ही मजेदार किस्सा है, एक अधेड़ और खुशमिजाज अंग्रेज अफसर रॉबर्ट हेली का। उसने अपनी आँखों से किसी 'परम अजूबे' जैसा होली का यह अनोखा पर्व देख लिया, तो जैसे हँसते-हँसते लोटपोट हो गया। इस त्योहार के बारे में सोच-सोचकर ही वह एक मीठी गुदगुदी महसूस करता था और कभी-कभी तो एकदम नटखट बच्चों की तरह हँस पड़ता था।

गाहे-बगाहे वह हँसकर हिंदुस्तानी सैनिकों से पूछा करता था, "ओ मैन, तुम्हारा वह त्योहार कब आएगा, जिसमें पूरा-का-पूरा मुल्क पागल हो जाता है!"

और पूछने के साथ-ही-साथ वह किस कदर ताली पीटकर प्यारी हँसी हँसता था—और कभी-कभी तो हँसते-हँसते दोहरा हो जाता था, इसे कभी लीलाराम से सुनें, तभी बात का असली रस आएगा।

सैनिकों में अकेला लीलाराम ही था, जो उसे जवाब दे सकता था। एक बार जब हेली ने अपना वही जुमला दोहराया तो लीलाराम बोला, "साहब, रंग तो कभी भी बाजार से खरीदे जा सकते हैं, पर उससे होली नहीं हो सकती। होली तो बस फागुन में ही होती है, जब सुहानी हवा चलती है, गुनगुना मौसम होता है और चारों तरफ नए फूल, नए रंग, नई खुशबुएँ...!"

लीलाराम ने जब मस्ती से भरकर फागुन की फगुनाहट का वर्णन किया तो अधेड़ अंग्रेज अफसर रॉबर्ट हेली की आँखें अचरज से फैलती चली गईं, "ओह, सो नाइस, सो नाइस, वंडरफुल! लीलाराम, यू आर रियली अ पोएट!"

शुरू में रॉबर्ट हेली की बात बहुत से सैनिकों के पल्ले नहीं पड़ी। पर जब लीलाराम की बातों से पूरा किस्सा समझ में आया तो वे भी खूब हँसे और आनंद लिया।

यों भी हेली ऐसा खुशमिजाज अफसर था, जो अपने अधीनस्थों और खासकर सेना के जवानों को खुश रखने में यकीन रखता था। इसीलिए वह उनसे दूरी रखने के बजाय जब-तब उनके त्योहारों, खाने-पीने की दावतों और दूसरी चीजों में शरीक होता। उनसे खुलकर मेल-मुलाकात करता। हेली को हिंदुस्तान के त्योहार ही नहीं, यहाँ की संस्कृति में भी दिलचस्पी थी।

"इंडियन फूड का तो वह शौकीन था, भास्कर बाबू!" लीलाराम बहुत रस लेकर बताता, "खासकर खीर-पूरी, कढ़ी-चावल या हलवा वह बड़ी खुशी से खाता। सबसे मुश्किल तब आती, जब वह सबके साथ मिलकर पूरी और आलू करी की दावत का मजा ले रहा होता। तब लाल मिर्चों के तीखेपन से उसके लिए आफत हो जाती। सी-सी करके खाता तो नाक से पानी बहने लगता। हम लोग कहते—रहने दो साहब, मिर्च-मसाला ज्यादा तेज है। इस पर खाते-खाते कहता—'नो···नो, इट्स टेस्टी···वेरी टेस्टी! बट सो स्पाइसी···ओह गॉड!!' भास्कर बाबू, वह सीधा था, बहुत सीधा··· यही वजह है कि सैनिक भी उससे खुश थे और उसे प्यार करने लगे थे।"

ऐसे ही एक और किस्सा वह सुनाया करता था। सेना की उस टुकड़ी में, हेली जिसका कमांडर था, कुछ मद्रासी भी थे। उनका रंग एकदम काला, चमकीला। हेली उन्हें दूर से बड़ी हैरानी से देखा करता था। फिर एक दिन रहा नहीं गया तो उसने उनमें से एक मद्रासी सैनिक को पास बुलाया। उसके पास आने पर उसने पहले अपने हाथ से उसकी बाँह को अच्छी तरह छूकर देखा। फिर उसकी हथेली को छुआ। उसके गालों को छुआ, और फिर पलटकर अपने हाथ को गौर से देखते हुए मुसकराकर कहा, "अरे, वाह! पाक्का···एकडम पाक्का!"

और उसके बाद इतनी जोरों से ताली पीटकर हँसा कि वहाँ खड़े सारे-के-सारे सैनिक ठठाकर हँस पड़े। यहाँ तक कि वह मद्रासी सैनिक भी खिलखिलाकर हँसे बिना न रह सका।

लीलाराम को बचपन से रामलीला का शौक था। फौज में भी कभी-कभी फुरसत के पलों में वह साथियों के साथ मिलकर रामलीला करता तो बहुत से सैनिक उत्सुकता से देखते और खुश होते। उन दिनों वह इस कदर रामलीला के रंग में रँग जाता कि बात-बात में उसके मुँह से निकलता, "रामजी की लीला है सब, रामजी की लीला···!"

एक दिन हेली को भी पता चला तो बोला, "लीलाराम, अम बी देखने सकता ना, तुमारी ए रामलीला··· ?"

"हाँ-हाँ साब, क्यों नहीं···!" लीलाराम बोला, "कल आप भी आकर आनंद लीजिए।"

रामलीला की तैयारी का ज्यादा सामान तो था नहीं, पर गत्ते के मुकुट, गत्ते की तलवारें वगैरह बनाकर लीलाराम ने अपना काम चला लिया था। और फिर हेली आया तो उसके आगे ऐसी दिव्य रामलीला हुई कि उसे लगा, वह तो किसी और ही दुनिया में पहुँच गया। अचरज भरी उत्तेजना से बोला, "वंडरफुल···वंडरफुल···! लीलाराम, यू डिड इट···!!"

फिर लीलाराम ने हिंदी-अंग्रेजी की अपनी मिली-जुली भाषा में सुनाई, राम की कथा। कैसे पिता की आज्ञा मान राम वन को गए···कैसी थी अयोध्या की अकुलाती जनता। निषाद और केवट का प्रेम···! कैसे भरत सबको साथ लेकर रामचंद्रजी को मनाने वन जा पहुँचे। कैसे वन में सीता का वियोग हुआ, कैसे हनुमान और वानर सेना के सहारे रावण जैसे महाबली राक्षस का वध हुआ और फिर लौटकर आए राम तो भरत किस आदर से उन्हें राजपाट सौंपते हैं। और अंत में राम और भरत का वह अद्‌भुत प्रेममय मिलाप!

सुनकर हेली हैरान रह गया। बोला, "ओ मैन, तुमारा मुल्क तो बड़ा अजब है, बड़ा अजब···!!"

फिर लीलाराम के उन किस्सों की तासीर तो अलग ही है, जो असल में कई देशों के उसके दिलचस्प यात्रा-वृत्तांत ही हैं। वहाँ गया तो था वह फौज के सिपाही के रूप में ही, पर आँखें खुली थीं, मन भो। चढ़ती जवानी की उमंग थी और खतरों से खेलने की आदत भी। इसलिए बहुत कुछ उसने ऐसा देखा, जिसे वह अपनी किस्सागोई में ढालकर सुनाता तो किसी भी महफिल में रंग आ जाता था।

हालाँकि फौज के दिनों का उसका सुनाया हुआ वह प्रसंग तो शायद सबसे रोमांचक है, जब हवाओं में हर ओर बड़ी तेजी से यह खबर फैल रही थी कि नेताजी सुभाषचंद्र बोस जल्दी ही जापानी सेना के साथ आनेवाले हैं और वे अंग्रेजी सेना के साथ युद्ध करके भारत को आजादी दिलाएँगे।

उस ऐतिहासिक घड़ी में लीलाराम अंग्रेजी फौज में था और वह बड़े गर्व के साथ बताता है कि हम सारे सैनिकों ने आपस में इशारों-इशारों में यह तय कर लिया था कि नेताजी की सेना आएगी तो हम लड़ेंगे नहीं। या तो हथियार डालकर एक साथ समर्पण कर देंगे, या फिर खुद उन्हीं के साथ जाकर मिल जाएँगे और देश की

आजादी की खातिर अंग्रेजों से लड़ाई छेड़ देंगे।

पर लगता है, खुद अंग्रेज भी अंदर-ही-अंदर डरे हुए थे। वे सबसे ज्यादा तो सी बात से आशंकित थे कि भारतीय लोग नेताजी को जी-जान से प्यार करते हैं, इसलिए अगर वे विशाल सेना के साथ आते हैं, तो उनका सामना करना कितना कठिन होगा।

संयोग से लीलाराम सेना की जिस रेजीमेंट में था, वह अभी किसी दूसरे मोर्चे पर भेजी गई थी। इसलिए वह ऐतिहासिक क्षण कभी आया नहीं, पर नेताजी सुभाषचंद्र बोस अपनी जुझारू सेना लेकर देश की मुक्ति के लिए आएँगे, यह सोचना भी सैनिकों को कैसे रोमांच से भर देता था, पहली बार लीलाराम से बात करके ही जाना।

□

पर लीलाराम के किस्से यहीं खत्म नहीं हो जाते। सच पूछिए तो अंग्रेजी सेना में शामिल होकर देश-दुनिया में घूमने के प्रसंग तो लीलाराम के किस्सा-कोश का पूर्वार्ध ही है। उसके उत्तरार्धवाले किस्सों का तो रस ही कुछ और है, जिसमें कीरतपुर यूनिवर्सिटी के प्रारंभिक दौर की अकथ कथा है। उसके इन किस्सों के महानायक थे आचार्यजी यानी आचार्य नलिनजी, जो उस समय कीरतपुर यूनिवर्सिटी के हिंदी विभाग के अध्यक्ष थे और उनकी कीर्तिध्वजा दूर-दूर तक फहरा रही थी। पूरा नाम तो उनका विद्यामोहन नलिन था, पर पूरी साहित्यिक दुनिया में वे आचार्यजी के नाम से ही ख्यात थे।

वह कीरतपुर के गौरव का उत्कर्ष काल था, जिसे बनाने और बनाए रखने का बहुत कुछ श्रेय आचार्य नलिनजी को था। और लीलाराम भी तभी से कीरतपुर यूनिवर्सिटी की नींव से जुड़ गया था। आचार्यजी के ड्राइवर के रूप में, साथ ही उनके राजदार और प्रधान सेवक के रूप में।

बाद में, जब आचार्यजी कीरतपुर यूनिवर्सिटी से मुक्त होकर अपने गृहनगर उज्जैन गए, तो जो उल्लेखनीय काम वे करके गए, उनमें एक था—लीलाराम को ड्राइवरी से मुक्त करके विभाग का स्थायी पीयन बना देने का। इससे जुड़ा हुआ एक किस्सा भी लीलाराम ने सुनाया था। हुआ यह कि आचार्यजी के सेवामुक्त होने में अभी कुछ समय था। लीलाराम अंदर-ही-अंदर कुछ विकल था, इसलिए कि उसकी ड्राइवरी की नौकरी तो एकदम अस्थायी थी।

एक दिन आचार्यजी सुबह का नाश्ता करके अखबार पढ़ रहे थे। तभी लीलाराम ने निवेदन किया, "आचार्यजी, आप तो चले जाओगे, पर मैं··· ? कुछ मेरा

भी आप सोचते! अब आँख भी उतना साथ नहीं देती, जो अच्छी ड्राइवरी के लिए जरूरी है। फिर कोई जरूरी नहीं है कि जो आपके बाद आए, वह...!"

"सोचा है...कुछ तुम्हारे लिए भी सोचा है!" आचार्यजी हँसे। उनकी पतली चिबुक में एक मंद हलचल-सी हुई और गोरे मुख पर प्रसन्न स्मिति फैल गई।

लीलाराम समझ गया कि अब कोई रास्ता निकलनेवाला है। तीसरे दिन उसके हाथ में विभाग के पीयन के रूप में ज्वाइन करने का नियुक्ति-पत्र था। उसने ऊपर हाथ जोड़कर ईश्वर को धन्यवाद दिया। चलो, अब एक बँधी हुई आय तो हो गई! बच्चे किसी तरह पल जाएँगे।

पर आचार्यजी को धन्यवाद देना भी तो जरूरी था। लीलाराम जानता था, कुछ करके वे कुछ पाने की अपेक्षा भी करते थे। सो उनके पास जाकर हाथ जोड़, सिर झुकाकर बोला, "आचार्यजी, आपने बड़ी कृपा की। बस समझिए, मुझे तो आपने तार दिया!"

आचार्यजी हँसे। बोले, "तुमने कहा था लीलाराम, पर मैंने पहले ही सोच लिया था। दो महीने पहले ही तुम्हारी फाइल आगे सरका दी थी, ताकि मेरे सामने ही कुछ हो जाए!"

"भास्कर बाबू, बहुत अच्छे थे आचार्यजी और बड़े होशियार भी...!" लीलाराम श्रद्धाविभोर होकर बताता था, "जो काम करते थे, ऐसा पक्का कि उसमें कोई टाँग नहीं अड़ा सकता था। बड़े-बड़े राजनेता उनके घर आते थे, मिलने के लिए। पता नहीं कि क्या था उनमें कि एक बार जो मिल लेता, उनका मुरीद हो जाता। सुना है, विद्याचरण शुक्ल तो उन्हें पलकों पर बिठाते थे। इसीलिए कीरतपुर यूनिवर्सिटी का कुलपति हो या फिर बड़े-बड़े अफसर, किसी की हिम्मत नहीं थी कि आचार्यजी की लिखी हुई एक लाइन भी काट दे। सब जानते थे कि इनके काम में टाँग अड़ाई तो बस समझो कि टाँग ही गई! फिर उसका कभी पता नहीं लगेगा।..." कहकर हँसने लगा था लीलाराम।

उसका आचार्य पुराण शुरू होता तो जल्दी खत्म होने में नहीं आता था। कई बार तो दो-ढाई घंटों में कोई किस्सा खत्म होता। किस्से में किस्से जुड़ते ही जाते।

इसी तरह उनके भोजन का भी बहुत विस्तार से बखान करना उसे प्रिय था। लीलाराम भावविभोर होकर बताता, "जैसे दुबले-पतले थे आचार्यजी, बस समझो वैसा ही संक्षिप्त उनका भोजन। एकदम सादा। गिनती के बस दो फुलके खाते थे, साथ में सब्जी हो या दाल। उसमें नमक-मिर्च बहुत कम। और हाँ, दही उन्हें खाने में तीनों टाइम चाहिए थी। बेनागा। पता नहीं, दही से यह मोह कैसा, पर न मिले तो

बिगड़ते थे।···मुझे तो लगता है, बस दही के सहारे जी रहा था बुड्ढा!" कहकर लीलाराम बड़े जोरों से हँसा था।

विभाग में उनके बाद नंबर टू पर थे, कमलेशजी। कोई कम योग्य तो नहीं थे। साहित्य में खासा उनका नाम था और हिंदी के सभी साहित्यकार बड़ी इज्जत करते थे उनकी। पर पता नहीं क्यों, आचार्यजी थोड़ा चिढ़ते थे उनसे। लीलाराम ने बताया, "ऊपर-ऊपर से तो उनके संबंध बड़े अच्छे थे, पर अंदरखाने मैं जानता था कि अच्छे नहीं थे! अब वजह तो मैं क्या बता सकता हूँ? बस, एक यही बात हो सकती है कि थोड़ी चापलूसी पसंद थी आचार्यजी को। लोग उनके पैरों पर गिरते थे और बदले में उनसे कुछ भी ले लेते थे। पर कमलेशजी ठहरे खरे आदमी। खुद्दार। वे तो मर जाते, पर कभी ऐसा न करते।"

लीलाराम बता रहा था तो लगा, केवल छठी पास भले ही हो लीलाराम, पर यूनिवर्सिटी की राजनीति का महाशास्त्र तो वह अच्छी तरह समझता है। उसी से पता चला कि आचार्यजी साहित्य के बड़े भारी आचार्य थे तो राजनीति के भी कम खिलाड़ी नहीं थे। उनके बाद उनकी पसंद का विभागाध्यक्ष हो, इसके लिए काफी बड़ा खेल किया उन्होंने। बकौल लीलाराम, "उन दिनों बड़े चक्कर लगे उनके। चक्कर-पर-चक्कर। कभी दिल्ली, कभी इलाहाबाद, कभी ग्वालियर, तो कभी उज्जैन। मैं ही कार में ले जाता था उनको। पता था कहाँ-कहाँ से गोटियाँ फिट कीं उन्होंने और अपने सामने ही डॉ. राधिकामोहन गुप्त को सीनियर प्रोफेसर बनवाया। फिर तो आचार्यजी के जाने के बाद डॉक्टर गुप्त को ही बनना था, हैड ऑफ द डिपार्टमेंट। सब आचार्यजी का ही खेल था, भास्कर बाबू!"

फिर लीलाराम ने ही बताया, "कमलेशजी बड़े स्वाभिमानी थे। कभी किसी के आगे अपना दुःख नहीं खोलते थे, बस रात-दिन अपने लिखने-पढ़ने में लगे रहते। लेकिन अंदर-ही-अंदर उन्हें जो गुम चोट लगी, उससे फिर कभी उबर नहीं पाए और फिर एक दिन इसी ने उनकी जान ले ली।···"

लीलाराम के चेहरे पर गहरे दुःख की छाया आ गई। बड़ी संजीदगी से बोला, "असल में, भास्कर बाबू, ब्लड प्रेशर काफी ज्यादा रहने लगा था उन्हें। एक दिन गरमी बहुत थी। दोपहरी का टैम। डिपार्टमेंट से घर आए और आते ही मुरली से कहा—जरा नीबू की शिकंजी तो बनाओ जल्दी, कुछ घबराहट-सी हो रही है! शिंकजी वैसे भी उन्हें पसंद थी, हमेशा माफिक ही आती थी। पर उस दिन ब्लड पेशर बढ़ा हुआ था तो यही नमक वाली शिंकजी जहर बन गई। ब्लड प्रेशर इतना बढ़ गया कि फौरन अस्पताल लेकर भागना पड़ा, फिर वहाँ से अंबाला···! खूब

भागमभाग, पर बच नहीं पाए साहब!"

फिर एक आह-सी भरते हुए बोला, "सच पूछो तो भास्कर बाबू, वे बुरी तरह टूट गए थे। जिस दिन उन्हें पीछे डालकर डॉ. गुप्त को अध्यक्ष बनाया गया, उनकी मौत की कहानी तो उसी दिन विधना ने लिख दी थी। आचार्यजी ने जाते-जाते बस यही एक ऐसा काम कर दिया जो··· !"

मुझे लगा, लीलाराम कीरतपुर यूनिवर्सिटी के इतिहास का मूक दर्शक भले ही हो, पर पूरा इतिहास उसकी स्मृतियों में कैद है। वह बोलता है तो बहुत कुछ ऐसा छन-छनकर आता है कि भीतर कुछ काँपता-सा है, लहर-पर-लहर··· हहर-हहर!

और फिर हमारी पीढ़ी के लिए तो यह सब एकदम अनजाना ही था। हमारे लिए तो लीलाराम ही संजय था कीरतपुर की महाभारत का, जिसके माध्यम से टुकड़ों-टुकड़ों में सही, हमने पूरी कथा सुनी, जानी।

"इसी ने भास्कर बाबू, कमलेशजी की जान ले ली··· उनकी मृत्यु··· ! नीबू शिकंजी··· ब्लड प्रेशर··· हैड ऑफ द डिपार्टमेंट! तभी··· बस तभी वे भीतर से बिल्कुल टूट-से गए थे! आचार्यजी ने बस एक ही काम··· !"

बरसों बाद भी शून्य में लीलाराम की आवाज उभरती है और भीतर हलचल-सी मच जाती है।

शायद महाभारत सिर्फ महाभारत में नहीं है। जीवन में हर क्षण एक महाभारत है और जीवन खुद एक महाभारत। पर उसे सुनानेवाला कोई लीलाराम चाहिए। तभी उसके अंदर के अर्थ खुलते हैं और सतरों के बीच का खाली स्पेस भी बोलने लगता है।

□

लीलाराम के किस्साकोश में बड़ी अजब-गजब कथाएँ थीं। ऐसी कि सुनकर अचरज से मुँह खुला-का-खुला रह जाता है।

इन्हीं में एक कथा थी एस.के. लाल की, जो एक बिगड़े रईस के बेटे थे और कीरतपुर यूनिवर्सिटी में गणित विभाग में लेक्चरर बनना चाहते थे। पर वहाँ लेक्चरर की कोई जगह खाली ही नहीं थी तो भला कैसे बनते? एस.के. लाल शातिर खिलाड़ी ठहरे। आसानी से हार माननेवाले नहीं। तो उन्होंने अपना गणित लगाया कि गणित विभाग के किस लेक्चरर की छुट्टी करनी चाहिए, ताकि पोस्ट खाली हो और उन्हें मिले। जल्दी ही दक्षिण भारत के किन्हीं पल्ली साहब को उन्होंने अपने राडार के निशाने पर लिया और उनसे दोस्ती गाँठ ली। बस, समझो कि दाँत काटे की दोस्ती।

फिर वे उन्हें अपने साथ उत्तराखंड की कई दिवसीय यात्रा पर ले गए और वहाँ पता नहीं क्या खेल हुआ कि गए तो दो थे, पर लौटे सिर्फ एक ही—श्रीमान् एस.के. लाल। लौटकर उन्होंने बताया कि पता नहीं पल्ली साहब सुबह-सुबह उठकर किधर घूमने निकल गए कि लौटे ही नहीं। तो फिर क्या करता? मैं अकेला ही वापस चला आया।

अब वहाँ क्या-क्या हुआ होगा, इस बात को लेकर लोगों में इतने किस्से-कहानियाँ चल निकले हैं कि लिखो तो पूरा पुराण तैयार हो जाए। पर वहाँ असल में हुआ क्या था, यह किसी को नहीं पता।...आज तक नहीं पता और लगता है, कभी पता नहीं चलेगा!

अलबत्ता फिर जैसा कि होना ही था, गणित विभाग की लेक्चररशिप के लिए वैकेंसी घोषित की गई। फिर कोई साल-डेढ़ साल बाद उस पोस्ट पर नियुक्ति उसी शख्स की हुई, जिसने इसके लिए सारी गोटियाँ फिट कर ली थीं—यानी श्रीमान डॉ. एस.के. लाल। हालाँकि इससे पहले उनकी डॉक्टरेट कैसे पूरी हुई, इस पर भी इतनी कहानियाँ हैं कि कुछ न पूछो!

मुझे आज भी याद है कि लीलाराम के मुँह से यह प्रसंग सुनकर जीवन में पहली दफा ऐसी सिहरन हुई, जो आज भी कभी-कभी रातों की नींद उड़ा देती है।

□

कीरतपुर का असली रूप तब सामने आया, जब कुछ समय की मित्रता के बाद हम दोनों रिसर्च स्कॉलर्स सुप्रिया और मैंने विवाह कर लिया। यह जाति और परंपरा के बंधनों से मुक्त, मन का निर्णय था। इसमें हर तरफ से मुसीबतें खड़ी हुईं तो भला कीरतपुर यूनिवर्सिटी के कर्णधार ही कैसे पीछे रह जाते? थोड़े दिन बाद ही विभागाध्यक्ष के सख्त चेतावनियोंवाले खर्रे हमारे पास आए, "क्यों न आपकी स्कॉलरशिप रोक दी जाए?"

उस समय हमारे पास कोई आर्थिक अवलंब तो था नहीं। बस, स्कॉलरशिप में मिलनेवाली नाममात्र की राशि ही थी, जिससे गुजर हो सकती थी। उसे भी बंद करने का मतलब था, हमारी जीवन-रेखा को बीचोबीच से काट देना। यही हम लोगों ने अपने जवाब में लिखा भी।

और फिर जल्दी ही कठोर विभागीय फैसला भी सामने आ गया। मेरी तो नहीं, पर सुप्रिया की स्कॉलरशिप बंद कर दी गई। बस, मेरी स्कॉलरशिप अभी जारी थी, मात्र चार सौ रुपए! और उसी से हमें अपने गृहस्थ जीवन की शुरुआत करनी थी।

हम दोनों के लिए यह छटपटाहट भरा समय था। सबसे विद्रोह करके हम

लोगों ने एक आदर्श विवाह का फैसला किया था, जिसमें कोई रूढ़ि, कोई प्रदर्शन नहीं। सिर्फ फेरे हुए। हम लोगों के चार मित्र इकट्ठे हुए और फिर हमारी सहयात्रा शुरू हो गई। पर अब··· ? अब लग रहा था, जैसे कोई हमारे सामने परोसी हुई भोजन की थाली हटा रहा है कि भला इन लोगों को जीने का क्या हक ?

वह बुरा समय था हमारे लिए, जिसमें हमने तमाम दोस्तों के चेहरे बदलते देखे। यहाँ तक कि जो अभिन्न थे और जिन्हें यकीन था कि मैं अपनी अलग राह बनाकर चलनेवाला जीनियस किस्म का बंदा हूँ, अब वे थोड़ा मुँह बिगाड़कर कहने लगे थे कि कुछ-न-कुछ तो जरूर गड़बड़ है इस शख्स में, वरना भला यह हैड साहब से क्यों लड़ बैठा ? ऐसा बंदा कहीं सरवाइव कर सकता है !

और सचमुच स्थितियाँ वैसी ही बनती चली गईं। हर जगह जहाँ-जहाँ नियुक्तियाँ होनी थीं, मुझे इंटरव्यू के लिए बुलाया जाता। देर-देर तक खूब अच्छे सवाल-जवाब। पर हर जगह चयन किसी और का होता और मुझसे कहा जाता, "अभी थोड़ा और कोशिश करो। अभी तो तुम्हारी उम्र संघर्ष करने की है !"

ऐसा लगता, जैसे कोई गाल सहलाने के नाम पर तमाचा मारकर हँस रहा हो, "क्या समझे थे बच्चू, कीरतपुर यूनिवर्सिटी में नौकरी बड़ी टेढ़ी खीर है ! बड़े पापड़ बेलने पड़ते हैं, और तुम··· ?"

मेरे लिए यह ऐसा समय था, जब खुद से भी यकीन टूटने लगता है। तब लीलाराम ने जिस तरह सहारा दिया, उसे कैसे भूलूँ ? और तो और, एक दिन वह पुरानी बस्ती में अपने घर भी ले गया। सादा-सा दो कमरों का घर। बोला, "यह घर जितना मेरा है, उतना ही आपका भी है, भास्कर बाबू ! आप जब तक मरजी हो, रहो। बस, आप किराए-विराए की कोई बात मत करना !"

सचमुच वह समय ऐसा था कि मकान का किराया देने के भी पैसे नहीं थे हमारे खीसे में, और एक-एक दिन आँसू पीते हुए हम काट रहे थे। दुःख के उन दिनों के साथी को कोई भूल सकता है क्या ?

उस समय हर तरफ से बस ये ही आवाजें सुनाई देती थीं कि ये लोग जुनूनी हैं, कुछ नहीं कर पाएँगे ! पर जीवन की उदास घड़ियों में एक वही था, जिसने कहा, "भास्कर बाबू, आप जी छोटा क्यों करते हो ? आपमें जरूर कुछ बात है। देखना, एक दिन आप बड़े काम करोगे। उम्मीद रखनी चाहिए। आपका उतरा हुआ चेहरा मुझे अच्छा नहीं लगता।···"

"भगवान् जिसे प्यार करता है, उसी की सबसे ज्यादा परीक्षा लेता है, भास्कर बाबू !" एक बार जब मैं एक इंटरव्यू से निराश होकर लौटा था, उसने उम्मीद बँधाते

हुए कहा। तब पता नहीं कैसा दुःख का पहाड़ अंदर इकट्ठा हो गया था कि उन चंद शब्दों से पिघला, तो आँसू छलछला आए थे। कुछ तो निराशा के कारण और कुछ यह सोचकर कि देखो, इस हालत में भी कोई तो है, जिसका मुझ पर थोड़ा यकीन है।

आज याद करता हूँ तो लगता है, बातें तो उसकी वही थीं। बार-बार सुनी हुईं, पर जब अपना कोई हितू उन्हें कहता है, छल-छल करती सच्चाई और अपनेपन से कहता है, तब वे ही शब्द मरहम बन जाते हैं।

पर उसने सिर्फ दिलासा दिया ही नहीं, वक्त पड़ने पर बहुत कुछ किया भी और वह भी हमारे अनजाने में। हैड साहब जब धमकी और चेतावनियों वाली चिट्ठियों पर चिट्ठियाँ भेजकर हमें परेशान कर रहे थे, तो उसने उनके सहायक सुभागसिंह से कहा, "अरे यार भागे, कुछ तो शरम करो। कितना पाप कमाओगे तुम?"

सुभागसिंह में अभी आत्मा बची हुई थी। कुछ अफसोस के साथ बोला, "ठीक कह रहे हो, लीलाराम!"

अगले दिन उसने डराया डॉ. गुप्त को, "डाक्साब, आप सरासर गलत काम कर रहे हो। अगर ये दोनों जने मिलकर चले गए वी.सी. के पास और बेवजह तंग करने की शिकायत की, तो आप उलटा फँस जाओगे!"

बस, उस दिन से और कुछ हुआ हो या नहीं, पर विभागीय चिट्ठियों के जरिए होनेवाला उत्पीड़न जरूर रुक गया। बहुत बाद में खुद सुभाग सिंह ने हमें यह प्रसंग बताया तो आँखें भीग गईं। भीगती चली गईं!

उन्हीं दिनों की बात। मैंने दूर बैठे अपने बचपन के मित्र देवाशीष को चिट्ठी में लिखा—

"दोस्त, इन दिनों अजीब हालत है। बड़ी अजीब। एक इल्यूजन समझो। जब भी खाना खाने बैठता हूँ तो लगता है, एक अदृश्य हाथ मेरी थाली की ओर बढ़ रहा है और फिर अगले ही क्षण वह उसे उठाकर भाग जाता है।

देखकर आँखें फटी-सी रह जाती हैं। मैं जोर से चीखता हूँ—अरे, डॉ. गुप्त, आप···आप··· ?

आँखों से टप-टप आँसू। पर तभी कहीं से घूमता हुआ लीलाराम आ जाता है। कंधे पर हाथ रखकर कहता है—सुनिए भास्कर बाबू, मेरे पास रूखी-सूखी रोटियाँ हैं, अपन लोग रल-मिल के खा लेंगे।···जरा रुकिए, मैं चाय लेकर आता हूँ!

···और जिंदगी चार कदम और चल पड़ती है!"

आज साफ-साफ लफ्जों में कह सकता हूँ, कहने को वह पीयन था। एक चपरासी, पर चेतना उसमें किसी प्रोफेसर से कम न थी। पढ़ा-लिखा ज्यादा न हो, पर गुना तो था। एक ऐसा आदमी, जो किसी भी हालत में अपनी आदमीयत नहीं छोड़ता।

फिर मुझ पर तो जाने कितने अहसान हैं उसके। पर अपनों के अहसान दिल में रहते हैं, कभी गिने नहीं जाते।

फिर उन्हीं दिनों का एक और प्रसंग। मैंने हर दरवाजा खटखटा लिया और कहीं कोई द्वार नहीं खुला। तभी अचानक पुणे के एक कॉलेज से ज्वाइन करने का लेटर आ गया। थोड़ी राहत तो मिली, पर लग रहा था, वहाँ तो सबसे दूर जा पड़ूँगा। मन कुछ उदास था।

लीलाराम को पता चला तो उसने सबसे पहले बधाई दी। फिर बोला, "भास्कर बाबू, एक कथा सुनो, गुरु नानकदेवजी की कथा।...एक बार गुरुजी अपनी यात्रा पर जा रहे थे। रास्ते में एक गाँव में ठहरे। वहाँ बड़े भले लोग थे। सबने बड़े प्यार से उनका स्वागत किया। जब गुरुजी चलने लगे तो उन्होंने हाथ उठाकर गाँववालों से कहा—उजड़ जाओ! फिर अगले दिन जिस गाँव में ठहरे, वहाँ बड़े बुरे लोग थे। उन्होंने गुरुजी का घोर अपमान किया। गुरुजी ने चलते-चलते उन लोगों से कहा—बस जाओ!...उस समय गुरु नानकजी का चेला भी साथ था। उसने पूछा, गुरुजी, यह उलटा आशीर्वाद क्यों? तब गुरुजी बोले—अच्छे लोग उजड़ेंगे, तभी तो दूर-दूर जाएँगे। वे उजड़कर जिस गाँव में भी जाएँगे, वही बस जाएगा। बुरे लोग वहीं बसे रहें, इसी में सबका भला है!"

यह कथा सुनाकर बोला, "आप तो भास्कर बाबू, यह सोचो कि आप एक और गाँव बसाने जा रहे हो। इसमें उदास क्यों होना? जो किसी काम के नहीं हैं, वो यहीं डटे रहें। पर आप खुशी-खुशी जाओ, क्योंकि आपके जाने से कुछ भला ही होगा।"

सुनकर मेरी आँखें भर आईं और दर-ब-दर होने का मलाल खत्म हो गया था। लगा कि किसी ने मेरा दुःख समझा और उसी ने दुःख से बाहर आने की राह भी निकाल ली। बरसों बाद पुणे से लौटकर आना हुआ, पर सच ही वहाँ जाना मुझे कुछ सुख भरी यादें दे गया।

एक छोटे से जीवन की कितनी यादें हैं, अंतहीन। महिपाल आया तो जाने कब से किसी कोने में सरकाकर रख दी गई पूरी पोटली अचानक खुल गई और उसमें से जाने क्या कुछ निकलता जा रहा है कि मेरा खुद पर ही वश नहीं...!

तब मैं ठीक ही तो कहता था, "लीलाराम पीयन नहीं, कीरतपुर यूनिवर्सिटी की आत्मा है। उसे याद करो तो एक पूरा इतिहास आँखों के आगे आ जाता है!"

आज महिपाल आया तो वह पूरा इतिहास किसी परिंदे के पंखों की तरह फड़फड़ाने लगा।...

□

बीच-बीच में महिपाल के फोन आ जाते। उससे लीलाराम के हालचाल पता चलते। महिपाल ने बताया कि उसने अपनी पत्नी मधु को भी खूब पढ़ाया है और अब हिंदी में एम.ए. करके वह एम.फिल. करना चाहती है। सुनकर बड़ा अच्छा लगा।

फिर बोला, "पापा आपको बड़ा याद कर रहे हैं। कहते हैं, मैं तो अब आ नहीं सकता। भास्कर बाबू को ही बोलना, कभी समय निकालकर आएँ।...एक बार दरसन कर लूँगा।"

"हाँ-हाँ, जरूर। उन्हें बताना कि इस बार छुट्टी लेकर कीरतपुर आऊँगा और तब तुम्हारे घर भी आऊँगा। मिलूँगा जरूर। मेरा भी बड़ा मन है।"

पर यह हो पाता, इसी बीच एक दिन बुरी खबर, "अंकल, पापा नहीं रहे। कल सुबह चार बजे...!"

"अरे, महिपाल...? क्या हुआ था...?" मैं हक्का-बक्का।

"बस, बुखार चढ़ रहा था, कई दिनों से...डॉक्टरों को पता नहीं चला। सब तरह के टेस्ट करा लिये। अस्पताल में बहुत अकुला रहे थे कि घर ले चलो, घर ले चलो! घर आए तो कुछ चैन पड़ा। एक-एक करके सबको याद किया, यहाँ तक कि अड़ोसियों-पड़ोसियों को भी और फिर सुबह होते-होते—'रामजी की लीला...रामजी की...!' बस, यही आखिरी शब्द थे।"

"हम लोग सोच रहे थे एक दिन जाएँगे, मिलकर आएँगे। पर उसने जल्दी की...!" मैंने रोते हुए स्वर में कहा।

"आपको बहुत याद कर रहे थे। कहते थे, बेटा, भास्कर बाबू बड़े अच्छे हैं, उनसे आशीर्वाद लेते रहना!"

□

और अब मेज के उसी कोने पर रखा फोन। किसी अशुभ चुप्पी में घूरता हुआ। जैसे अभी-अभी जो संदेश उसने दिया, उस पर पछता रहा हो।

भीतर फिर-फिर उमड़ती एक दुःख की आँधी-सी कि अपना, कोई बहुत अपना चला गया। रुदन की एक हहराती-सी लहर छोड़कर...कि दुनियावी लोगों

की नजरों में तुम एक चपरासी थे, लीलाराम! बस एक अदने से चपरासी, पर मैंने तो तुम्हारा दिल देखा था लीलाराम···मैं कैसे कहूँ यह? मेरे लिए तो तुम हमेशा से एक मुक्त आत्मा थे और रहोगे, इसीलिए तो कीरतपुर की आत्मा, यूनिवर्सिटी की निर्मल आत्मा मुझे सिर्फ तुममें नजर आई।

हाँ, लीलाराम···आज मैं कह सकता हूँ कि एक आदमी अंदर से बड़ा हो, तो वह जहाँ कहीं भी खड़ा हो, घूरे पर भी, तो वहीं से बड़ा होता जाता है। और फिर एक-न-एक दिन उसका बड़ा होना सबको दिखता है।···इसीलिए तुम्हारे जैसा बड़े कद का इनसान मुझे कोई और नहीं मिला। इतनी बड़ी कीरतपुर यूनिवर्सिटी। यहाँ बड़े-बड़े पद थे, बड़ी-बड़ी कुरसियाँ। बड़े-बड़े पदों पर बड़े-बड़े लोग। वे आए और गए, पर कीरतपुर की आत्मा के, उसके इतिहास के असली वारिस तो तुम्हीं थे लीलाराम—और तुम्हीं रहोगे···!!

आज भी तुम्हारा नाम लेते ही 'खुल जा सिमसिम' की तरह कीरतपुर यूनिवर्सिटी के बड़े-बड़े फाटकों और बड़े-बड़े रहस्योंवाला इतिहास खुलकर सामने आ जाता है। और फिर मेरे तो तुम बड़े पुराने दुःख के साथी हो लीलाराम, जैसा कोई नहीं, कोई भी नहीं···! तुम अपनों से बढ़कर अपने थे—मेरे अपने, बिल्कुल अपने···!!

एक प्रलाप है, जो थमता ही नहीं।···

□

कुछ देर में चाय के लिए पूछने सुप्रिया आई, तब मैं अपनी मेज पर झुका, काँपती लिखाई में कुछ सतरें घसीट रहा था—

तुम्हीं पुराने दुःख के साथी
एक तुम्हारा रहा सहारा,
क्रुद्ध आँधियाँ, छटपट लहरें
कभी न छोड़ा साथ हमारा।
इसीलिए तो याद तुम्हारी
इसीलिए वाणी अवरुद्ध,
कंधा सहलाया तुमने जब
सारी दुनिया रही विरुद्ध···!

सुप्रिया पूछती है, "कुछ लिख रहे हो···!" पर जवाब क्या दूँ? चेहरा उठाया तो वह चौंकती है, "अरे, तुम तो रो रहे हो भास्कर!"

झपटकर वह पैड उठाती है। पढ़ती है, घसीट में लिखी गई वे टेढ़ी-सीधी सतरें और फिर एक प्रश्नवाचक निगाह मेरी ओर।

"लीलाराम चला गया, कल सुबह···! अभी-अभी महिपाल का फोन···!" मैंने आवाज के रुँधेपन को किसी तरह सँभाला।

"ओह···!" सुप्रिया सन्न। उसे भी जोर लगाना पड़ रहा है खुद को जज्ब करने में, "अच्छा आदमी था, बहुत अच्छा···और बड़े दिल का आदमी!"

"हाँ, और हमारे बुरे दिनों का सबसे अच्छा साथी भी···"

"हाँ···!"

फिर कुछ और कहने-सुनने की जरूरत नहीं थी। उसके लिए तो जिंदगी पड़ी है।

और हम दोनों की आँखों में एक साथ छलछला आए आँसुओं में, अब लीलाराम की कथा फिर से लिखी जा रही थी।

□

3
लावनी की आँखें

उसका नाम था—लावनी। छोटी, बहुत छोटी थी लावनी। होगी कोई सात-आठ बरस की। पर कभी-कभी उसे लगता, भगवान् ने उससे सारी खुशियाँ छीन ली हैं, और यह सोचते ही उसका चेहरा उदास हो जाता। पर फिर अगले ही पल उसे अम्माँ के लाड़-प्यार की याद आती तो वह धीरे से कहती, "अरे, मैं भी कैसी बुद्धू हूँ।...अम्माँ हैं न! मुझे इतना लाड़ करनेवाली अम्माँ। एक पल भी वे मेरे बिना नहीं रह पातीं। तो फिर भला मुझे किस चीज की कमी है?"

फिर वह झटपट अम्माँ के पास जाकर बतियाने लगती। कहती, "अम्माँ, आपने मेरा नाम लावनी क्यों रखा? ऐसा नाम तो मैंने किसी का नहीं सुना।"

"लावनी तो उसे कहते हैं, जो सुंदर हो। भला, तेरे जैसा सुंदर कोई और है? तो फिर लावनी नाम किसी और का कैसे होता!" अम्माँ हँसकर कहतीं और उसे अपने आँचल में समेट लेतीं।

लावनी का दिल भीतर-भीतर उमगने लगता। कहती, "सचमुच अम्माँ, मैं ऐसी ही हूँ, बहुत सुंदर! पर सहेलियाँ तो...?" और वाक्य पूरा करने से पहले ही उसकी आँखों से टप-टप आँसुओं की बारिश शुरू हो जाती।

अम्माँ जानती थीं उसका दुःख। उसे प्यार से गोद में बैठाकर सिर पर प्यार से हाथ फेरती हुई कहतीं, "पगली, रोती है, तेरे पास भला क्या नहीं है? बस आँखें ही तो नहीं हैं न! पर इससे क्या होता है? तेरे पास मन की आँखें जो हैं। कैसी उज्ज्वल आँखें, मोती जैसी। दीये जैसी। उनमें सारी दुनिया के लिए प्यार है। इतनी सुंदर आँखें भगवान् ने तुझे दी हैं तो फिर रोती क्यों है? और फिर कितना सुंदर तू गाती है, 'रामचंद्र, कृपालु भज मन...!' भला कोई गा सकता है और...?"

फिर एक पल रुककर उसका माथा चुमकारते हुए कहतीं, "उस दिन मुरली

बाबा कितनी तारीफ कर रहे थे तेरी कि लावनी, तू गाती है तो लगता है, भगवान् रामचंद्रजी सीता मैया और लछमनजी के साथ सामने आ खड़े हुए हैं, हाथ में धनुष-बाण लिये। एकदम साकार दिखाई देने लगते हैं। कितनी सच्ची बात! सच, मुझे भी ऐसा ही लगता है, लावनी। तू गाती है तो... समझो, बिल्कुल समाधि लग जाती है।"

अम्माँ की बातों से लावनी को कुछ तसल्ली मिलती तो वह कहती, "अम्माँ, आपने उस दिन आधी कहानी ही सुनाई थी न कि कैसे सीताजी के खो जाने पर वन में भटकते हुए राम और लक्ष्मणजी को हनुमानजी मिल गए और वे सुग्रीव के पास पहुँचे। आज आगे की कथा सुनाओ, न कि कैसे वानर सेना के साथ लंका पर चढ़ाई... ! और हाँ अम्माँ, समुद्र पर बाँध कैसे बनाया उन्होंने? समुद्र तो बहुत बड़ा होता है न, बहुत बड़ा... ! क्यों अम्माँ?"

सुनकर अम्माँ भाव-विह्वल हो जातीं, "सुनाऊँगी बेटी, जरूर सुनाऊँगी, रामचंद्रजी और सीता मैया की कहानी। क्यों न सुनाऊँगी? पर पहले रसोई का थोड़ा काम निबटा लूँ, फिर आती हूँ। दीवाली आ रही है, तो घर में एकाध मीठा पकवान तो बनना चाहिए न। तेरे लिए खोए के लड्डू बना लेती हूँ। तब तक तू एकाध मीरा का पद गा न!... मैं वहीं रसोई में बैठी-बैठी सुनती रहूँगी।"

और माँ के जाते ही लावनी गुन-गुन करके धीरे-धीरे गाने लगती, "पायो री, मैंने राम रतन धन पायो... !"

रसोई में मीठे पकवान बनाती अम्माँ का दिल कभी खुशी से उमगता तो कभी अचानक डूबने लगता, 'हे राम, कितनी लंबी जिंदगी है। भला, कैसे काटेगी लावनी? जिनके पास आँखें हैं, वे भला क्या समझेंगे कि आँखों के बगैर जिंदगी कितनी अँधेरी है, कितनी स्याह... !'

और फिर लावनी की सहेलियाँ किस तरह बातों-बातों में उसका मजाक उड़ाती हैं, यह तो खुद उन्होंने भी देखा-सुना है। बेचारी नन्ही-सी लावनी कैसे यह सब सह पाती होगी? सोचकर उनकी आँखें गीली हो गईं। पर उन्होंने चुपके से पोंछ लीं और ध्यान से सुनने लगीं लावनी का सुरीला गीत, 'पायो री, मैंने राम रतन धन पायो... !'

"ओह, गला कितना मीठा है लावनी का! मुरली बाबा यों ही कोई तारीफ थोड़े ही करते हैं। बेलापुर कस्बे के सबसे पुराने और नामी गायक हैं मुरली बाबा। अभी कल ही उन्होंने किस कदर तारीफ की थी कि लावनी का गाना दो मिनट भी सुन लो तो लगता है, सचमुच प्रभुजी से दिल का सुर मिल गया।" सोचते हुए अम्माँ बेटी पर जैसे रीझ-सी गईं।

पर लावनी को तो जरा भी चैन नहीं। अम्माँ जानती थीं कि उसके भीतर रात-

दिन कौन सा दर्द, कौन सी ज्वाला जलती है। कुछ बरस पहले चेचक के कारण लावनी की दोनों आँखें चली गई थीं और लावनी की जिंदगी में अँधेरा, एकदम अँधेरा हो गया था। कुछ लोग कहते हैं, अगर सही इलाज होता और समय पर होता, तो उसकी आँखें बच सकती थीं, पर भला कहाँ से इतने पैसे लातीं गायत्री अम्माँ… ?

आँखें चली जाने से लावनी पर दुःख का पहाड़ टूट पड़ा, पर इससे भी ज्यादा दुःख उसे इस बात का था कि उसकी पढ़ाई अधबीच ही खत्म हो गई थी। आँखों के चले जाने से लावनी उतनी नहीं रोई, जितना उसे यह सोच-सोचकर रोना आ रहा था कि अब वह नहीं पढ़ पाएगी यानी जिंदगी भर के लिए अनपढ़, गँवार… ! वह बहुत रोई, बहुत।

अम्माँ ने लावनी की हालत देखी तो भीतर-ही-भीतर उनकी भी रुलाई छूट गई। फिर किसी तरह खुद को सँभालकर बोलीं, "रोती क्यों है बेटी, मैं पढ़ाऊँगी न!"

अम्माँ कक्षा छह तक पढ़ी थीं, लेकिन घर पर किताबें पढ़-पढ़कर उन्होंने काफी अध्ययन किया था। हिंदी, अंग्रेजी, गणित, सामाजिक विज्ञान, सभी कुछ। यहाँ तक कि थोड़ी सी संस्कृत भी। पर मुश्किल यह थी कि भला, वे लावनी को पढ़ाएँ कैसे ?

बहुत छोटा सा कस्बा था बेलापुर। वहाँ कोई स्कूल नहीं था, पर अम्माँ ने कोशिश करके उसे पढ़ाने का नया तरीका खोज लिया। वे लावनी को नई-से-नई कहानियाँ सुनातीं, कविताएँ याद करातीं। उसे बातों-बातों में जमाने भर के बारे में बतातीं। सुनकर लावनी उत्साह से भर जाती। सोचती, 'मैं भी पढ़-लिखकर कुछ बनूँगी। मैं भी खूब पढ़-लिखकर नाम कमाऊँगी और… !'

फिर थोड़ी देर बाद उसे उदासी घेर लेती, 'इससे फायदा… ? इससे तो मैं दिन में दो पैसे भी नहीं कमा सकूँगी, तो फिर… ?'

असल में, जब से पिता गुजरे हैं, लावनी के भीतर रह-रहकर एक ही बात घुमड़ती है कि काश, मैं माँ का सहारा बन पाती। उन्होंने जिंदगी भर बहुत मेहनत की है। अब अगर उन्हें आराम मिल पाता, तो कितना अच्छा था। पर यह हो कैसे… ? मैं क्या करूँ, क्या, ऐसा कौन सा काम, जिससे माँ को थोड़ा आराम मिले ?

फिर एक दिन लावनी को मुरली बाबा ने आकर बताया कि बेलापुर में संगीत की दुनिया के महान् गुरु राघवाचार्यजी आ रहे हैं।

"वे कुछ दिन यहीं बेलापुर में रहेंगे बेटी, और बच्चों को संगीत की शिक्षा देंगे। इसके लिए जमींदार साहब ने अपनी हवेली खाली कर दी है। और…और अब वहाँ रोज संगीत के सुर उठेंगे। मेरा तो मन है बेटी, तू भी एक बार वहाँ जरूर हो आ।

चल, मैं भी साथ चलता हूँ। शायद···शायद तेरा सोया भाग जाग जाए!" मुरली बाबा अपनी धुन में कहते जा रहे थे।

सुनकर उसे लगा कि उसके भीतर कोई है, जो पुकार-पुकारकर कह रहा है कि लावनी, अब तेरे दुःख कटेंगे, जल्दी!

राघवाचार्यजी कोई मामूली आदमी नहीं थे। उन्हें बेलापुर और आसपास के लोग 'दूसरा गांधी' कहकर पुकारते थे। दूर-दूर तक उनका नाम छाया हुआ था। उनका संगीत धरती का संगीत था, जो लोगों के दिलों में कुछ करने की प्रेरणा जगा देता। इसी कारण, लाखों लोग उन्हें 'गायकाचार्य राघव' के नाम से भी याद करते थे।

लावनी को मालूम पड़ा कि राघवाचार्यजी के स्वागत में बेलापुर में कार्यक्रम होना है। सब ओर उसकी तैयारियाँ हो रही हैं। पूरे बेलापुर में उत्साह की एक लहर दौड़ गई थी।

उसी रात अम्माँ ने लावनी को राघवाचार्यजी की पूरी जीवन-कथा सुनाई। उन्होंने बताया कि "बेटा, स्वाधीनता संग्राम में भाग लेने के कारण राघवाचार्यजी ने बहुत कष्ट झेले हैं। गांधीजी के साथ रहकर उन्होंने देश की स्वाधीनता के लिए अलख जगाया। अच्छी-खासी आराम की सरकारी नौकरी थी, ऊँचे अफसर थे। बड़ी सी कोठी, खूब नौकर-चाकर। क्या नहीं था उनके पास··· ? कहीं कोई मुश्किल नहीं। पर गांधीजी के आह्वान पर उसे लात मारकर अब दर-दर भटक रहे हैं, और मन में जरा भी मलाल, जरा भी पछतावा नहीं। ऐसे होते हैं बेटी, सच्चे लोग··· !"

आगे अम्माँ ने बताया कि "अभी कुछ ही रोज पहले राघवाचार्यजी ने पूना में बच्चों को संगीत सिखाने का स्कूल खोला और अपना पूरा जीवन इसी के लिए समर्पित कर दिया। बड़ा अनोखा स्कूल है, जिसमें बच्चे संगीत के साथ-साथ देशभक्ति का पाठ पढ़ते हैं। उसमें देश भर से बच्चे पढ़ने आते हैं। और अब तो सुनते हैं, यहाँ बेलापुर में भी वैसा ही एक संगीत विद्यालय··· !"

"तब तो अम्माँ, वे मुझे भी संगीत सिखा सकते हैं। वे सिखाएँगे न अम्माँ, मुझे भी?" लावनी ने माँ का हाथ पकड़कर झिंझोड़ दिया।

"यह···मैं क्या जानूँ, बेटी? पर आएँगे तो मैं कहूँगी!" अम्माँ ने कुछ टालने के लिहाज से कहा।

असल में, लावनी इतनी व्यग्र हो रही थी कि उनकी समझ में कुछ नहीं आ रहा था कि वे क्या कहें, जिससे उसके मन को तसल्ली हो।

फिर कुछ सोचकर अम्माँ बोलीं, "बेटी, अगर मैंने कहा और वे मान भी गए, तो क्या फायदा? अच्छा तो यह है कि तू खुद कह। सुना है कि वे बच्चों को खूब

प्यार करते हैं और उनकी कोई बात नहीं टालते। अच्छा तो तब है कि तू उनके पास जाए, तो वे खुद तेरे संगीत पर रीझ जाएँ और… !"

लावनी ने सुना तो जैसे उसकी आत्मा के भीतर कोई प्रकाश-सा हुआ। उसे लगा कि अगर जीवन में कुछ करना, कुछ बनना है, तो उसके लिए यही सही समय है। और सचमुच अगले दिन लावनी राघवाचार्यजी के पास जा पहुँची थी। एकदम डरते-डरते!…गई और पास जाकर खड़ी हो गई। चुपचाप उनकी ओर देखने लगी।

देखती रही, देखती रही। उसके मुँह से कुछ बोल निकले ही नहीं।

राघवाचार्यजी ने बड़े कौतुक से लावनी को देखा। फिर बोले, "मुझे लग रहा है बेटी, तुझमें कुछ खास बात है। क्या? यह तो मैं नहीं कह सकता, पर…कुछ है, जरूर। तेरा माथा प्रकाशित है, एक अलग-सी ज्योति… !"

कुछ देर बाद राघवाचार्यजी बोले, "तू अच्छा गाती है न! मेरा मन कहता है, तू जरूर गाती होगी। सुना, अपनी पसंद का कोई गीत सुना दे।"

लावनी को एक गीत आता था, 'श्रीरामचंद्र कृपालु भज मन… !' उसने उसी को झूम-झूमकर सुना दिया। सुनकर राघवाचार्य की आँखें मुँद गईं, मुँदती चली गईं। कुछ देर बाद उनकी समाधि टूटी, तो वे लावनी के सिर पर हाथ फेरने लगे। हाथ फेरते जाते और कहते जाते कि "देख, मैंने कहा था न, कहा था न… !"

लावनी हैरान, यह क्या हुआ राघवाचार्यजी को? उसे कुछ भी ठीक-ठीक समझ में नहीं आ रहा था।

और उस दिन से लावनी की पढ़ाई शुरू हुई। राघवाचार्यजी के स्कूल में मिलनेवाली संगीत शिक्षा ने उसके स्वर को निखारा। धीरे-धीरे वह इतना अच्छा गाने लगी कि दूर-दूर तक मशहूर हो गई। लोग कहते, "एक अंधी गायिका है। बड़ा ही अनोखा गाती है। स्वर ऐसा मधुर, जैसे कहीं मुरली बज रही हो। जब वह गाती है, तो पत्थर भी पिघलने लगते हैं!"

रात को आसपास के गली-मुहल्लों में अकसर उसके गानों की आवाज आती। उसके स्वर में दर्द… ! ऐसा दर्द था, मानो आसमान पिघल रहा हो। पूरे बेलापुर में उसके गाने की गूँजें-अनगूँजें फैलने लगतीं। लोग एक-दूसरे से कहते, "देखो-देखो, लावनी गा रही है। सुनते हो उसके गानों की आवाज… ? कैसा सधा हुआ स्वर… !"

धीरे-धीरे लावनी इतनी मशहूर हो गई कि दूर-दूर से लोग उसका गायन सुनने के लिए आते। लावनी की तारीफ सुनकर राघवाचार्यजी का मन भी पुलकित हो उठता। मन-ही-मन कहते, 'मेरी यह शिष्या मुझसे भी आगे निकल जाए तो मुझे सच्ची खुशी होगी।'

एक दिन राघवाचार्यजी ने लावनी को बुलाया और कहा, "आज तेरी परीक्षा है। बस, तुझे गाना है, गाते जाना है। जो तेरा सर्वश्रेष्ठ है, मैं सुनना चाहता हूँ।"

लावनी के सामने अब तक लोगों के सामने गाने के तो मौके आए थे, पर अब तो उसे गुरु के आगे गाना था। वह गाने लगी तो गाते-गाते मानो सुध-बुध भूल गई और यही हालत राघवाचार्यजी की भी थी। उन्हें लगा, वे लावनी का गायन नहीं सुन रहे, बल्कि ईश्वर से उनकी सीधी लौ लग गई है। वे जान गए, लावनी अब अपने समय के सर्वश्रेष्ठ गायकों में से है। उसमें कोई कोर-कसर नहीं है।

मगन होकर राघवाचार्यजी ने कहा, "लावनी बिटिया, अब तू हो गई अपने में पूर्ण गायिका। भीतर-बाहर से पूर्ण¨! कोई तेरे गायन पर कहीं उँगली नहीं रख सकता। अब किसी भी बड़ी-से-बड़ी सभा में तू निडर होकर गा सकती है। तू जहाँ भी गाएगी, वहीं संगीत का झरना बह उठेगा।"

□

और कुछ दिनों बाद ही ऐसा अवसर भी आ गया।

सारे देश में आजादी का अलख जगाते घूम रहे महात्मा गांधी बेलापुर में भी आए। बापू के सम्मान में गुरु राघवाचार्यजी ने एक बड़े सम्मेलन का आयोजन किया। दूर-दूर से लोग वहाँ आए। हजारों लोगों की भीड़। उनमें गाँव के अनपढ़ देहाती थे तो शहर के पढ़े-लिखे वकील, अध्यापक और दूसरे लोग भी। हर कोई बापू की एक झलक देख लेना चाहता था।

मंच पर बापू के साथ-साथ राघवाचार्य भी मौजूद थे। लोग प्रतीक्षा में थे, भला गांधीजी क्या कहते हैं? देशवासियों का कैसा आह्वान¨!

राघवाचार्यजी ने जब गांधीजी से कुछ शब्द कहने का अनुरोध किया, तो उन्होंने हँसते हुए कहा, "मैं भाषण तब दूँगा, जब आप¨ 'वैष्णव जन तो तेणे कहिए रे, जे पीर पराई जाणे रे' वाला गीत मुझे सुनाएँगे।"

राघवाचार्यजी विनम्रता से बोले, "वैष्णव जनवाला गीत तो आप सुनेंगे बापू, पर वह मैं नहीं, मेरी शिष्या लावनी सुनाएगी। और यकीन मानिए, वह मुझसे ज्यादा अच्छा गाती है।"

"अच्छा¨!" बापू चकित, "कहाँ है आपकी शिष्या¨?"

"वह यहीं है बापू!" राघवाचार्यजी ने मुसकराते हुए कहा, फिर लावनी को गीत सुनाने का संकेत¨!

सभा में हजारों लोगों की भीड़ थी। लावनी ने डरते-डरते गाना शुरू किया, पर गाना शुरू करते ही उसे लगा, उसके अंदर कोई अनोखी शक्ति आ गई है, जो कह

रही है, 'लावनी, तुझे डरना-झिझकना नहीं है। मुरली बाबा का आशीर्वाद तेरे साथ है। गुरु राघवाचार्यजी ने कितनी आशा से तुझे गाने के लिए भेजा है। देख, हिम्मत मत हारना। आज तुझे अपना सर्वश्रेष्ठ प्रदर्शन करना है।'

और लावनी ने गाना शुरू किया तो लगा, उसके स्वरों का जादू देखते-ही-देखते फैलकर हजारों लोगों के मन-प्राणों को भिगो रहा है। पूरी सभा जैसे आनंद-विभोर थी। सचमुच संगीत का झरना बह उठा था।

जितनी देर लावनी गाती रही, लग रहा था, सब पर किसी ने मंत्र से जादू कर दिया है। किसी के हिलने और साँस लेने की भी आवाज नहीं आ रही थी। एक छोटी सी बच्ची ने सबको मुग्ध कर दिया था।

पूरी सभा इस तरह सुन रही थी, जैसे लावनी के सुरों में सबको अपने दिल का संगीत सुनाई दे रहा हो। जब लावनी पूरा गीत गाकर रुकी, तो गुरुजी ने इशारा किया और अब लावनी गा रही थी, 'श्रीरामचंद्र कृपालु भज मन…' और उसके फौरन बाद, 'वंदे मातरम्…!'

☐

पूरी सभा जैसे लावनी के गीत के सुरों में बह रही थी। बस, बहती जा रही थी, बिना यह जाने कि कितना समय बीत गया।

और मंच के बीच में बापू। जैसे एकदम समाधि लग गई हो। बीच-बीच में आनंदमग्न होकर धीरे-धीरे सिर हिलाने लगते। लग रहा था, बापू आज बोलने नहीं, बस सुनने ही आए हैं।

'वंदे मातरम्' के बाद राघवाचार्यजी ने फिर बापू से कुछ बोलने का आग्रह किया। बापू उठे। धीरे से बोलना शुरू किया, "सभा में आए भाई-बहनो, मैं तो कुछ और ही सोचकर आया था, पर इस नन्ही बच्ची के गायन ने वह सब भुला दिया। लग रहा था, मानो सामने सरस्वती ही बैठी हुई गा रही है। 'वैष्णव जन' में सबके लिए प्यार और हमदर्दी की भावना है तो 'श्रीरामचंद्र कृपालु भज मन' सुनकर मन उन रामचंद्रजी की शरण में चला जाता है, जो हर किसी को हिम्मत और हौसला देते हैं। और जब 'वंदे मातरम्' गा रही थी यह बच्ची तो मुझे लग रहा था, हमारी मातृभूमि भी तो जगजननी सीता ही है, जो आज कष्टों में है। सीता का उद्धार हुए बिना भला हमारे दिलों को चैन कहाँ पड़ेगा?

"कितना कमाल है कि भक्ति, परोपकार और देशप्रेम, ये तीनों सुर इस छोटी सी बच्ची लावनी के संगीत में ढलकर एक हो गए। बच्ची तो छोटी सी है, पर इसके सुर बड़े हैं, अगाध समुद्र की तरह, जिसकी हम सब मिलकर भी थाह नहीं ले सकते।

मेरा आशीर्वाद है कि लावनी बड़ी होकर बड़ी संगीतकार बने। देश के लिए गाए और हजारों-लाखों दिलों को प्रकाशित करे।...”

और लावनी...! बापू जब बोल रहे थे, तो उसे लगा कि उसके दिल में सचमुच राम-सीता आकर बस गए हैं और उनके चारों ओर अनगिनत दीये झिलमिल-झिलमिल करते हुए प्रकाश बिखेर रहे हैं। 'अरे, मैं तो देख ही नहीं सकती, फिर...यह कैसा जादू हो गया?' उसने हैरान होकर अपने आप से कहा।

“उठो बेटी, देखो, बापू तुम्हें आशीर्वाद दे रहे हैं।” गुरु राघवाचार्य की आवाज सुनकर लावनी उठ खड़ी हुई। बापू पास खड़े उसी से कह रहे थे, “आँखें नहीं हैं, तो दुःखी मत होना बेटी! दो आँखें नहीं हैं तो क्या हुआ? तुम्हारे भीतर झिलमिल-झिलमिल करते इतने सारे दीये तुम्हारी हजारों आँखें ही तो हैं, जो तुम्हें रास्ता दिखाएँगी और कभी भटकने नहीं देंगी।”

□

थोड़ी देर बाद लावनी की माँ भी वहाँ आईं तो बापू ने कहा, “तुम्हारी बेटी बड़ी सुंदर है, बहुत सुंदर। तुमने 'लावनी' नाम इसका बिल्कुल ठीक रखा। यह सचमुच लावण्यवती है। जिसका मन सुंदर हो, वही इतना सुंदर गा सकती है कि सबके दिलों में झिलमिल दीये जल जाएँ।”

कुछ देर बाद लावनी अम्माँ के साथ वापस लौट रही थी, तो उसके भीतर खुशी समा नहीं रही थी। बोली, “अम्माँ, अब तो बापू का आशीर्वाद मिल गया। अब तो लगता है, मैं जरूर अच्छी गायिका बन जाऊँगी। बड़ी होकर मैं बहुत गाऊँगी अम्माँ, बहुत...!”

“हाँ बेटी! गाना, जरूर गाना।” बेटी को खुश देखकर अम्माँ की खुशी का भी कोई ओर-छोर नहीं था।

“और अम्माँ, तुम कह रही थीं, दीवाली आनेवाली है। दीवाली कब है माँ?”

“दीवाली तो तीन दिन बाद है, पर मेरी दीवाली तो आज ही है बेटी, जब तुझे इतना खुश देखा है। मैं तो आज ही दीये जलाऊँगी।” अम्माँ बेटी पर निहाल हो रही थीं।

लावनी खुश होकर बोली, “जलाना माँ, और मैं उन्हें देख लूँगी। मुझे लगता है, मैं उन्हें अपने अंदर देख लूँगी और लगेगा, मैं भी दीवाली मना रही हूँ।”

लावनी जब यह कह रही थी, अम्माँ ने मन-ही-मन उसकी बलैयाँ लेते हुए कहा, “ऐसी बेटी तो भगवान् सबको दे, जिसकी बातों से दीये जलते हैं।”

□

4

जसोदा बाबू

पहाड़ पर एक छोटा सा गाँव है, जानकीपुर। खूब हरा-भरा, प्रसन्न। जब-तब बरसने को आतुर काले-ऊदी बादलों और खुले आसमानवाला। सीधे-सादे लोगों के सीधे-सादे भूगोल वाला। ऊँची-नीची पथरीली घाटियों, हरे जंगल, बरसों पुराने एक जलकुंड और अथाह प्रकृति संपदावाला! यहीं रहते हैं, यशोदानंदनजी। देश के नामी विद्वान् और जाने-माने लेखक, पर गाँव के लोग उन्हें 'जसोदा बाबू' कहकर बुलाते हैं।

बहुत सी किताबें लिखीं हैं जसोदा बाबू ने, जिनमें अपनी धरती और लोगों के बारे में नई-नई बातें हैं। उनमें आज का जीवन भी है, और हजारों बरस पुरानी देश की संस्कृति भी। भारतीय साहित्य और लोककलाओं को लेकर भी उनका सोच औरों से अलग है। पहाड़ी लोकगीतों पर ऐसी किताब लिखी है उन्होंने, जिसके पन्नों में धरती का संगीत सुनाई देता है और आसमान की बाँसुरी। लोग पढ़कर चकित होते हैं। जसोदा बाबू की प्रतिभा और विद्वत्ता की प्रशंसा करते हैं। देश-विदेश के लोग जसोदा बाबू को अपने यहाँ व्याख्यान देने के लिए आदर से आमंत्रित करते हैं।

जसोदा बाबू शुरू में देश-विदेश में बहुत घूमे। उनके भाषणों की धूम मची, पर इधर कई वर्षों से उन्होंने कहीं भी आना-जाना बंद कर दिया है। कोई अपने यहाँ आमंत्रित करता है तो अकसर चिट्ठी में लिखते हैं, "क्षमा करें, मुझे तो अपने गाँव जानकीपुर में रहना ही अच्छा लगता है। यही मेरी साधना-भूमि है। यहाँ के लोगों में बड़ी सरलता है। ये सीधे-सादे लोग इतना प्यार लुटाते हैं कि मैं अकसर उसके बोझ तले दब जाता हूँ। अब जितना भी जीवन बाकी है, इन्हीं के बीच गुजरेगा।…"

जानकीपुर के लोग हैरान होते हैं। जसोदा बाबू के पास अमेरिका, इंग्लैंड, जर्मनी, फ्रांस, मैक्सिको और भी जाने किन-किन देशों से निमंत्रण आते हैं कि आप

आएँ, प्राचीन भारतीय संस्कृति और कलाओं के संबंध में हमारा मार्गदर्शन करें। हम आपके विचार सुनना चाहते हैं। पर जसोदा बाबू विनम्रता से इनकार कर देते हैं। चिट्ठी में लिख भेजते हैं, "प्रिय भाई, मेरे विचार मेरी किताबों में है। आप उन्हें पढ़ लें। अब इस उम्र में जानकीपुर से तो मैं एक क्षण के लिए भी अलग नहीं हो सकता।…"

जानकीपुर में जसोदा बाबू का सारा दिन या तो वहाँ के सीधे-सादे लोगों के साथ बातें करने, घूमने-फिरने में बीतता है या फिर 'आदर्श पाठशाला' में बैठ बच्चों को पढ़ाने और लिखने-पढ़ने में। वे कहते हैं, "यही मेरा स्वर्ग है। यहाँ बैठकर जितने अच्छे विचार मन में आते हैं और मैं जितना काम कर लेता हूँ, उतना कहीं और हो ही नहीं सकता।"

अकसर दूर-दूर से लेखक-पत्रकार जसोदा बाबू से मिलने के लिए जानकीपुर चले आते हैं। जसोदा बाबू बड़े प्यार से उनसे बातें करते हैं और जानकीपुर की कथा सुनाते हैं। साथ ही यह भी पूछना नहीं भूलते कि जानकीपुर का यह नाम कैसे पड़ा?

"क्या इसकी भी कोई कथा है?" सुननेवाले हैरान होकर कहते।

"हाँ-हाँ, है क्यों नहीं!…असल में कोई सौ-सवा सौ साल पहले इस गाँव का नाम था—बड़खेड़ा। तब इस गाँव में एक विद्वान् आए, जानकीशरणजी। उन्हें यह गाँव इतना सुंदर और मनोरम लगा कि वे यहीं बस गए। उन्होंने गाँव के लोगों को पढ़ाने के लिए एक पाठशाला भी खोली, 'आदर्श पाठशाला'। उसमें दूर-दूर के गाँवों के बच्चे आकर पढ़ा करते थे। इनमें कई पढ़-लिखकर बहुत ऊँचे उठे, दूर-दूर तक गए। आज भी वह पाठशाला यहाँ है। जानकी बाबू की याद में ही इस गाँव का नाम रखा गया—जानकीपुर। जानकीशरणजी के बाद इस पाठशाला के प्रधान आचार्य थे, अयोध्यानाथजी। वही मेरे गुरुदेव थे। उनके जाने के बाद उनके अधूरे काम को पूरा करने का जिम्मा मेरा है, इसलिए जितना समय मिलता है, उतना मैं स्कूल के बच्चों को पढ़ाने-लिखाने में लगाता हूँ। खुद भी सीखता हूँ और नई-नई किताबें लिखता हूँ।…"

जसोदा बाबू मुसकराकर यह कथा सुनाते हैं तो लोगों के दिलों में खुद-ब-खुद मास्टर जानकीशरणजी की एक मानस-मूर्ति बनने लगती है। कैसा भव्य, कैसा समर्पित रहा होगा उनका व्यक्तित्व, जिसने शिक्षा की एक अलग परिपाटी चला दी।

सचमुच दीये से दीया जलानेवाली बात।…

अलबत्ता यह तो रही जानकीपुर गाँव की कथा कि बड़खेड़ा गाँव का नाम कैसे खुद-ब-खुद 'जानकीपुर' पड़ गया। दूर-दूर से, देश-विदेश से अब इसी नाम

से चिट्ठियाँ आती हैं। जाने कहाँ-कहाँ से लोग जानकीपुर को ढूँढ़ते हुए, यहाँ चले आते हैं।

मगर खुद जसोदा बाबू की कथा… ? क्या जसोदा बाबू के जीवन की भी कोई छिपी हुई कथा है ? नहीं तो भला इस गाँव से उन्हें इतना मोह कैसे हो गया ?

सवाल सुनकर जसोदा बाबू अकसर हँसकर टाल जाते हैं, लेकिन कभी-कभार मूड में हों, तो वे यह कहानी सुनाने लगते हैं।

एक दर्दभरी कहानी, जिसे सुनाते हुए जसोदा बाबू के चेहरे पर अकसर उदासी की छाया तैरने लगती है।

आइए, जानकीपुर की हवाओं में बसी हुई वह कहानी सुनते हैं।

□

बहुत पहले—यही कोई साठ बरस पहले इसी जानकीपुर में रहता था, जस्सू। वह अकसर मैली कमीज और फटा पाजामा पहने, भेड़-बकरियाँ चराता दिखाई पड़ जाता। बहुत कम उम्र रही होगी तब उसकी। यही कोई सात-आठ बरस की, लेकिन इस उम्र में ही वह अनाथ हो गया था। पहले माँ गुजरीं और उसके थोड़े अरसे बाद ही पिता भी चल बसे। घर में मिट्टी की दीवारें और कंगाली के सिवा कुछ न था। क्या खाए, कहाँ रहे ? जस्सू की सभझ में कुछ नहीं आता था। बस, माँ-बाप का प्यार याद करके वह रोता, दिन भर रोता ही रहता। रोते-रोते आवाज गले में फँस जाती, पर आँखों से धार-धार आँसू बहते रहते।

जस्सू का चाचा अवधू भी था उसी गाँव में। उसका छोटा सा खेत था, साथ ही भेड़-बकरियाँ भी पालता था। जस्सू को भूख से बेहाल, दर-दर भटकते देखा तो उसने थोड़ी दया दिखाते हुए कहा, "तुम सुबह-शाम दो रोटी मेरे यहाँ खा लिया करो, लेकिन बदले में तुम्हें ये भेड़-बकरियाँ चरानी पड़ेंगी।" साथ ही बड़े सख्त लहजे में चेतावनी भी दे दी, "काम से जी न चुराना। नहीं तो कान पकड़कर उसी वक्त घर से बाहर निकाल दूँगा।"

यों भी चाचा अवधू की आवाज इतनी कर्कश और भारी थी और लहजा ऐसा सख्त कि सुनते ही जस्सू काँपने लगता था। पर उसने सोचा, कुछ न करने से भेड़-बकरियाँ चराना ही अच्छा है। फिर भेड़-बकरियों से दोस्ती हो जाएगी तो अपना दु:ख मुझे याद ही न रहेगा।

अगले दिन से जस्सू भेड़-बकरियाँ चराने जाने लगा। अकसर भेड़-बकरियाँ अपने रास्ते चलती जातीं और पीछे-पीछे जस्सू। बस, कोई भेड़-बकरी किसी गड्ढे में गिरने को होती या किसी गलत रास्ते पर पड़ जाती, तो वह उसे सँभाल लेता। हर

वक्त ध्यान से वह भेड़-बकरियों को देखता रहता और बीच-बीच में पुचकारकर अपना प्यार जताता। धीरे-धीरे सभी भेड़-बकरियाँ उससे ऐसी हिल-मिल गईं, जैसे उसकी दोस्त हों। जस्सू ने सबके अलग-अलग नाम रख दिए थे। कोई धौली, कोई कजरी, कोई भूरी, कोई जमुनी। कोई चंपा, कोई मोतिया। वह उन्हें पुकारता तो पहाड़ी हवाओं में प्यार की एक मीठी फुहार-सी बिखर जाती और जस्सू की भेड़-बकरियाँ अपने-अपने नामों की पुकार सुनते ही दौड़कर चली आतीं।

इससे वाकई जस्सू का दुःख थोड़ा कम हो गया। उसे लगता, अपना अकेलापन बाँटने के लिए उसे बहुत से दोस्त मिल गए हैं। लेकिन तो भी, जब-जब माँ-बाप की याद आती, उनका प्यार याद आता, उसकी आँखें आँसुओं से भीग जातीं। खासकर माँ। वह तो उस पर जान निसार करती थी। थी एकदम दुबली-पतली। बाँस जैसी लंबी। टी.बी. की मरीज, पर जस्सू को हर वक्त छाती से चिपकाए रखती। बाद में रोग बढ़ा। ठीक से इलाज भी नहीं हुआ, इसलिए दिनोदिन कमजोर होती जाती थी। जैसे तोरई की बेल सूख गई हो और सूखते-सूखते एक दिन··· !

जस्सू को एक-एक चीज याद है आज भी। एक-एक चीज। यह भी कि जिस दिन माँ गई, उस दिन भी बापू ने शराब पी रखी थी। बगैर शराब के उन्हें चैन ही नहीं पड़ता था।

माँ के बाद बापू ने घर सँभालने की बहुत कोशिश की, पर यह उनके बस में न था। बापू सख्त थे। पढ़ाई पर बहुत जोर देते थे, पर जाने क्यों जस्सू के भीतर कुछ उतरता ही न था। वह पत्थर चेहरा लिये बापू की ओर देखता रहता और थप्पड़ खाता रहता। बापू से खाई मार का उसे जरा भी अफसोस नहीं। पर जाने क्यों, बाबू जो कुछ पढ़ाते, वह ऊपर-ऊपर से निकल जाता। कुछ भी उसके पल्ले न पड़ता था।

फिर एक दिन बापू को बुखार आया। चक्कर आए और फिर डॉक्टर ने न जाने क्या दवा दी कि उलटियों पर उलटियाँ। ऐसी बदबूदार कि सारा घर गंधा रहा था। जस्सू ने पानी पिलाना चाहा, पर उन्हें पानी भी नहीं पच रहा था। जस्सू के देखते-ही-देखते उनके प्राण-पखेरू उड़ गए। पर जाने से पहले पता नहीं कैसी करुण नजरों से वे ताकते रहे थे जस्सू की ओर। और पता नहीं क्या कहना चाहते थे वे कि जस्सू आज तक उन निगाहों को भूल नहीं पाया।

तब से काफी समय बीत गया और अब तो जस्सू का घर-परिवार ये भेड़-बकरियाँ ही हैं, जो दूर से उसका इशारा समझ जाती हैं। उसके पुकारते ही इस तरह दौड़ी आती हैं, जैसे उनमें कोई रेस लगी हो या फिर वे किसी अदृश्य डोरी से बँधी चली आ रही हों। देखकर जस्सू निहाल हो जाता।

एक दिन जस्सू भेड़-बकरियाँ चराता हुआ अपनी राह जा रहा था। तभी उसे बस्ता और तख्ती लिये, साफ-सुथरे कपड़े पहनकर स्कूल जाते हुए कुछ बच्चे दिखाई पड़े। छोटे-छोटे बच्चे। वे आपस में हँस-हँसकर बातें कर रहे थे। बीच-बीच में अचानक खिलखिला पड़ते।

जस्सू को सुनाई दिया, एक लड़की कह रही थी, "जल्दी चलो, मास्टरजी क्लास में आ गए होंगे!"

"अरे बुद्धू, वे डाँटते थोड़े ही हैं।" एक बिल्कुल छोटी बच्ची की आवाज।

तभी किसी और बच्चे ने कहा, "सच, हमारे मास्टरजी बहुत अच्छे हैं। जरा भी नहीं डाँटते। पाठ भूल भी जाओ तो इतने प्यार से समझाते हैं…!"

"हाँ सच्ची, मुझे रामलीलावाला पाठ पढ़ाया था। कितने प्यार से…!"

ये आवाजें जस्सू के कानों में पड़ीं तो जाने क्यों, वह भीतर से बेचैन हो गया। बहुत बेचैन। लगा, पाँव आगे बढ़ने से इनकार कर रहे हैं। ऐसी हालत तो उसकी पहले कभी नहीं हुई थी।

जस्सू सोच रहा था, 'काश, आज मेरे भी माँ-बाप होते, तो मैं भी इन बच्चों की तरह स्कूल पढ़ने जाता।'

उसी समय जस्सू को लगा, जैसे उसके पैर जादू से किसी खास दिशा में खिंचते चले जा रहे हैं। उसने भेड़-बकरियों को घेरकर उसी रास्ते पर घुमा लिया, जिधर बच्चे जा रहे थे। जस्सू अपनी भेड़-बकरियों के साथ उसी दिशा की ओर चल पड़ा। चलते-चलते वह उसी स्कूल के पिछवाड़े जा पहुँचा। बच्चे स्कूल में जाकर पढ़ने लगे। वे सब मिलकर वर्णमाला याद कर रहे थे, 'क से कबूतर, ख से खरगोश, ग से गधा, घ से घड़ी…!'

जस्सू को याद आया, बापू भी इसी तरह उसे कभी-कभी वर्णमाला सिखाया करते थे। तब उसे पढ़ाई बिल्कुल अच्छी नहीं लगती थी, पर आज जाने क्या बात थी कि बच्चों की आवाजें सुनकर उस पर जैसे कोई जादू-मंतर सा हो गया। उसका मन हुआ कि वह दौड़कर स्कूल के अंदर चला जाए और उन बच्चों के साथ बैठकर खुद उनके साथ स्वर-में-स्वर मिलाकर दोहराने लगे, 'क से कबूतर, ख से खरगोश…!'

आज उसे सारी बातें फीकी लग रही थीं और 'क से कबूतर, ख से खरगोश, ग से गधा, घ से घड़ी…!' ये स्वर उसे ऐसे मीठे लग रहे थे, जैसे माँ कोई प्यारी-प्यारी लोरी या गाना गाया करती थी। बीच-बीच में मास्टरजी की आवाज भी सुनाई पड़ती थी। कोई बच्चा गलत बोलता या उनके सवाल का जवाब न दे पाता तो वे

प्यार से उसे टोकते और सही उत्तर बता देते। बीच-बीच में वे हँसकर बच्चों से बातें करते थे और कोई छोटी सी मजेदार कहानी भी सुनाते थे।

ऐसे ही एक छोटी सी कहानी उन्होंने सुनाई थी चूहे-बिल्ली की कि कैसे सारे चूहे मिलकर बिल्ली के गले में घंटी बाँधने चलते हैं। फिर एक के बाद एक तमाशे होते हैं। बड़े ही मजेदार। बहुत से नौजवान चूहे सभा में उछल-उछलकर अपनी बात कह रहे हैं और मूँछों पर ताव दे रहे हैं। कोई-कोई तो जोश में आकर हवा में कलामुंडियाँ खा रहे हैं, मगर जब बिल्ली आई तो…!

कहानी इतनी मजेदार थी और मास्टरजी इतने प्यारे ढंग से उसे सुना रहे थे कि स्कूल के पिछवाड़े बैठा जस्सू उसे सुनकर जोर से खिलखिला उठा था और भेड़-बकरियाँ उसे चौंककर देखने लगी थीं।

एक दिन बच्चों की आपसी बातों से ही उसे पता चला कि मास्टरजी का पूरा नाम है, मास्टर अयोध्यानाथ।

"मास्टर अयोध्यानाथ…!" जस्सू ने बार-बार दोहराया। जैसे यह मास्टरजी का नाम न हो। कोई मंत्र हो, जिसे याद करने से उसे शक्ति मिल रही हो।

आज उसे लगा कि वह अनाथ नहीं है। उसके सिर पर भी एक छत है। छतरी है और उस छतरी का नाम है, मास्टर अयोध्यानाथ…!

□

अब तो जस्सू का यह रोज का नियम ही बन गया था। वह भेड़-बकरियों को उसी दिशा में मोड़ देता, जिधर स्कूल था और स्कूल के पिछवाड़े बैठा बच्चों और मास्टरजी की आवाजें सुनता रहता। कभी वर्णमाला याद करने की आवाजें, कभी गिनती और पहाड़े याद करने की आवाजें। कभी-कभी बच्चों की आपस में लड़ने-झगड़ने की आवाजें और कभी सबकी एक साथ हँसी और मजाक! सुनकर एकाध दफा तो जस्सू भी हँस पड़ता। सच तो यह है कि उसके कान इन आवाजों को सुनने के लिए तरसते थे।

सबसे अधिक उसे प्रभावित किया था, मास्टरजी के सरल व्यवहार ने। उसे यह भी पता चल गया था कि मास्टरजी बहुत विद्वान् हैं। दूर-दूर तक उनका नाम है। जस्सू को हैरानी होती कि इतने विद्वान् हैं मास्टरजी, लेकिन जरा भी घमंड नहीं। इतने अच्छे हैं कि बच्चों को हमेशा हँसाते रहते हैं और खेल-खेल में ही पाठ याद करा देते हैं।

'काश! मैं भी इसी तरह स्कूल जाकर मास्टर अयोध्यानाथजी से पढ़ पाता।' जस्सू सोचता और सोचते ही उसकी आँखें आँसुओं से भर जातीं। वह अपने

दुर्भाग्य को याद करके रोने-सुबकने लगता। मन-ही-मन बुदबुदाता, 'मैं अभागा हूँ, अभागा···! मेरी ऐसी किस्मत कहाँ?'

तो भी जस्सू ने एक निर्णय कर लिया था। वह मास्टर अयोध्यानाथजी से ही पढ़ेगा। स्कूल के अंदर नहीं जा सकता तो क्या? स्कूल के बाहर बैठकर ही अपनी पढ़ाई पूरी करेगा। मास्टरजी जो-जो पाठ पढ़ाएँगे, वह बाहर बैठा-बैठा याद करता रहेगा।

उसने मन-ही-मन मास्टर अयोध्यानाथजी को गुरु मानकर प्रणाम किया और अपनी पढ़ाई शुरू कर दी। उस दिन के बाद सचमुच उसे बाहर बैठे-बैठे अपने पाठ बहुत अच्छी तरह याद हो जाते। उसने पूरी वर्णमाला याद कर ली। सौ तक गिनती और बीस तक पहाड़े भी। लिखने में उसे मुश्किल आती थी, लेकिन जो भी बात एक बार सुनता, उसे झट याद हो जाती। फिर लिखने के लिए न खड़िया थी, न चॉक। जमीन पर लकड़ी से लकीरें खींच-खींचकर वह किसी तरह काम चलाया करता। फिर भी उसे लगता कि वह भी अब मास्टरजी का शिष्य हो गया है और इसी स्कूल का विद्यार्थी है। उसका काम है, सुबह से शाम तक पढ़ना।···

भेड़-बकरियाँ मजे से आसपास चरती रहतीं और जस्सू अपनी पढ़ाई में लगा रहता। उसे कहीं से एक फटी हुई पोथी मिल गई थी। उसी की मदद से वह जमीन पर लकड़ी से लकीरें खींच-खींचकर क, ख, ग लिखता, गिनती और पहाड़े लिखता।

एक दिन जस्सू इसी तरह अपनी पढ़ाई में लगा था कि उसे मास्टर अयोध्यानाथजी की आवाज सुनाई पड़ी। वे बच्चों से उन्नीस का पहाड़ा पूछ रहे थे। उन्होंने एक बच्चे से पूछा, "उन्नीस निम्मा कितने होते हैं?"

बच्चा चुप! फिर दूसरे, तीसरे, चौथे बच्चे से पूछा। पूरी क्लास में कोई बच्चा नहीं बता सका। मास्टरजी ने दुःखी होकर कहा, "कितनी खराब बात है। कल मैंने तुमसे कहा था न, उन्नीस का पहाड़ा याद करके आना। लेकिन तुममें से किसी ने याद नहीं किया। कोई नहीं बता सका कि उन्नीस निम्मा कितने होते हैं?"

मास्टरजी इसी तरह दुःख और क्रोध से मिले-जुले स्वर में बोल रहे थे। तभी अचानक उन्हें सुनाई पड़ा, "एक सौ इकहत्तर···! उन्नीस निम्मा एक सौ इकहत्तर।"

मास्टरजी बुरी तरह चौंके, "कौन बोला, कौन?" उन्होंने इधर-उधर निगाहें घुमाईं, मगर सब बच्चे चुप। मास्टरजी को अपने कानों पर यकीन नहीं हुआ। अभी-अभी कोई बोला था या यह उनका भ्रम था, आवाज कहाँ से आई थी?

इतने में एक बच्चे ने कहा, "मास्टरजी, जस्सू!…यह जस्सू? की आवाज थी।"

मास्टर अयोध्यानाथ चौंके, "जस्सू…कौन जस्सू? क्या कह रहे हो, तुम?"

"मास्टरजी, वही जो स्कूल के पिछवाड़े बैठा-बैठा जमीन पर लकड़ी से लिखता रहता है, वही जस्सू।"

सुनते ही मास्टरजी का मुँह आश्चर्य से खुला रह गया। वे उसी समय स्कूल से निकले और घूमकर स्कूल के पिछवाड़े जा पहुँचे। पीछे-पीछे क्लास के कुछ बच्चे भी!

वहाँ मास्टरजी ने जो कुछ देखा, उस पर एक क्षण के लिए तो उन्हें यकीन ही नहीं आया। एकदम मैली फटी कमीज, फटा पाजामा पहने एक बच्चा जमीन पर पालथी लगाकर बैठा था। लकड़ी से खोद-खोदकर जमीन पर वर्णमाला, गिनती और पहाड़े लिख रहा था।

मास्टरजी को पास आते देख, वह लड़का चौंक उठा और उठकर खड़ा हो गया। शर्म के मारे उसका चेहरा लाल था। गरदन झुकी हुई थी।

मास्टरजी ने प्यार से उससे कहा, "तुम्हीं जस्सू हो न? तुम्हारा ही नाम जस्सू है…?"

बच्चे ने 'हाँ' में गरदन हिलाई। उससे एक शब्द भी नहीं बोला जा रहा था।

"तुम भी स्कूल में पढ़ोगे, जस्सू? पढ़ना चाहते हो…?" मास्टरजी ने उसके सिर पर हाथ फेरते हुए पूछा। तभी जस्सू एकाएक फूट-फूटकर रो पड़ा। उसका पूरा चेहरा आँसुओं से भीग गया।

मास्टरजी ने उसी समय जस्सू को छाती से लगा लिया। कहा, "तुम पढ़ोगे, जरूर पढ़ोगे। मैं पढ़ाऊँगा तुम्हें। तुम्हारे जैसा बच्चा नहीं पढ़ेगा, तो कौन पढ़ेगा?"

कुछ देर बाद जस्सू थोड़ा सहज हुआ, तो उसे चाचा की याद आ गई और अपने हालात भी। बोला, "मास्टरजी, मेरे माता-पिता नहीं हैं। चाचा हैं, पर वे नहीं चाहते मैं पढ़ूँ-लिखूँ। वे चाहते हैं, मैं उनकी भेड़-बकरियाँ चराता रहूँ। मेरे पास फीस के पैसे भी नहीं हैं।…"

"चिंता न करो, मैं मिलूँगा तुम्हारे चाचा से।" मास्टरजी ने कहा।

□

उसी दिन मास्टर अयोध्यानाथ जस्सू के चाचा अवधू से जाकर मिले और उनके आगे जस्सू की जमकर तारीफ की। कहा, "यह लड़का लायक है। बहुत जहीन।…पढ़-लिख गया तो तुम्हारे पूरे कुल का नाम रोशन करेगा।"

सुनकर चाचा अवधू ने बात को दाएँ-बाएँ करना चाहा।

"वह तो ठीक है, मास्टरजी, पर मैं गरीब आदमी हूँ। भला, इसकी फीस का इंतजाम कहाँ से करूँगा?" अवधू ने गरदन हिलाते हुए अपनी लाचारी बताई।

"इसकी चिंता न करो, भाई! इसकी फीस के पैसे मैं अपनी तनख्वाह में से दिया करूँगा। ऐसा लायक बच्चा अनपढ़ रह जाए, यह तो पूरे जानकीपुर गाँव का अपमान है।"

बस, अगले दिन से जस्सू का उस स्कूल में दाखिला हो गया। और जस्सू को इतनी खुशी मिली, इतनी कि मानो उसके जीवन का बहुत बड़ा सपना पूरा हो गया हो। अकसर फटे कपड़े पहने वह स्कूल जाता। पैरों में जूते भी नहीं होते थे। हालात बुरे थे, लेकिन चेहरे पर बुद्धिमत्ता की चमक थी। जो भी सवाल मास्टरजी पूछते, झट जवाब दे देता।

उस साल वह अपनी क्लास में फर्स्ट आया। फिर पाँचवीं में आसपास के सारे स्कूलों में उसका पहला नंबर था। उसे सरकारी वजीफा मिलने लगा। आठवीं में पूरे जिले में वह प्रथम आया।

अब तो चाचा अवधू भी उससे खुश था। जस्सू की वजह से सब तरफ उसका नाम हो रहा था। बधाइयाँ मिल रही थीं।

हाईस्कूल में पूरे बोर्ड में जस्सू का तीसरा नंबर था। आगे की पढ़ाई के लिए मास्टर अयोध्यानाथजी ने उसे बनारस भेज दिया। वहाँ एक स्कूल में बारहवीं पास करने के बाद उसने यूनिवर्सिटी में ऊँची पढ़ाई की। वहीं उसके लेख और किताबें छपने लगी थीं। दूर-दूर तक उसका नाम फैलता गया।

एक-एक कर उसने बहुत सी किताबें लिखीं। उन पर बड़े-बड़े पुरस्कार मिले, लेकिन हर बार मास्टर अयोध्यानाथजी के पास आकर उनके चरणों में बैठकर वह कहता, "मास्टरजी, इसमें मेरा कुछ नहीं है। सबकुछ आपका ही दिया है। आपने उस दिन जस्सू के सिर पर हाथ फेरकर उसके हृदय में ज्ञान का जो दीपक जलाया था, यह उसी का प्रकाश है। सारी दुनिया जिसे यशोदानंदन के रूप में जानती है, वह असल में तो वही आपका जस्सू ही है।"

एक दिन जस्सू यानी यशोदानंदन को पेरिस में कला पर व्याख्यान देने के लिए बुलाया गया। उसके व्याख्यान की सब ओर धूम मची। पूरी दुनिया से आए विद्वानों ने कहा, "हमें पता नहीं था, भारत में कला को लेकर इतना ऊँचा चिंतन हुआ है।"

यशोदानंदन खुशी-खुशी पेरिस से अपने गाँव जानकीपुर लौटा। वह जल्दी से जल्दी मास्टर अयोध्यानाथजी के पास जाकर यह बताना चाह रहा था कि दुनिया में

भारतीय कलाओं का कितना सम्मान है।

लेकिन जैसे ही वह जानकीपुर लौटा, उसे पता चला, मास्टर अयोध्यानाथ उसे छोड़कर जा चुके हैं। वे अपने शिष्य जस्सू के लिए दो पंक्तियों का एक छोटा सा पत्र छोड़ गए—

'प्रिय जस्सू,

जानकी बाबू के अधूरे काम को जितना आगे मैं बढ़ा सका, मैंने किया। अब यह जिम्मा तुम पर छोड़कर जा रहा हूँ।

तुम्हारा ही
अयोध्यानाथ'

बस, उसी दिन जस्सू को अपने जीवन की मंजिल मिल गई। उसी दिन उसने तय कर लिया कि अब सारा जीवन जानकीपुर में ही रहना है और गुरुजी ने जो ज्ञान का दीपक जलाया था, वैसे दीपक जगह-जगह जलाने हैं।

इतनी कथा सुनाकर जसोदा बाबू चुप हो जाते हैं और अपनी कल्पना में दूर, बहुत दूर, भविष्य के पार देखने लगते हैं।

उनकी आँखों में ढेर-ढेर गीले बादल घुमड़ते हैं, और फिर···

इसके आगे न जसोदा बाबू कुछ बोल पाते हैं और न उनसे सवाल पूछनेवालों के लिए ही कुछ और कहना बाकी रह जाता है।

□

5

आखर-संगीत

जाते दिसंबर की कड़ी ठंड के बावजूद साहित्य-सभा के प्रांगण में उस दिन भारी भीड़ थी। बहुत से जाने-माने लेखक, कवि, चिंतक और पत्रकार वहाँ मौजूद थे। सभी को खुशी थी कि शहर के सबसे वरिष्ठ और स्वनामधन्य लेखक सरस्वती बाबू को आज सम्मानित किया जा रहा है। सभी का उत्साह उमड़ा पड़ रहा था।

साहित्य-सभा के हॉल में मंच के आसपास खूब चहल-पहल थी। कैमरामैन अपने कैमरे लिये उपस्थित दर्शकों के फोटो खींच रहे थे। पत्रकारों के लिए अलग कतार थी, जहाँ वे कागज-कलम लिये बैठे थे। कुछ टी.वी. के लोग भी आए थे, जो बड़े-बड़े कैमरे लेकर सभा की रिकॉर्डिंग कर रहे थे।

आज कुछ अलग अभूतपूर्व घटने जा रहा था—शायद।

आज एक ऐसे लेखक का सम्मान होने जा रहा था, जिसकी सादगी खुद एक मिसाल थी।''' जिसने कभी सम्मानों की परवाह नहीं की। अपने लोगों, अपनी जमीन से जुड़ना जिसके लिए जीवन का सबसे बड़ा सम्मान''' !

ठीक समय पर कार्यक्रम शुरू हुआ। मंच संचालक ने साहित्य-सभा के प्रमुख आशुतोष महोपाध्याय तथा कार्यक्रम के अध्यक्ष पद्मधरजी को मंच पर बुलाया। साथ ही सरस्वती बाबू को भी बड़े सम्मान और आदर के साथ आमंत्रित किया।

आशुतोषजी, पद्मधरजी और सरस्वती बाबू ने मिलकर दीप प्रज्वलित किया। फिर आशुतोष महोपाध्याय बोलने के लिए खड़े हुए। उन्होंने सरस्वती बाबू की प्रशंसा करते हुए, बड़ा भावपूर्ण भाषण दिया। सरस्वती बाबू को उन्होंने सच्चा सरस्वती-पुत्र बताया, जिन्होंने कविता, कहानी, नाटक, उपन्यास, सभी कुछ लिखकर साहित्य का भंडार भरा। साहित्य की तीन पीढ़ियाँ उनसे प्रभावित हुईं।

इसके बाद पद्मधरजी बोले। अपने धाराप्रवाह व्याख्यान में उन्होंने सरस्वती बाबू के लेखन की बहुत सी विशेषताएँ गिनाईं। उनकी पचास बरस लंबी अनवरत साधना का जिक्र किया। उनकी सीधी-सरल, प्रवाहयुक्त भाषा-शैली की तारीफ की, जो उन्हें आम आदमी से जोड़ती है। फिर उन्होंने सरस्वती बाबू को शॉल ओढ़ाकर श्रीफल और प्रशस्ति-पत्र प्रदान किया। गले में गेंदे और गुलाब के फूलों की माला।

आँखों में गहरी श्रद्धा लिये, लोग अपने प्रिय लेखक का यह सम्मान देख, गद्गद थे।

अब महोपाध्यायजी ने सरस्वती बाबू से अनुरोध किया कि वे मंच पर आकर अपनी लंबी साहित्य साधना और जीवन के अनुभवों के बारे में कुछ कहें।

सरस्वती बाबू माइक पर आकर खड़े हुए, तो उपस्थित दर्शकों ने तालियाँ बजाकर उनका स्वागत किया। कैमरेवालों के लैंस उधर घूम गए। पत्रकार उनका भाषण नोट करने के लिए सँभलकर बैठ गए। सभी को उत्सुकता थी कि इस खुशी और सम्मान के मौके पर सरस्वती बाबू क्या कहेंगे?

सरस्वती बाबू ने हॉल में सब तरफ निगाहें घुमाईं। कुछ कहना चाहते थे। होंठ थोड़े खुले, फिर एकाएक वे चुप हो गए। उनके मुँह से एक शब्द तक नहीं निकला।

जैसे शब्द होंठों तक आकर पीछे लौट गए हों। कुछ सकुचाकर।

क्यों भला?...

सब हैरान!...सरस्वती बाबू को आज हो क्या गया है? सरस्वती बाबू कुछ कह क्यों नहीं रहे?

सब जानते थे कि सरस्वती बाबू बहुत अच्छे वक्ता हैं। उनके भाषण से सब प्रभावित हो जाते थे और कई-कई दिनों तक उसकी चर्चा करते थे। पर आज लगता था, जैसे वे बोलना ही भूल गए हों।

पूरे हॉल में अजीब सा सन्नाटा था। एकाएक लोगों को सरस्वती बाबू का डूबा-डूबा सा स्वर सुनाई दिया।

"उपस्थित सज्जनो! मैं आप सभी का शुक्रगुजार हूँ कि आप यहाँ आए और मुझे सम्मान के योग्य समझा। लेकिन क्षमा करें, आज मैं ज्यादा कुछ बोल नहीं पाऊँगा। मेरा गला रुँधा हुआ है। वाणी अवरुद्ध।...क्यों, किसलिए, यह भी नहीं बता पाऊँगा।

"बस, इतना ही समझ लीजिए, मुझे पुराने दिन याद आ रहे हैं।...अपना बचपन याद आ रहा है।...बचपन की अपनी गुरु याद आ रही हैं। वे यहाँ नहीं हैं। वे अब इस

धरती पर भी नहीं हैं, लेकिन मुझे बनानेवाली वही थीं। मैं तो कायर था, हार गया था और मैदान छोड़कर भाग निकला था, पर वे नहीं हारीं। अगर वे इतनी कोशिश न करतीं, अपना पूरा बल न लगा देतीं, तो आज मैं यहाँ आपके सामने खड़ा न होता। लेखक होना तो दूर, मैं शायद अनपढ़, उजड्ड ही रहता।···मेरी वे बचपन की गुरु थीं, मेरी माँ। वे अब गुजर चुकी हैं। हाँ, गंगा काका जरूर हैं, जो इस पूरी कहानी को जानते हैं। मुझे खुशी है कि वे मेरे सामने बैठे हैं। उनका चेहरा देखते ही, बस मुझे अपना बचपन याद आ गया। आज मैं उसी बचपन की एक छोटी सी कहानी आपको सुनाऊँगा।"

कहते-कहते सरस्वती बाबू ने थोड़ी देर के लिए आँखें बंद कर लीं। लगा, जैसे वे उड़कर सचमुच अपने बचपन के दिनों तक पहुँच गए हैं।

फिर वे जैसे थाह पा गए हों। बहुत भीगे हुए स्वर में वे बता रहे थे—

मेरे प्यारे सहृदय मित्रो! आज से कोई पचास बरस पहले की बात है। तब मैं अपने गाँव हिरनापुर में पहली कक्षा में पढ़ता था। पढ़ने में ज्यादा होशियार नहीं था और रोज मेरी पिटाई होती थी। हमारे स्कूल में कक्षा एक में पढ़ाने के लिए एक ही अध्यापक थे, मास्टर कमलाकांतजी। पढ़ाते तो ठीक थे, पर गुस्सा उनका तेज था। उनके गुस्से के मारे मैं थर-थर काँपता था और जो कुछ आता था, वह भी भूल जाता था। कभी गलत वर्णमाला लिखने के लिए मेरी पिटाई होती तो कभी गिनती-पहाड़े याद न करने के लिए।

हालत यह थी कि वे मेरा नाम लेकर पुकारते, "सरू··· !" तो मुझे लगता, जैसे मेरे अंदर की सारी ताकत निकल गई है। मैं जूड़ी के बुखार की तरह थर-थर काँपने लगता। हाथ में पकड़ी कलम मेरे हाथ से छूटकर नीचे जमीन पर गिर पड़ती और एक तेज भौंकार के साथ मैं रो पड़ता।···

पर मास्टरजी को इस पर भी दया न आती। वे एक के बाद एक गाल पर तीन-चार थप्पड़ जड़ देते। मुझे लगता, मुझसे ज्यादा अभागा इस दुनिया में कोई और नहीं है और जितने देवी-देवताओं के नाम याद थे, मैं सबको नाम लेकर पुकारता कि वे इस आफत से मेरा पिंड छुड़ाएँ।

"हे भगवान् श्रीरामचंद्रजी!···हे मुरलीवाले किशन कन्हैया!···हे हनुमानजी! हे पीपलवाले देवता!···हे तालाबवाले देवता! सब जल्दी से आकर मुझे बचाओ।···" पुकारते-पुकारते मेरा कंठ सूख जाता।

घर में कोई और तो था नहीं, जो मेरी मदद करता। बस, एक माँ थीं, जो अनपढ़ थीं और सारे दिन खेत में काम किया करती थीं। उन्हें भला मैं अपनी परेशानी कैसे बताता? अंदर-ही-अंदर मैं रोता-बिसूरता रहता था और मुझे लगता

था, मैं जीवन में कभी पढ़-लिख नहीं पाऊँगा। और एक दिन जब कक्षा में मेरी बुरी तरह पिटाई हुई, मैंने तय कर लिया कि अब कल से स्कूल जाना बंद, एकदम बंद!···

घर आते ही मैंने तख्ती एक ओर फेंकी, बस्ता दूसरी ओर और माँ को अपना फैसला सुना दिया, "माँ, मैं स्कूल नहीं जाऊँगा।"

सुनकर वे तो जैसे हक्की-बक्की रह गईं। उनका उस समय का चेहरा मुझे अब भी याद है। एकदम म्लान। स्याह। मेरी बात सुनते ही उनके चेहरे पर दुःख की गहरी छाया दिखाई पड़ने लग गई।

बहुत देर तक उनके मुँह से कोई आवाज ही नहीं निकली। फिर वे जैसे अंदर का पूरा जोर लगाकर बोलीं, "बेटा, तो क्या तू अनपढ़, उजड्ड ही रह जाएगा?"

'अनपढ़···उजड्ड···!' सुनकर मुझे बुरा लगा, पर मैं क्या कहता? मेरे मुँह से बस इतना ही निकला, "अम्माँ, न मुझे वर्णमाला आती है, न गिनती, न पहाड़े। तो··· तो फिर···!" कहते-कहते मैं बुरी तरह रो पड़ा।

माँ ने झट मुझे छाती से लगा लिया। खूब लाड़-प्यार करके बोलीं, "अरे सरू बेटे, तू रोता क्यों है? कुछ-न-कुछ हो जाएगा। तू पढ़ेगा, तू जरूर पढ़ेगा।···"

उनकी आवाज में एक निश्चय था। विश्वास।

"पर कैसे, अम्माँ···? घर में कोई मुझे पढ़ानेवाला नहीं है और स्कूल में मास्टरजी की कोई बात मुझे समझ में नहीं आती, तो मैं कैसे पढ़ूँ? कुछ भी मुझे याद नहीं होता।" मैंने अपनी लाचारी बताई।

माँ कुछ देर मुझे अपलक देखती रहीं। अपने भीतर की सारी शक्ति जैसे वे मुझमें भर देना चाहती हों। फिर पूरे यकीन के साथ, एक-एक अक्षर पर जोर देकर उन्होंने कहा, "मैं हूँ न!···मैं तुझे पढ़ाऊँगी।"

मैं चकित रह गया। पूछा, "अम्माँ, तुम पढ़ाओगी?"

माँ के चेहरे पर दृढ़ता थी। बोलीं, "हाँ बेटा, मैं पढ़ाऊँगी। जरूर पढ़ाऊँगी। मेरा बेटा अनपढ़ नहीं रहेगा।···"

माँ खुद अनपढ़ थीं, पर शायद थोड़ी सी गिनती और वर्णमाला उन्होंने बचपन में सीख ली थी। बस, पहाड़े नहीं आते थे। उन्होंने कहा, "तू चिंता मत कर। गिनती और अक्षर-ज्ञान मैं करा दूँगी। पहाड़े गंगा काका से सीख लेना। पड़ोस में ही तो हैं।"

मुझे माँ की बात पर यकीन नहीं हो रहा था। सच कहूँ तो उनकी बात मुझे किसी किस्से-कहानी जैसी लगी। बात सुनने में अच्छी थी, पर जीवन तो किस्से-कहानी से अलग होता है न!

फिर भी माँ का दिल न दुःखे, इसलिए मैंने हाँ कह दी।

छोटा था, पर इतना जानता था, माँ के चेहरे पर चमक देखकर मुझे खुशी होती है। बहुत खुशी।

माँ ने सच ही बहुत दुःख झेले थे।

□

हम लोग गरीब थे। इतने गरीब कि चॉक और खड़िया भी नहीं जुटा सकते थे। कच्चा आँगन था। माँ वहीं बैठ जातीं और साथ में मुझे बैठा लेतीं। मिट्टी पर उँगलियाँ फिराकर पहले खुद क, ख, ग लिखतीं, फिर उँगली पकड़कर मुझसे लिखवातीं। ऐसे ही थोड़ा-थोड़ा सीखा, तो हिम्मत आई।

फिर तो मैं कोयले से जगह-जगह घर में क, ख, ग लिखने लगा। माँ नाराज होने के बजाय उलटे खुश होतीं कि उनका बेटा लिखना सीख रहा है। खूब प्यार से मेरी पीठ थपथपातीं। फिर कहतीं, "अब मेरे साथ बोल न बेटा, क से कबूतर, ख से खरगोश...!"

मुझमें जाने कैसी उमंग भर जाती। "क से कबूतर...ख से खरगोश...प से पतंग, भ से भट्ठी...!" जो कुछ याद था, उसे छलक-छलककर गाता और जो याद नहीं था, उसे बार-बार दोहराकर याद करने की कोशिश करता।

होते-होते वर्णमाला पूरी हो गई, जैसे माँ की सुबह-सुबह सुमरनवाली माला हो।

इसी तरह गिनती उन्होंने मुझे सिखाई। उन्हें पता था, मैं आमों का शौकीन हूँ। गंगा काका का आमों का बगीचा था। उनसे माँगकर छोटे-छोटे आम या अमियाँ ले आतीं। उनकी अलग-अलग ढेरियाँ बनाकर समझातीं, "देख बेटा, यह एक है, यह दो, यह तीन, यह चार...! अब यह जो आम की ढेरी मेरे पास रखी है, उसमें कुल कितने आम हैं? ठीक-ठीक गिनकर बता दे, तो ये सारे आम तुझे खाने को मिलेंगे।"

मैं झटपट बता देता। कहता, "पाँच आम...पाँच आम...! माँ, पाँच आम हुए। अब झटपट खिलाओ मुझे पाँच आम!"

और यों गिनती सीखने का सिलसिला शुरू हुआ। दस तक सीख गया, तो फिर आगे झटपट सीखता गया। मन में पहली बार मैंने ऐसा उत्साह महसूस किया। लग रहा था, अगर हम सीखना चाहें तो कुछ भी मुश्किल नहीं है।

फिर गंगा काका से पाँच तक पहाड़े भी सीख लिये। गंगा काका का अंदाज अनोखा था। वे ऐसे पहाड़े याद करा देते, जैसे पहाड़े न हों, कोई बढ़िया-सा गाना

हो। बीच-बीच में खूब हँसाते। पहाड़े सही-सही सुना देता तो खूब सारे आम खिलाते। साथ ही सिर पुचकारकर कहते, "तू तो बड़ी तरक्की करेगा, बचुवा! बड़ा आदमी बनेगा।...हम सच्ची कह रहे हैं।"

फिर वे माँ के पास जाकर भी मेरी खूब बड़ाई करते। कहते, "बचुवा होनहार है। देखना, एक दिन बड़ा नाम कमाएगा। हम कहे देत हैं।..."

सुनकर माँ के उदास, थके चेहरे पर मुसकान आ जाती। उनकी आँखों में भी वह नजर आती।

मैं सोचता था, जैसे माँ पढ़ाती हैं, जैसे गंगा काका पढ़ाते हैं, वैसे मास्टरजी क्यों नहीं पढ़ाते?...ये लोग अनपढ़ हैं, मगर कैसे प्यार से पढ़ाते हैं। कितना आनंद आता है पढ़ने में।

आसपास चिड़ियों की चह-चह सुनाई देती तो मैं आनंद के अतिरेक में अपनी याद की हुई वर्णमाला, गिनती और पहाड़े बोल-बोलकर उन्हें भी याद कराने लगता।

मन में अलग ही जोश था, बरसाती नदी जैसा। उद्दाम।

कोई पंद्रह दिन के अंदर ही मैं वर्णमाला, गिनती, पहाड़े सब सीख गया। माँ ने एक बार सुना, दो बार सुना। दस बार सुना, फिर बोलीं, "अब भूलेगा तो नहीं, सरू?...सच-सच बता।"

"नहीं भूलूँगा, अम्माँ!...बिल्कुल नहीं भूलूँगा।" मैंने उन्हें यकीन दिलाया।

"तो चल मेरे साथ...!" कहकर माँ ने मेरी उँगली पकड़ी और मुझे अपने साथ स्कूल ले गईं।

वे सीधे मास्टर कमलाकांतजी के पास जा पहुँचीं। बोलीं, "मास्टरजी, यह सरू स्कूल आने से डर रहा था। मैं अनपढ़ ही हूँ, फिर भी कोशिश करके इसे थोड़ा-थोड़ा पढ़ाया है। अब आप इससे वर्णमाला, गिनती, पहाड़े कुछ भी पूछ लीजिए। यहीं, मेरे सामने।...मारिएगा नहीं। मारने से यह सबकुछ भूल जाता है।"

मास्टरजी थोड़ा असमंजस में नजर आए, पर उन्होंने पूछा तो मैं वर्णमाला, गिनती-पहाड़े सब झटपट सुनाता चला गया। कहीं भी मुझे अटकना नहीं पड़ा। सुनकर मास्टरजी खुश हुए। थोड़े शर्मिंदा भी कि जो काम वे नहीं कर पाए, गाँव की एक अनपढ़ औरत ने कैसे कर दिखाया?

मुसकराते हुए बोले, "ठीक है चाची, ठीक है। अब यह चल जाएगा।"

"कुछ कसर है मास्टरजी, तो बताइए। मैं इसे थोड़ी और तैयारी करवा के लाती हूँ, पर इसे मारिएगा नहीं मास्टरजी! बच्चे का दिल कोमल है, मारने से यह

सब भूल जाता है।···" माँ का प्यार आँखों से झर रहा था।

"नहीं-नहीं, चाची! मारूँगा क्यों···अब तो यह खूब चल निकला है। आपने तो जैसे जादू कर दिया!" कहते-कहते मास्टर कमलाकांतजी की खुशी छिप नहीं रही थी।

और फिर बचपन की वह रुकी हुई कहानी आगे बढ़ी। धीरे-धीरे आगे बढ़ती ही गई! कोई मुश्किल उसे रोक नहीं पाई। अक्षरों का उजाला दिल में फैलता गया और लगा, अब भीतर कहीं अँधेरा नहीं है, कहीं अँधेरा नहीं···!

जैसे नदी के प्रवाह को किसी बड़ी चट्टान ने रोक रखा हो और माँ ने पूरी शक्ति, पूरी हिम्मत से उसे परे धकेल दिया हो। नदी फिर अपने कल-कल संगीत और उद्दाम वेग के साथ बहने लगी।

माँ क्या होती है, यह तभी मैंने जाना। माँ में कितनी शक्ति होती है, यह मैंने जाना और माँ क्या कर सकती है, यह मैंने जाना···और यह मैं कभी भूल नहीं पाया कि यह माँ ही थी, जिसने मुझे दो-दो बार जीवन दिया। पहले यह शरीर और उसके बाद आखरों के उजाले के रूप में···

□

इतना कहकर सरस्वती बाबू रुके। जैसे अपने आप को सँभाल रहे हों।··· मन में लहर-लहर हो चले भावकता के सिंधु को थामने की कोशिश। फिर सभा में उपस्थित भद्रजनों का खयाल आ गया शायद। सो एक क्षण के बाद मन का पूरा जोर लगाकर उन्होंने कहानी को आगे ठेला—

···उस साल मैं अपनी पूरी क्लास में फर्स्ट आया और आगे भी हमेशा मेरे अंक क्लास में सबसे ज्यादा आते। हाईस्कूल में तो मेरी सातवीं पोजीशन थी और मुझे स्कॉलरशिप मिलने लगी थी। उसके बाद मैं कभी हारा नहीं। आगे ही बढ़ता चला गया, लेकिन···उस दिन अगर माँ सँभाल न लेतीं, तो आज मैं वाकई अनपढ़ होता।

मैं अकेला बेटा था। घर में घोर गरीबी थी, पर माँ को मेरे स्कूल से भागने का पता लगा, तो एक ही बात उनके मुँह से निकली थी, "नहीं, मेरा बेटा अनपढ़ नहीं रहेगा। मैं उसे पढ़ाऊँगी। चाहे जैसे भी हो, पढ़ाऊँगी!" वही माँ मेरी पहली गुरु थीं। आज वे नहीं हैं, पर उनका चेहरा याद करके आज भी मेरी आँखें भर आती हैं··· पर हाँ, गंगा काका जरूर सामने बैठे हैं। इस उम्र में यहाँ तक आने के लिए उन्हें कितना कष्ट करना पड़ा होगा। मुझे इजाजत दीजिए कि मैं उनके चरणों की धूल लेकर, उन्हीं के पास बैठूँ।···

कहकर सरस्वती बाबू मंच से उतरे और गंगा काका के पास जाकर उनके

चरणों में जा गिरे। गंगा काका ने उन्हें छाती से लगा लिया और सिर पर हाथ फेरने लगे।

सभा में तालियों की गड़गड़ाहट। उत्साह की एक लहर सी!...सभी यह दृश्य देखकर भाव-विभोर हो उठे थे।

इसके बाद सभा के अध्यक्ष पद्मधरजी एक बार फिर उठे और उन्होंने सरस्वती बाबू के साहित्य और उनकी सफलता की जी भरकर प्रशंसा की। कहा, "सरस्वती बाबू की सच्ची महानता यही है कि उनका हृदय एक बच्चे की तरह सरल है।"

सभा समाप्त होने पर सरस्वती बाबू ने गंगा काका को अपनी कार में बैठाया और कार हिरनापुर गाँव की ओर चल पड़ी।

सरस्वती बाबू ने मन-ही-मन तय कर लिया था कि वे अपने गाँव में ही माँ की याद में एक पाठशाला खोलेंगे और वहाँ नन्हे-मुन्ने बच्चों को प्यार से पढ़ाया करेंगे।

यह निश्चय करते ही उन्हें लगा, मानो फिर से वे अपने बचपन में पहुँच गए हैं और कच्चे दालान में मिट्टी की महक के साथ-साथ मुसकराती हुई माँ, प्यार से उनके सिर पर हाथ फेर रही हैं।

□

6

मिट्टी की मूरत

अपने शिष्य कन्हाई की कला की चारों तरफ तारीफ सुनते हैं तो अवनी बाबू की आँखें चमक उठती हैं। कंठ गद्गद-सा—और उन्हें वही दिन याद आ जाता है।

वह दिन, जब एक छोटे से, सात-आठ बरस के साँवले बालक को उन्होंने सड़क के किनारे बैठे, मिट्टी की मूर्तियाँ बनाते देखा था। और एक अनजाने रास्ते पर चलते उनके पैर किसी जादू से बँध गए थे।

भीतर एक पुकार-सी उठी, 'बस, तुम्हें यहीं तक आना था, अवनी बाबू! यहीं तक···! तुम्हारी यात्रा पूरी हुई।'

वह आज से कोई पचीस-तीस बरस पहले की सर्दियों का एक दिन था। खासी ठंड थी, पर अवनी बाबू सुबह-सुबह दुशाला ओढ़कर घर से निकल पड़े थे। पता नहीं कौन सी वह पुकारती हुई पुकार थी, जो उन्हें इतनी भोर वेला में घर से बाहर खींच रही थी।

चित्त में एक नई खोज की जिज्ञासा।···आँखों में विचित्र उत्सुकता। जैसे उनके जीवन में कुछ नया घटनेवाला है, इसकी उन्हें कुछ प्रतीति हो गई हो।

अवनी बाबू रात देर तक कलाभवन में अपने एक चित्र में रंग भरते रहे थे। वह एक विशाल लैंडस्केप था। दूर तक हरे-भरे खेतों और सुनहली फसलों के मुक्त हास्य से गूँजता-सा। चित्र पूरा होने पर ही वे सोए थे, पर नींद आती कैसे? चित्र के रंग कैनवस से उतरकर नींद और सपनों में उतरते रहे। सपनों में सपना, लेकिन सुबह जल्दी ही उनकी नींद खुल गई थी।

उनकी आदत थी, रोज सुबह वे कलाभवन से निकलकर आसपास के गाँवों में घूमकर आते। इससे उन्हें बहुत ताजगी महसूस होती थी। चित्र बनाने के लिए नए-नए विषय भी सूझते थे। मन में एक चहकन सी।···

पर आज तो अभी अँधेरा ही था कि उनके पैर उन्हें कहीं दूर जाने के लिए खींचने लगे।

अवनी बाबू कुछ ज्यादा ही उत्साह में थे, इसलिए घूमते हुए बहुत दूर निकल आए थे। पैर किसी जादू के जोर से चलते जा रहे थे। अचानक उन्हें याद आया, घर से चले छह-सात मील तो जरूर हो गए होंगे या शायद कुछ ज्यादा ही। तो क्या अब लौटें?

अवनी बाबू लौटने का विचार कर रहे थे, पर पैर थे कि आगे चलते ही जा रहे थे। एकदम ढीठ। अवनी बाबू की आज्ञा मानने से उन्होंने जैसे इनकार कर दिया था। चलते-चलते एक गाँव के नजदीक आकर वे ठिठक गए। वहाँ का प्राकृतिक दृश्य तो निराला था ही, गाँव भी बड़ा साफ-सुथरा लग रहा था।

अवनी बाबू दूर तक हरसिंगार, आम, महुआ और जामुन के पेड़ों की कतारें देख रहे थे। उन पेड़ों के पीछे से उगता हुआ सूर्य देखकर उनका मन मुग्ध हो रहा था। सोच रहे थे, 'अहा, अगले चित्र में प्रभात का यही दृश्य दिखाया जाए तो कितना अच्छा होगा!'

उन्होंने चलते हुए किसी राहगीर से उस गाँव का नाम पूछा। उस राहगीर ने बताया, "मेघना ! यह मेघना गाँव है, बाबूजी! यहाँ अधिकतर कुम्हारों के घर हैं।"

मेघना गाँव का नाम अवनी बाबू को इतना अच्छा लगा कि वे मन-ही-मन गुनगुना उठे, 'आहा, रे मेघना !' ताकि उन्हें यह नाम याद रह जाए।

इसी तरह अपने ही खयालों में डूबे, अवनी बाबू आगे बढ़ते जा रहे थे। मेघना गाँव का सजीव चित्र उनकी आँखों में बस गया था और उन्होंने मन-ही-मन तय कर लिया था कि अगले चित्र में वे मेघना गाँव की यह सुंदर-सी सुबह जरूर दिखाएँगे। वैसे भी लैंडस्केप में उनका मन इधर ज्यादा रम रहा था।

चलते-चलते अवनी बाबू बीच-बीच में गौर से आसपास के दृश्य और मेघना गाँव के लोगों को भी देखने लगते। रुक-रुककर उनके मिट्टी के घर देखते, जिनमें बड़ी सुरुचि, बड़ी सफाई थी। उन्हें बहुत अच्छे ढंग से लीपा गया था और उन पर चूने और गेरू से सुंदर आकृतियाँ भी बनी थीं।

एक घर के द्वार पर उकेरी गई पशु-पक्षियों की तरह-तरह की आकृतियाँ देखकर तो वे मुग्ध हो उठे। कितनी तरह की बहुरंगी चिड़ियाँ, मोर, तोते, कुत्ते, बिल्ली, गाय, बैल, खरगोश, हाथी और बाघ। सब एक साथ। खास बात यह थी कि सबके चेहरे पर एक जैसी प्रसन्न स्मिति। सब मुसकराकर जैसे आनेवाली सुबह का स्वागत कर रहे हों।

"वाह, सुंदर···बहुत सुंदर!" उनके मुँह से निकला।

पैर आगे बढ़े, पर मन तो वहीं टिका था। बार-बार मन से उठती पुकार, 'सच पूछो तो, अवनी बाबू, यह है सच्ची कला। जीवन की कला, पर इसके लिए मिट्टी में रमकर मिट्टी का कलाकार होना जरूरी है। यह क्या तुम्हारे जैसे लोगों के बस की बात है? दुनिया तुम्हें बड़े कलाकार होने के खूब तमगे देती हो, कला का शीर्षपुरुष कहकर सम्मान करती हो, पर धरती का कलाकार होना तो एक अलग ही बात है। उसके लिए बड़ी सहजता चाहिए, मन की सरलता भी। वह कहाँ से लाओगे अवनी बाबू···?'

अवनी बाबू जैसे किसी आवेश में थे और पैर बेखुदी में खुद-ब-खुद आगे बढ़ते जा रहे थे।

□

यों ही चलते-चलते अचानक एक जगह अवनी बाबू चौंक उठे। उन्हें सड़क के किनारे एक छोटा सा, साँवला बच्चा दिखाई दिया। चेहरे पर चेचक के दाग। लेकिन इसके बावजूद उसका गहरा, चमकीला रंग खींचता था।··· होगा मुश्किल से सात-आठ बरस का, लेकिन वह मिट्टी से मूर्तियाँ बना रहा था।

सचमुच मूर्तियाँ!···छोटी-छोटी सुघड़ मूर्तियाँ।

अवनी बाबू को हैरानी हुई, 'देखें तो भला, यह बच्चा क्या रचने में इतना लीन है?'

वे उस बच्चे के पीठ पीछे आकर चुपचाप खड़े हो गए। तब उन्हें समझ में आया कि बच्चा एक पनिहारिन की मूर्ति बना रहा है। एक स्त्री सिर पर घड़ा लिये खड़ी है। पास ही कुआँ भी दरशाया गया था और कुएँ के आसपास पेड़ और झाड़ियाँ भी।···

मूर्ति इतनी सुंदर थी कि अवनी बाबू ठगे-से रह गए। पनिहारिन का चेहरा, नख-शिख सब एकदम सही बने थे। शरीर भी सुडौल, समानुपाती और घड़ा तो ऐसा, जैसे वह सचमुच का ही घड़ा हो। बस, किसी जादू-मंतर से उसे छोटा कर दिया गया हो।

अवनी बाबू देख रहे थे कि सात बरस के इस नन्हे से बालक ने अपनी कल्पना से मानो सबकुछ साकार कर दिया। लेकिन तब भी बालक को शायद चैन नहीं था। वह हाथ में मिट्टी लिये, कुछ और भी करना चाहता था।

मिट्टी का शिल्पकार···

मिट्टी का विश्वकर्मा···

नहीं-नहीं शायद मिट्टी का परमात्मा। वह हाथों में मिट्टी लिए जहाँ भी रख देता, वहाँ कलाकृति उभर आती। इसलिए कि इतनी कम उम्र में उसके भीतर कला की ज्योति जाग गई थी।

कुछ ही देर में वे सब समझ गए। वह बालक कुएँ की जगत पर झुकी हुई एक स्त्री को भी दरशाना चाह रहा है, जो कुएँ में बालटी लटकाकर रस्सी खींच रही हो।

कुएँ के आसपास दो-तीन खाली घड़े भी दरशाए गए थे और वे इतने सुंदर और गोल-सुडौल थे कि अवनी बाबू मन-ही-मन 'वाह-वाह' कर उठे।

बहुत देर तक अवनी बाबू उस बच्चे के पीछे खड़े-खड़े, उसकी कला को देखते रहे। पर उस बच्चे की तो मानो समाधि ही लग गई थी। वह अपनी कला में इतना खोया हुआ था कि उसे इसके अलावा कुछ भी दिखाई नहीं दे रहा था।

कुछ देर बाद बच्चे की मूर्ति पूरी हुई और वह दूर हटकर उसे देखने लगा। फिर उसने इधर-उधर देखा। तभी उसका ध्यान अवनी बाबू की ओर गया, जो गौर से उसकी बनाई मिट्टी की मूर्ति को ही देख रहे थे।

उस बाल कलाकार से नजरें मिलते ही, अवनी बाबू ने मुसकराकर कहा, "सुंदर, बहुत सुंदर…!"

वह लड़का कुछ शरमा-सा गया। अवनी बाबू ने एक नजर उस नन्हे कलाकार की भावमुद्रा पर डाली, फिर उत्सुकता से पूछा, "तुमने ऐसी मूर्तियाँ और भी बनाई हैं?"

"हाँ, हाँ।" कहकर बच्चा दौड़कर पास की एक झोंपड़ी में गया और लोहे का एक टूटा-फूटा संदूक उठा लाया। उसमें मिट्टी के बहुत से खिलौने थे। शेर, हिरन, भालू, बंदर, तोते, मोर, पर उनकी संरचना कुछ अलग ही थी। एक विनोदी पुट लिये। उनमें जैसे एक खेल भी शामिल था। खेल भी, कला भी…! बीच-बीच में उस नन्हे कलाकार की मृदुल हास्य की लकीरें पकड़ में आ जाती थीं।

कुछ गाँव के लड़कों और स्त्री-पुरुषों की छोटी-छोटी सुंदर मूर्तियाँ भी थीं। इनमें एक मूर्ति अवनी बाबू को बहुत पसंद आई, जिसमें दो पहलवान एक-दूसरे से भिड़े हुए थे और कुश्ती लड़ रहे थे। मूर्ति में उन लड़ते हुए पहलवानों की बाँहों की मछलियाँ तक उभर आई थीं, और चेहरे पर अंत तक भिड़ने और कतई न हारने की चुनौती। साथ ही एक विचित्र आब और गर्वीलापन भी, जो धरती से उपजता है। जीने के सीधे-सरल गौरव से आता है।

"ये सब मूर्तियाँ तुमने बनाई हैं?" अवनी बाबू ने पूछा तो बालक की आँखों में चमक आ गई।

उसने कहा कुछ नहीं। पर उसका पुलकित चेहरा सब कह गया।

"वाह···!" कहकर अवनी बाबू प्यार से उसके सिर पर हाथ फेरने लगे। फिर उन्होंने पूछा, "तुम्हारा नाम क्या है बेटे?"

बालक ने कहा, "श्यामल कन्हाई।" साथ ही यह भी बताया कि उसके पिता कुम्हार हैं और बहुत सुंदर, अच्छे-अच्छे घड़े बनाते हैं।

"क्या तुम भी अपने पिता की मदद करते हो?" अवनी बाबू ने पूछा। बालक ने कहा, "हाँ, लेकिन मुझे तो मूर्तियाँ बनाना ज्यादा अच्छा लगता है।"

"तुम स्कूल नहीं जाते?" अवनी बाबू ने पूछा।

"हम गरीब हैं न! पिताजी कहते हैं, फीस के पैसे कहाँ से देंगे?" कहते-कहते श्यामल कन्हाई की आँखें डबडबा गईं। चेहरे पर एक गझिन उदासी।

"मैं स्कूल की फीस दे दूँ, तो तुम पढ़ोगे?" अवनी बाबू ने जानना चाहा।

हैरानी से श्यामल कन्हाई की आँखें खुली-की-खुली रह गईं। बोला, "आप देंगे फीस के पैसे, आप···क्यों···?"

"ताकि तुम पढ़ो···।"

"मैं पढ़ूँगा।" बच्चे का आत्मविश्वास से भरा जवाब।

"ठीक है, पर तुम्हें रहना भी वहीं होगा। वहाँ हम तुम्हें कला सिखाएँगे। तुम सारे दिन खूब मूर्तियाँ बनाना।"

सुनकर श्यामल कन्हाई खुश हो गया।

अवनी बाबू नन्हे कलाकार का हाथ पकड़कर उसकी झोंपड़ी तक आए। झोंपड़ी के एक तरफ साफ-सुथरी खाली जगह थी। वहीं लिपाई-पुताई करके श्यामल कन्हाई के पिता बलदेव ने अपना चाक जमा लिया था। आसपास ढेर सारे छोटे-बड़े घड़े। एक-से-एक सुंदर सुराहियाँ और गमले। मिट्टी के बने कुछ बड़े ही कलात्मक कटोरे, प्यालियाँ और सकोरे भी। बलदेव के हाथों में सचमुच कला थी।

अवनी बाबू ने जाकर उन्हें नमस्कार किया। बलदेव ने आदर से उन्हें बिठाया। कहा, "आप बड़े आदमी हैं। मेरे लायक कोई सेवा हो तो बताएँ!"

अवनी बाबू बोले, "आपकी कला की दाद देता हूँ। इतने सुंदर घड़े और सुराहियाँ मैंने आसपास कहीं नहीं देखीं। आपका बेटा भी कलाकार है। मैं चाहता हूँ, मेघना गाँव के इस नन्हे कलाकार का नाम एक दिन पूरे देश में फैले।"

बलदेव कुछ भी समझ नहीं पा रहे थे। बोले, "बताइए, मुझे क्या करना होगा? कौन पिता नहीं चाहता कि उसके बेटे का नाम दूर-दूर तक फैले।"

"मुझे आपका बेटा चाहिए।" इस बार अवनी बाबू ने साफ-साफ कहा। फिर बताया, "यह कलाभवन में मेरे साथ ही रहेगा। कला सीखेगा और बड़ा होकर देश का जाना-माना कलाकार बनेगा। मेघना गाँव का नाम ऊँचा करेगा।"

इतने में श्यामल कन्हाई की माँ भी वहाँ आ गई। बलदेव बोले, "कन्हाई की माँ! ये अपने कन्हाई को ले जाना चाहते हैं। ये अवनी बाबू हैं। यहाँ से तीन कोस आगे, जो बड़ी सी सफेद बिल्डिंग है—कलाभवन, उसके प्रधान हैं। बहुत बड़े कलाकार हैं।"

"पर मैं तो अपने कन्हाई के बिना एक दिन भी नहीं रह सकती। सोच भी नहीं सकती कि यह मुझसे दूर···!" कहते-कहते श्यामल कन्हाई की माँ की आँखों में सचमुच आँसू छलछला आए।

कन्हाई से दूर रहने की कल्पना भी उसके लिए असहय थी।

"कन्हाई आपसे दूर कहाँ जा रहा है? जब आप चाहें इससे आकर मिल सकते हैं। कन्हाई भी बीच-बीच में आकर मिल जाया करेगा। यह तो बस, कला का अभ्यास करने के लिए वहाँ रहेगा। इसके रहने, खाने-पीने और हर तरह के खर्च का जिम्मा कलाभवन उठाएगा।" अवनी बाबू ने समझाया तो श्यामल कन्हाई के माता-पिता राजी हो गए।

श्यामल कन्हाई ने जल्दी-जल्दी एक थैले में अपने दो-तीन कपड़े रख लिये। थोड़ा सा और सामान भी। दो-एक छोटी-छोटी मूर्तियाँ भी रख लीं और अवनी बाबू के साथ चल पड़ा।

रास्ते भर अवनी बाबू श्यामल कन्हाई से उसकी रुचियों, रहन-सहन, परिवार और उसकी बनाई मूर्तियों के बारे में तरह-तरह के सवाल पूछते रहे। कन्हाई को उनसे बात करने में सचमुच आनंद आ रहा था।

"···हाँ, तो गुरुजी, मैंने सबसे पहले वही मिट्टी का तोता बनाया था।···जी गुरुजी,···जी! कोई दो बरस पहले, या तीन हो गए होंगे।···बड़ा ही सुंदर-सा तोता। नटखट-सा, शरारती। पर फिर लगा कि ये तो ना, अच्छा नहीं बना। ये बड़ा चतुर, चालाक है। सयाना। इसमें भोलापन तो है ही नहीं···! तो गुरुजी, मुझे कुछ गुस्सा आया। मैंने उसे तोड़ा और फिर बनाया, फिर तोड़ा, फिर बनाया···। बस, तोड़ता रहा, बनाता रहा। पता नहीं क्या गड़बड़ थी कि मैं तोता बनाता तो वो बन जाता कौआ। बड़ा चालाक-सा। सयाना। घमंडी।···फिर मैंने तोता और कौआ साथ-साथ बनाए तो समझ में आई गलती कि मैं कहाँ गड़बड़ी कर रहा था।···

"फिर तो गुरुजी, मैंने बहुत चिड़ियाँ बनाईं। बहुत सारी प्यारी-प्यारी और

रंग-बिरंगी चिड़ियाँ और मोर भी। बतख भी। हंस भी। वे सब-की-सब मूर्तियाँ बहुत अच्छी बनीं। फिर मैंने सोचा कि अब मैं कुत्ता और बिल्ली बनाऊँगा। गाय, बैल और घोड़ा बनाऊँगा। खरगोश, हाथी और बाघ बनाऊँगा, पर औरों से थोड़ा अलग बनाऊँगा। तो फिर गुरुजी, मैंने क्या किया कि…"

कन्हाई को मौका मिला तो वह खुलकर बोलता जा रहा था। बोलता ही जा रहा था। और अवनी बाबू…? वे इन शब्दों को तो सुन ही रहे थे, इन शब्दों के पीछे छिपे उन शब्दों को भी सुन रहे थे, जिन्हें कन्हाई कह तो नहीं पा रहा था, पर कहना जरूर चाहता था।

"यही तो एक कलाकार की कला है। उसके अंतर्मन की कला…!" वे धीरे से बुदबुदाए।

□

कलाभवन में आकर अवनी बाबू ने कुछ रोज तक श्यामल कन्हाई को अपने साथ ही रखा। उसे रोज थोड़ा-थोड़ा सिखाते और खुद नए-से-नए प्रयोग करने के लिए उत्साहित करते। कन्हाई खुश था। उसके लिए एक नई दुनिया के द्वार खुल गए थे। एक ऐसी दुनिया, जिसकी उसने कभी कल्पना ही नहीं की थी।

कोई एक हफ्ते बाद अवनी बाबू श्यामल कन्हाई की उँगली पकड़कर उसे कलाभवन के एक पुराने अध्यापक सोमदेवजी के पास ले गए। कहा, "मास्टर मोशाय, इस नन्हे कलाकार को एक दिन मैंने सड़क किनारे मूर्तियाँ बनाते देखा था, तो रह नहीं पाया। इसे अपने साथ ही लेता आया।… पर अब यह आपके साथ रहेगा। इसे कला के गुर सिखाइए। थोड़े-थोड़े दिन बाद आकर मैं खुद देखता रहूँगा।"

सोमदेवजी ने एक प्यार भरी नजर श्यामल कन्हाई पर डाली और उसे अपने साथ रख लिया। अवनी बाबू लौट आए।

ऐसे ही एक-एक कर कुछ रोज गुजरे, पर अवनी बाबू के मन में तो कन्हाई ही बसा था। वे तो हर क्षण यही चिंता करते थे कि उस नन्हे कलाकार ने अब कितना सीख लिया होगा, कैसी मूर्तियाँ बनाई होंगी ?

आखिर एक दिन वे सोमदेवजी के कक्ष की ओर चल पड़े। उनसे नन्हे कलाकार की प्रगति के बारे में पूछा।

पर अवनी बाबू की बात सुनकर सोमदेवजी ने निराशा से सिर हिला दिया। बोले, "नहीं, उसका मुझे कुछ ठीक नहीं लगता।"

"अरे, यह क्या कह रहे हैं आप ?" कहते-कहते अवनी बाबू का चेहरा उतर गया। उन्हें सचमुच ही सोमदेवजी से ऐसे उत्तर की अपेक्षा नहीं थी।

तो क्या सचमुच वे हीरे की परख करने में चूक गए? अवनी बाबू के चेहरे पर बड़ी उदासी थी।

"इस लड़के के साथ सबसे बड़ी मुश्किल यह है आचार्य कि इसका ध्यान किसी एक जगह टिकता ही नहीं। मैं चित्रकला सिखाता हूँ तो एक-दो चित्र बनाता है, फिर उन्हें छोड़कर मूर्तियाँ बनाने में लग जाता है। मैं मूर्तिकला सिखाता हूँ तो थोड़े समय मूर्ति बनाने का अभ्यास करता है, फिर चित्र बनाने लगता है। तो मुझे तो लगता है, यह कुछ नहीं सीख पाएगा। मन को किसी एक चीज में टिकाएगा नहीं, तो सीखेगा क्या?" सोमदेवजी ने परेशान होकर कहा।

अवनी बाबू बड़े ध्यान से सोमदेवजी की बातें सुन रहे थे। एकाएक हँसकर बोले, "अब मैं समझ गया आपकी मुश्किल...!"

फिर एक पल रुककर बोले, "आपकी मुश्किल यह है मास्टर मोशाय कि आप सोचते हैं कि या तो यह चित्रकार बने या फिर मूर्तिकार? लेकिन हो सकता है, यह दोनों ही चीजें सीखे और जितना बड़ा मूर्तिकार बने, उतना ही बड़ा चित्रकार भी। तो मास्टर मोशाय, आप इसे अपने हिसाब से चलाइए मत। कुछ डिक्टेट भी मत कीजिए कि यह करो, यह मत करो! जो यह करता है, करने दीजिए। सिर्फ देखते रहिए कि यह करता क्या है? बस, जहाँ इसे मुश्किल आए, वहाँ हलके से इशारा कर दीजिए।"

बात सोमदेवजी की समझ में आ गई थी। वे धीरे-धीरे सिर हिला रहे थे।

थोड़े दिन बाद अवनी बाबू फिर सोमदेवजी के पास पहुँचे। पूछा, "बताइए मास्टर मोशाय, अब कैसा है मेरा शिष्य?"

"बहुत अच्छा!" सोमदेवजी मुसकराकर बोले, "सचमुच मूर्तिकला और चित्रकला दोनों में ही यह बेजोड़ है। यह तो अद्भुत बालक है। हमारे कलाभवन में ऐसा कोई दूसरा बच्चा नहीं है।..." कहते हुए सोमदेवजी की खुशी छिप नहीं पा रही थी।

सुनकर अवनी बाबू की आँखों में भी चमक आ गई। अनोखी चमक।

बहुत दिनों बाद एक गहरा संतोष उभर आया था उनके चेहरे पर। उन्होंने प्यार से कन्हाई के सिर पर हाथ फेरा और अपने निवास की ओर चल पड़े।

और फिर श्यामल कन्हाई की कला में निखार आया तो आता ही चला गया। उसने एक-से-एक सुंदर चित्र बनाए, ढेरों मूर्तियाँ भी। बड़ी अद्भुत और लाजवाब! उनमें खुरदरापन था और जिंदगी की औघड़ सच्चाई। पर जिंदगी का यही सहज खुरदरापन और औघड़ सच्चाई उसकी ताकत थी।

कलाभवन के हर कोने में उसकी कला की छाप नजर आने लगी। अवनी बाबू और सोमदेवजी दोनों पुलकित। यह उनके लिए आनंद की घड़ी थी।

आज श्यामल कन्हाई का नाम सारी दुनिया में है। उस पर मशहूर आर्ट जर्नल्स में लेख छपते हैं। बहुत तारीफ होती है उसकी। पढ़कर अवनी बाबू की आँखों की चमक और बढ़ती ही जाती है।

श्यामल कन्हाई को भी जब कोई बड़ा पुरस्कार या सम्मान मिलता है, तो वह उसे लाकर अपने कलागुरु के चरणों में रख देता है और कहता है, "गुरुदेव, अभी तो मेरी यात्रा शुरू हुई। आपके आशीर्वाद से मुझे बड़ा, बहुत बड़ा कलाकार बनना है। मैं चाहता हूँ, मेरी कला में सारी धरती के लोगों के सुख-दुःख और खुशियों के रंग समा जाएँ।..."

सुनकर अवनी बाबू ऐसे प्रसन्न होते हैं, मानो उन्हें धरती का सबसे बड़ा खजाना मिल गया हो।

□

7

भटकती जिंदगी का नाटक

यह वसंतदेवजी का ही नहीं, पूरे कालीपुर का सम्मान था। जाने-माने लेखक और समाज-सुधारक वसंतदेवजी को अपनी साहित्य-साधना के लिए राष्ट्रीय पुरस्कार मिला, तो उनके स्वागत-समारोह में जनता टूट पड़ी। इतने लोग उन्हें सुनने आए थे कि सभा-कक्ष में चप्पा भर जमीन भी खाली नहीं थी। बहुत से लोग बाहर भी खड़े थे और उनकी बातें सुनने के लिए उत्सुक थे।

शुरू में सभा के संयोजक हरि भाई ने वसंतदेवजी के व्यक्तित्व और उनके द्वारा रचे गए विपुल साहित्य का परिचय दिया। फिर दो नन्हे-मुन्ने बच्चों ने आकर उन्हें पुष्पमाला पहनाई, गुलदस्ता भेंट किया। इसके बाद सभापति आचार्य सोमेंद्र भट्टाचार्य उठे। उन्होंने वसंतदेवजी के सदाबहार व्यक्तित्व की विस्तार से चर्चा करते हुए, उन्हें अपने समय का प्रतिनिधि साहित्यकार बताया। फिर उन्होंने बड़े आदर से शॉल ओढ़ाकर, माँ सरस्वती की एक भव्य प्रतिमा और मानपत्र भेंट कर वसंतदेवजी का सम्मान किया।

पूरा सभागार तालियों की गड़गड़ाहट से गूँज उठा।

इसके बाद एक-एक करके वसंतदेवजी के कई मित्रों और प्रसिद्ध साहित्यकारों ने उनसे जुड़े आत्मीय संस्मरण सुनाए। कुछ खट्टे, कुछ मीठे। कुछ दिल को छूने वाले भावनात्मक पल तो कुछ विनोद भरे प्रसंग। इनमें वसंतदेवजी के खुशदिल और हरफनमौला चरित्र का बखान था। इतने बड़े साहित्यकार होकर भी वे धधाकर आम लोगों से मिलते हैं। अपनी साहित्यिक महत्ता का जरा भी अभिमान उनमें नहीं है। यह बात ही कई वक्ताओं ने अपने-अपने ढंग से कही। साथ ही वसंतदेवजी के साहित्यिक तप और लंबी साधना का स्मरण किया गया। उनके कुछ-कुछ खुरदरे, औघड़ व्यक्तित्व की भी चर्चा हुई। कुछ ने वसंतदेवजी की कालजयी साहित्यिक कृतियों के महत्त्व को दरशाते हुए पत्र-वाचन किया।

यह अपने आपमें बड़ा दुर्लभ अनुभव था। सब मुग्ध होकर सुन रहे थे।

पर वसंतदेव जी··· ? वे तो कहीं और खोए हुए थे। जैसे यहाँ हैं और नहीं भी। इसे सभी ने लक्षित किया।

बात थी ही हैरानी की। अपने सम्मान समारोह में भी वे कुछ उखड़े-उखड़े से रहें। क्यों भला··· ? क्या वे एक साहित्यकार के सम्मान से जुड़े इस समारोह के आडंबर से दुःखी थे? पर सच तो यह है कि यह सम्मान समारोह एकदम सादा था। अपने नायक की ही तरह। तो फिर··· ?

बहरहाल, कुछ समय बाद वसंतदेवजी से कहा गया कि वे अपने पचास बरस लंबे साहित्यिक सफर के बारे में कुछ कहें।

इस पर वसंतदेव खड़े हुए तो उनकी आँखें भरी हुई थीं। बोले, "माफ करें, इस मौके पर क्या कहूँ, क्या नहीं, मुझे तो कुछ सूझ नहीं रहा।···हाँ, मुझे बस एक चीज याद है, मेरी माँ की वे डबडबाई आँखें! बस, वहीं से मुझे राह मिली। मैं तो एकदम आवारा लड़का था, पढ़ने-लिखने से मेरा वैर था। किताबें देखते ही दूर भागता था, पर मेरी माँ··· !"

कहते-कहते वसंतदेवजी रुके, जैसे उन्हें शब्द न मिल पा रहे हों। उनका स्वर कुछ भीग-सा गया था।

फिर कुछ सोचते हुए उन्होंने कहा, "अच्छा तो सुनिए, मैं आपको एक कहानी सुनाता हूँ। सच्ची कहानी। एक शरारती बच्चे वसंत की कहानी।···अब यह बताने की तो जरूरत नहीं कि वह शरारती बच्चा कोई और नहीं, मैं ही था, जो आज वसंतदेव बना बैठा हूँ और जिसे आप जैसे लोगों का इतना प्यार मिल रहा है। तो ठीक है, सुनिए यह कहानी··· !"

सभा में इस कदर चुप्पी थी कि साँस की आवाज भी सुनाई देती थी। इधर वसंतदेवजी की कहानी शुरू हो चुकी थी—

···कालीपुर के एक बड़े जमींदार का बेटा था वसंत, इसीलिए मारे लाड़ के कुछ बिगड़ भी गया था। सारे दिन दोस्तों के साथ खेलकूद। तमाशे। आवारागर्दी। सुबह का गया कब घर लौटेगा, किसी को पता नहीं। कई बार वसंत के पिता गदाधर बाबू इस बात से परेशान हो उठते। उन्हें यह चिंता खाए जा रही थी कि वसंत अगर पढ़ेगा-लिखेगा नहीं, तो भला कालीपुर की इतनी लंबी-चौड़ी जमींदारी कैसे सँभालेगा?

उन्होंने एकाध बार वसंत को डाँटा, फटकारा और चेताया भी। पर हमेशा वसंत की माँ सीतादेवी बीच में आ जाती थीं। वसंत को छाती से लगाकर कहतीं, "बस,

बस···अब रहने भी दीजिए। अभी तो खेलने-खाने और शरारतें करने के दिन हैं मेरे लाल के। अभी से इसे···!"

इस पर गदाधर बाबू क्या कहते? वे चुप हो जाते, पर अंदर-ही-अंदर घुलते जाते थे। उन्हें उम्मीद थी कि वसंत पढ़-लिखकर, दूर-दूर तक फैली यह जमींदारी बहुत अच्छी तरह सँभालेगा, साथ ही सभी किसानों के सुख-दुःख की परवाह करेगा। एक अच्छे और नेक मुखिया की तरह। सबको प्यार से अपनाएगा और सभी का विश्वास जीतेगा। पर वसंत को तो जैसे कोई परवाह ही नहीं। ऐसे ही रहा तो एक दिन यह सबकुछ चला जाएगा, सबकुछ—और फिर···?

आगे का दृश्य उन्हें विचलित कर देता और वे अपनी छाती पकड़कर खाँसते हुए, बुरी तरह हाँफने लगते।

निराशा के बोझ से दबे गदाधर। दिनोदिन उनकी तबीयत बिगड़ती जाती थी।

जैसे-जैसे समय आगे बढ़ता गया, गदाधर बाबू की मुसीबतें भी बढ़ती गईं। उनकी उम्र ढल रही थी और शरीर अब साथ नहीं देता था। उनका इकलौता बेटा था वसंत, जिस पर उनकी सारी उम्मीदें टिकी थीं। सोचते थे, वसंत लायक बनेगा और कुल का नाम ऊँचा करेगा। पर उसकी आदतों में जरा भी सुधार नहीं हुआ। उलटे बड़े होने के साथ उसकी आवारागर्दी बढ़ती गई। माता-पिता के पास बैठना तो दूर, उनकी दो बातें सुनने का भी उसके पास समय नहीं था। घर में आँधी की तरह आता और तूफान की तरह जाता। न उसके आने का कोई समय था और न जाने का।

अब तो माँ सीतादेवी भी परेशान हो उठीं। कभी-कभी वसंत को टोककर कहतीं, "बेटे, जरा अपने पिता की भी चिंता कर। वे रात-दिन तेरे दुःख में घुलते जा रहे हैं।"

आखिर गदाधर बाबू बुरी तरह बीमार पड़ गए। चारपाई पर पड़े-पड़े सोचते, 'वसंतदेव कुछ सयाना होता तो मुझे चिंता किस बात की थी? पर अब तो शायद मरकर ही चैन पड़े।···'

सीतादेवी उन्हें बहुत समझातीं। तरह-तरह की पुरानी कथाएँ सुनातीं। हर तरह से उन्हें खुश रखने की कोशिश करतीं। पर दुनिया में कोई चीज नहीं थी, जो बेचैन गदाधर बाबू के दिल पर मरहम लगा सके। आखिर दुःख से जर्जर हो चुके गदाधर बाबू कुछ ही दिनों में चल बसे।···

माँ सीतादेवी की हालत भी अब खराब थी। कई बार वे खुद को ही पति की मृत्यु के लिए जिम्मेदार ठहरातीं। सोचतीं कि आखिर मेरे ही कारण उनका दुःख बढ़ा। मुझे वसंत को शुरू से ही समझाना चाहिए था। ओह, मेरे ज्यादा लाड़-प्यार ने

उसे तो बिगाड़ा ही, पूरे घर का सर्वनाश कर दिया।

अब तक वसंतदेव के दोस्तों की अच्छी-खासी मंडली बन गई थी। उनका बस एक ही काम था। सुबह से शाम तक यहाँ-से-वहाँ घुमक्कड़ी करना। ऊधम, गपबाजी और मसखरापन। कभी तीतर लड़ाने का खेल चलता तो कभी दिन भर नदी में तैरना और पतंगबाजी। कभी सब का दिन ढोल की ताल पर नाचते-गाते और हाहा-हूहू कर शोर मचाते बीतता तो कभी बड़े-बड़े मुखौटे पहन, विचित्र आवाजें निकालकर लोगों को तंग करने का खेल चल पड़ता। कभी किसी की खिल्ली उड़ती, तो कभी किसी का मजाक। पूरा-पूरा दिन बिना बात हँसी-ठिठोली और दिल्लगी में बीत जाता।

एक बार तो वसंत और उसकी चांडाल चौकड़ी अपने मुँह-हाथ कालिख से पोतकर और काले कपड़े पहन, शाम के समय एक गाँव में पहुँच गई और वहाँ भूत बनकर 'हू-हू' करते हुए गाँववालों को इतना डराया कि वे भय से काँपते, थर-थर करते यहाँ-वहाँ भागते फिरे। कोई घबराकर किसी नाली में गिर पड़ा, तो कोई गड्ढे में। देखते-ही-देखते चिल्ल-पों मच गई। औरतों और बच्चों की हालत तो और भी अजीब थी। सब-के-सब बदहवास। बाद में वसंत और उसके दोस्त अपनी इस नायाब सूझ पर खूब हँसे और देर तक ठहाके लगाते रहे।

इसके अलावा नदी किनारे खेतों के बीच रोज पिकनिक मनती और उसके लिए न जाने किन-किन किसानों की फसलें बरबाद हो जातीं। ढेर सारे फल-सब्जियाँ बेरहमी से तोड़ ली जातीं, फिर उन्हें यहाँ-वहाँ फेंका जाता। कभी-कभी तो नदी के पानी में भी। उनमें से जितनी खाई जातीं, उनसे ज्यादा बरबाद होतीं।

किसान शिकायत करने की बात करते तो उलटे उन्हें धमकी मिल जाती। फिर भी सीतादेवी तक यह बात जैसे-तैसे पहुँच ही जाती और उनका दिल टूक-टूक हो जाता। सोचतीं, 'हाय, विधाता ने यह कैसा बेटा मुझे दिया, जिसने मेरा सारा सुख-चैन हर लिया!'

वे किसानों के नुकसान की पूर्ति कर देतीं, पर अपने बिलखते दिल को कैसे समझाएँ?

आखिर उन्होंने थोड़ी कड़ाई शुरू की। वसंत को बुलाकर सीधे-सीधे कहा, "अब तुम बड़े हो गए हो बेटे, मेरी सारी आशाएँ तुम पर टिकी हैं। तुम खेलो-घूमो, सब करो, पर पढ़ाई-लिखाई का भी खयाल करो।"

"पढ़ाई··· ? करूँगा माँ, करूँगा न!" वसंत किसी फर्ज अदायगी की तरह कहता और फिर बाहर का रास्ता देख, दौड़ पड़ता।

"वसंत...वसंत...वसंत...!" सीतादेवी पुकारती रह जातीं, पर वसंत को भला इसकी क्या परवाह?

अब वसंत को घर पर पढ़ाने के लिए एक बुजुर्ग अध्यापक सुधाकरजी भी आने लगे थे। सुधाकरजी बड़े गुणी और धैर्यवान अध्यापक थे। दूर-दूर तक उनका नाम था। लोग उनकी योग्यता का सम्मान करते। उनका सबसे बड़ा गुण तो यह था कि जो बच्चे पढ़ाई से जी चुराते थे, उन्हें भी वे इतने प्रेम से पढ़ाते कि धीरे-धीरे उन्हें भी पढ़ाई में रस आने लगता और वे लायक बन जाते।

सुधाकरजी ने सोचा था, वसंत खासा बिगड़ा हुआ बच्चा है, फिर भी महीने-दो महीने में तो उसे राह पर ले ही आऊँगा। पर उन्हें नहीं पता था कि वसंत घर बैठे या बाहर घुमक्कड़ी कर रहा हो, उसका मन तो शरारतें करने में ही लगता है और पढ़ाई उसके लिए किसी सजा से कम नहीं है।

यही वजह थी कि रोज शाम के समय सुधाकरजी पढ़ाने आते, तो वसंत कभी घर के बाहरवाले बगीचे में छिप जाता, तो कभी छत पर जाकर परछत्ती पर रखे सामान के पीछे दुबक जाता। कभी किसी पेड़ की ऊँची डाली पर जा बैठता और उल्लुओं या तीतर जैसी आवाजें निकालने लगता। या फिर कभी बिल्ली की तरह 'म्याऊँ-म्याऊँ', कभी गधे की तरह 'ढेंचू-ढेंचू'। सुधाकरजी सब समझ जाते और वसंत की शैतानियों पर मन-ही-मन हँसते, फिर उसे प्यार से पढ़ाने की कोशिशों में जुट जाते।

वसंत कुछ देर तो पढ़ता, फिर 'अभी आया' कहकर उड़न-छू...! सुधाकरजी बेचारे इंतजार करते रहते, फिर थक-हारकर घर चले जाते।

एकाध बार तो यह भी हुआ कि जैसे ही सुधाकरजी पढ़ाने के लिए कमरे में आए, वसंत झट चारपाई के नीचे जा दुबका। सुधाकरजी थोड़ी देर हैरानी से इधर-उधर देखते रहे कि अरे, वसंत कहाँ गायब हो गया, अभी तो थोड़ी देर पहले यहीं था। कहीं वह किसी खिड़की से तो नहीं कूद गया? तब उसके साँस लेने और खुदर-खुदर हँसने से पता चला कि अरे, वह तो चारपाई के नीचे छिपा हुआ है।

उसे प्यार से पुकार-पुकारकर चारपाई के नीचे से निकालने में सुधाकरजी की साँस फूल गई। फिर पढ़ाने का धैर्य और हिम्मत ही नहीं रही।

□

वसंत की शरारतें रोज-रोज बढ़ती ही जा रही थीं। आखिर एक दिन सुधाकरजी इतने परेशान हो गए कि बोले, "अच्छा, रहने दो वसंत! नहीं पढ़ना चाहते तो न सही, लेकिन कम-से-कम मुझे देखकर चारपाई के नीचे तो मत छिपो। यह मेरा ही नहीं, विद्या का भी अपमान है।"

वसंत बोला, "मास्टरजी, सच्ची कहूँ ? पढ़ना मुझे बिल्कुल अच्छा नहीं लगता। पर हाँ, अगर आप रोज कहानी सुनाएँ, तो मैं जरूर सुनूँगा।"

अब सुधाकरजी को नया तरीका मिल गया। उन्होंने सोचा, 'वसंत को रोज नई-नई कहानियाँ सुनाऊँगा। कहानियों में ही कुछ ऐसी अच्छी बातें भी सिखा दूँगा कि धीरे-धीरे इसका मन पढ़ाई में लगने लगेगा।'

इसके बाद तो यही होता कि रोज सुधाकरजी आते और एक-से-एक दिलचस्प कहानियाँ सुनाते। हर बार अपनी कहानी में वे कोई ऐसी बात बताते, जो जीवन में काम आती। एक बार उन्होंने आसमान के तारों की कहानी सुनाई तो सोचा कि इसी बहाने थोड़ा गणित का जोड़-बाकी भी सिखा दिया जाए। उन्होंने कहा, "सुनो वसंत, एक था पुनपुन। बड़ा सीधा सा, भोला सा लड़का। एक दिन वह अपने आँगन में लेटा था। उसने आसमान में देखा, दो तारे थे। थोड़ी देर बाद दो तारे और उग आए। वह सोचने लगा, अरे वाह, ये तो दो और दो यानी चार तारे हो गए। अगर दो तारे और उग आएँ तो…"

कहानी सुनते-सुनते वसंत कुढ़कर बोला, "मास्टरजी, यह तो आप गणित पढ़ा रहे हैं। मैं पढ़ूँगा नहीं, आप तो बस कहानी ही सुनाइए।" और खिड़की से छलाँग लगाकर बाहर भाग गया।

इस पर सुधाकर बाबू इतने दुःखी हुए कि उसी दिन उन्होंने सीतादेवी के पास जाकर कहा, "माफ कीजिए, मैं अपनी हार मानता हूँ। मैंने एक-से-एक बिगड़े बच्चों को सँभाला है और उनमें पढ़ने-लिखने की लौ पैदा की है। ऐसा कभी नहीं हुआ कि मुझे हार माननी पड़ी हो। पर वसंत जैसा अड़ियल और शरारती बच्चा मैंने कोई और देखा नहीं। मुझे नहीं लगता कि यह कभी सँभल पाएगा। अब आप मुझे इजाजत दीजिए, कल से मैं इसे पढ़ाने नहीं आऊँगा।"

कहते हुए सुधाकरजी के चेहरे पर इतनी पीड़ा थी कि सीतादेवी स्तब्ध रह गईं। उनके मुँह से कोई बोल तक नहीं निकला।

पर तभी से खुद सीतादेवी की यह हालत हो गई कि जैसे अंदर-ही-अंदर कोई घुन उन्हें खा रहा हो। उनकी हालत बिल्कुल बीमारों जैसी हो गई। मुँह पीला पड़ गया। धीरे-धीरे शरीर सूखता हुआ हड्डियों के ढाँचे में बदल गया।

वसंत माँ की यह हालत देखता, पर अनदेखा कर देता। एक दिन शाम के समय वह बाहर से आया तो घर के पुराने नौकर रामदीन ने बताया कि "बाबू, अम्माँजी बुला रही हैं।"

वसंत के हाथ-पैरों में मिट्टी लगी थी। आज कुश्ती लड़ने की प्रतियोगिता में

उसने कई पहलवानों को पछाड़ा था। कई नए दाँव-पेच आजमाए थे। अगली बारी में लौटकर उसे कुछ और दाँव आजमाने थे। वह जल्दी से माँ के पास गया और बोला, "अम्माँ, क्या बात है?"

सीतादेवी बहुत कुछ कहना चाहती थीं। वे सोच रही थीं, क्या कहूँ, क्या नहीं? पर वसंत को जल्दी थी। उतावलेपन से बोला, "जल्दी कहो न माँ, क्या बात है?"

सीतादेवी चुप, एकदम चुप। जैसे सारे शब्द चुक गए हों। वे अपलक बेटे को देखे जा रही थीं, जिसने उनकी सारी आशाओं को धूल-धूल कर दिया था, फिर भी यह नहीं समझ पा रहा था कि उसके कारण माँ कैसा पहाड़ जैसा दुःख झेल रही हैं।

आखिर कुछ न कहा गया, तो उन्होंने बड़ी निरीह दृष्टि से वसंत को देखा और रो पड़ीं। रोते-रोते बोलीं, "अरे वसंत, मेरे लाल, तू पढ़ता क्यों नहीं है, बेटे, क्या तू बिल्कुल नहीं पढ़ेगा, कभी नहीं? तेरे पिता तो इसी चिंता में घुल-घुलकर मर गए। लगता है मैं भी···अब मैं भी नहीं बचूँगी, फिर याद करता रहना माँ को। बड़ा आया माँ का लाड़ला···!"

कहते-कहते माँ की आँखों से धाराधार आँसू बहने लगे। इन दिनों चिंता-फिक्र के मारे वे इतनी कमजोर हो गई थीं कि लगा, अभी बेहोश होकर गिर पड़ेंगी।

वसंत को अब समझ में आया कि कितना बड़ा अनर्थ उससे हुआ है। माँ, जिन्हें वह सबसे ज्यादा प्यार करता है, वे भी शायद उसे छोड़कर चली जाएँगी और उसका सबकुछ नष्ट हो जाएगा, सबकुछ। उसकी हँसी-खुशी की सारी दुनिया भरभराकर गिर पड़ेगी।

"माँ-माँ, मैं पढ़ूँगा···! माँ, मैं अब तुम्हें कभी शिकायत का मौका नहीं दूँगा। मुझे माफ कर दो माँ!" कहकर आगे बढ़कर उसने माँ को सहारा दिया।

दुर्बल माँ की आँखों में एक क्षीण-सी चमक दिखाई पड़ी, जैसे वे धीरे से मुसकराई हों, पर वे इतनी कमजोर हो गई थीं कि एकाएक चारपाई पर गिर पड़ीं। उनकी साँस जोर-जोर से चल रही थी।

वसंत ने जल्दी से दौड़कर माँ को पानी पिलाया और उनका माथा दबाने लगा। इतने में रामदीन दौड़कर वैद्य सोनारामजी को बुला लाया। वैद्यजी ने आकर नब्ज देखी, फिर दवा देकर कहा, "कोई गहरा सदमा लगा है इन्हें। खुश रहेंगी और ठीक से खाने-पीने लगेंगी, तो ठीक हो जाएँगी। पर अभी इन्हें दो-तीन महीने सेवा की बड़ी जरूरत है, वसंत बेटे!"

अब तो वसंत का एक ही काम था। माँ की इच्छा को दौड़-दौड़कर पूरा करना। कभी उन्हें दवा पिला रहा है, कभी उन्हें खुद अपने हाथ से काटकर फल

खिला रहा है, कभी उनके मन बहलाव के लिए बातें कर रहा है।

माँ कुछ ठीक हुईं तो वसंत ने कहा, "माँ-माँ, मैं सुधाकरजी के घर जाऊँ? उनसे जाकर माफी माँगूँगा।"

माँ को हैरानी हुई। पर अंदर-ही-अंदर वे खुश थीं और बड़ी राहत महसूस कर रही थीं। बोलीं, "जा बेटा, जा, अभी चला जा। अच्छे काम में देरी कैसी? तूने उनका बहुत दिल दुखाया है। अच्छी तरह पैरों में पड़कर उनसे माफी माँगना।"

उसी समय वसंत सुधाकरजी के घर पहुँचा और जैसे ही सुधाकरजी घर से बाहर आए, वह उनके पैरों में गिर पड़ा। बोला, "क्षमा करें गुरुजी, मैं अब पढ़ूँगा। आपको कोई शिकायत का मौका नहीं दूँगा। आप पहले की तरह पढ़ाने के लिए मेरे घर आएँ। अगर मेरा कोई भी व्यवहार आपको बुरा लगे, तो आप चाहे जो सजा दें।"

सुधाकरजी हैरान, 'अरे, क्या वह वही वसंत है, जिसके बारे में उन्होंने कहा था कि यह कभी सँभल नहीं पाएगा?'

अगले दिन सुधाकरजी वसंत को पढ़ाने घर आए तो वसंत तो खुश था ही, उसकी माँ सीतादेवी उससे भी अधिक खुश थीं...और खुद सुधाकर बाबू! वे तो जैसे अचंभे में थे कि यह जादू हुआ कैसे?

पर सुधाकरजी जब वसंत को पढ़ाने बैठे तो उन्हें लगा कि यह वह पहलेवाला वसंत हरगिज नहीं है। उनके सामने तो एक अलग ही वसंत बैठा हुआ है। एकदम विनीत और जिज्ञासु छात्र, जिसमें पढ़ने की बड़ी गहरी ललक है और आँखों में सम्मान।

सुधाकरजी पढ़ाते हुए जल्दी ही रम गए, इसलिए कि वसंत उनकी एक-एक बात बड़े ध्यान से सुन रहा था। वे समझ गए थे कि वसंत शरारती भले ही हो, बुद्धू हरगिज नहीं है। सुधाकरजी जो कुछ बताते, उसे वह एक बार में ही इस कदर दिल में बैठा लेता कि फिर उसे दोबारा पढ़ने की जरूरत ही न होती। फिर साहित्य, कला और इतिहास की तो इसे अच्छी-खासी जानकारी भी थी। हाँ, गणित और विज्ञान में वह ज्यादा होशियार नहीं था। पर सुधाकरजी विज्ञान को भी रोचक कथाओं की शक्ल में सुनाते। बड़ी-बड़ी वैज्ञानिक खोजें कैसे हुईं और उसके लिए वैज्ञानिकों ने कितनी तकलीफें सहीं, यह सब सुनकर वसंत रोमांचित हो उठता। उसके मन में भी जीवन में कुछ नया करने और कुछ बनने की ललक पैदा होती।

इसी तरह सुधाकरजी गणित को भी रोचक शैली में, छोटे-छोटे सवालों और मजेदार पहेलियों के रूप में उसके सामने रखते, तो वसंत को बड़ा मजा आता। झटपट इन सवालों का जवाब देते-देते उसका दिमाग इतना तेज हो गया कि गणित

के बड़े-बड़े सवालों को भी वह मुँहजबानी हल कर देता। फिर कहता, "अभ्यास के लिए कुछ मुश्किल सवाल दे दीजिए, गुरुजी! आपके जाने के बाद मैं उन्हें खुद-ब-खुद हल करने की कोशिश करूँगा।"

सुनकर सुधाकरजी की आँखों से स्नेह छलकने लगता।

□

कुछ समय बाद सुधाकरजी ने सीतादेवी को सलाह दी कि अब वसंत का स्कूल में नाम लिखवा दिया जाए।

शुरू में वसंत को इस पर झेंप आई। उसकी उम्र काफी अधिक हो गई थी। इस उम्र में छोटे-छोटे बच्चों के साथ पढ़ना उसे शर्म की बात लगती थी। पर फिर उसने सोचा, 'अगर स्कूल में जाकर ज्ञान मिलता है, तो फिर इस बात की ज्यादा परवाह क्यों की जाए?'

और वाकई यही हुआ। शुरू में बच्चे अपने से काफी बड़ी उम्र के वसंत को अपने बीच बैठा हुआ देखकर हँसते। खूब छेड़छाड़ और दिल्लगी करते। किसी-किसी ने 'लंबू' या 'लमढींग' कहकर उसका मजाक उड़ाया। कोई-कोई पीठ पीछे 'गर्दभराज' कहता और ठठाकर हँसता। कोई 'अरे, अरे, आज तो क्लास में ऊँट आ गया, ऊँट…!' कहकर जोर से हँस पड़ता। अकसर क्लास के बच्चे टोली बनाकर वसंत को घेर लेते और तरह-तरह से खिल्ली उड़ाकर उसे तंग करते। ऐसी-ऐसी बातें कहते, जिस पर किसी को भी गुस्सा आ जाता।

पर वसंत अब बदल चुका था। पहलेवाला वसंत यह नहीं था। तो उसने किसी बात का बुरा नहीं माना और न किसी के मजाक या दिल्लगी का पलटकर जवाब दिया।

फिर धीरे-धीरे वसंत के व्यक्तित्व का ऐसा असर पड़ा कि सभी उसका आदर करने लगे। वसंत मेहनती था और रात-दिन पढ़ने-लिखने में लीन रहता, तो बच्चों को जो भी मुश्किल आती, उसके बारे में वे अकसर वसंत से ही पूछ लेते। वसंत अकसर किताब का अगला पाठ घर से पढ़कर और बहुत कुछ याद करके आता था, इसलिए अध्यापक के हर सवाल का जवाब वही देता। इससे उसकी अच्छी-खासी धाक जम गई थी। बच्चे मन-ही-मन उसे प्यार करने लगे थे।

इसके बाद स्कूल के सालाना जलसे में कविता सुनाने और नाटक का प्रोग्राम हुआ, तो वसंत की प्रतिभा का कमाल सबने देखा। वह गाकर बड़ी सुंदर लय में कविता पढ़ता तो जादू-सा हो जाता। हर काम में वह सबसे अव्वल था और खासकर उसका हास्य नाटक 'कंजूस लच्छूमल' तो ऐसा जमा कि हर घड़ी लोग ठहाके

लगाते। नाटक में खुद वसंत ही लच्छूमल बना था। उसने खूब बड़ी सी तोंदवाले कंजूस सेठ लच्छूमल का चरित्र थोड़े ही समय में मंच पर साकार कर दिया था।

नाटक के संवाद ऐसे मजेदार थे कि लोग पेट पकड़कर हँस रहे थे। खासकर बेटे की शादी में दिए गए भोज के समय उसकी हड़बड़ाहट तो बड़ी मजेदार थी। उसने जितने लोगों का सोचा था, उससे ज्यादा दावत में आ गए। सेठ लच्छूमल की हालत ऐसी, जैसे नानी मर गई हो। तो मारे घबराहट के उसने नौकरों से चिल्ला-चिल्लाकर कहना शुरू किया, "अरे, सबको लस्सी पिला दे रे, पानी घोल के। लस्सी पिला पानी घोल के...!" नाटक का यह डायलॉग इतना मशहूर हुआ कि लोग इसे दोहराते और हँसते।

वसंत की लयात्मक कविताओं को भी लोगों ने सराहा। उनमें देश और समय की पुकार थी और जनता का सच्चा दर्द था। खासकर 'मेरा देश पुकारता है' कविता में लोगों के दुःख-तकलीफों के साथ-साथ उनकी खुद्दारी का वर्णन सबको बहुत भाया।

पहली बार वसंत को लोगों की इतनी तारीफ मिली थी। हर होंठ पर उसका नाम था। वसंत ने दिखा दिया कि उसके भीतर बहुत कुछ है, जो सामने आए तो हर किसी को हैरान कर देगा।

स्कूल के बच्चे ही नहीं, अध्यापक भी उसे बहुत प्यार करने लगे थे। उसमें कुछ अलग-सी प्रतिभा थी, इसलिए मन-ही-मन सब उसका आदर करते।

फिर एक बार की बात, स्कूल में एक बड़े स्वाधीनता सेनानी देवधरजी को आना था। प्रधानाचार्य ने वसंत को बुलाकर कहा, "इस मौके पर तुम कोई अच्छा-सा नाटक दिखाओ।"

वसंत 'हाँ' कहकर घर चला आया और सोचने लगा कि आखिर कौन सा नाटक दिखाया जाए? काफी सोचकर उसने खुद ही एक नाटक लिखा, जिसका शीर्षक था, 'माँ की आँखें'। इसमें वसंत ने नाटक के रूप में अपनी ही कहानी लिख दी थी। कहानी का नायक एक ऐसा आवारा किस्म का बच्चा था, जो इतना बिगड़ा हुआ था कि उसके कारण पूरा घर परेशान था। पिता गुजर गए, माँ भी बदहाल थीं। अच्छी-खासी जमींदारी बरबादी के कगार पर आ गई, पर उस आवारा लड़के को परवाह ही नहीं थी। लेकिन एक दिन रोती हुई माँ की आँखों में उसने ऐसी करुणा देखी कि वह दहल गया।

उन आँखों ने ही उसे भटकाव से बचाकर रास्ता बता दिया। वह बच्चा बड़ा होकर लेखक बना, पर जीवन भर माँ की उन आँखों को नहीं भूल पाया।...

सचमुच बड़ा करुण नाटक लिखा था वसंत ने। जिसने भी देखा, उसकी आँखें

नम हो गईं। दर्शक समझ गए थे कि वसंतदेव की असली जिंदगी ही उनके सामने नाटक की शक्ल में आ रही है। वे अभिभूत थे।

नाटक खत्म हुआ तो खुद देवधरजी ने उठकर वसंत के सिर पर हाथ फेरा और उसे बड़ा होकर नामी लेखक होने का आशीर्वाद दिया।

उस दिन पहली बार उसे लगा कि उसकी भटकती आवारा जिंदगी को अब राह मिल गई है।...

कहते-कहते वसंतदेव एक पल के लिए रुके। सभा में उपस्थित लोगों पर एक नजर डाली। फिर बोले, "हाँ तो साहिबान, यही मेरा पहला नाटक था। मेरी पहली रचना, 'माँ की आँखें' और यही मेरे लिखने की शुरुआत थी।...सचमुच माँ की आँखें ही थीं, जिन्होंने मुझे जीवन का सही अर्थ बताया और सही राह दिखा दी। माँ ही मेरी सच्ची गुरु थीं, जिन्होंने मेरे मन के अंधकार को दूर करके ज्ञान का पहला दीया जलाया। उसके बाद तो मैं लिखता गया और बढ़ता गया। धीरे-धीरे मेरी किताबें छपीं, बड़ा नाम हुआ, बड़े पुरस्कार मिले। और आज मुझे वह राष्ट्रीय पुरस्कार मिला कि आप सब मेरा सम्मान करने के लिए यहाँ आए।

"पर मित्रो, यह सबकुछ न होता...कतई न होता, अगर उस दिन माँ की आँखों ने मुझे जीवन का सच्चा पाठ न पढ़ाया होता। वे आज भी मेरे भीतर जस-की-तस गड़ी हुई हैं। लिहाजा इस पुरस्कार पर मेरा नहीं, मेरी माँ का हक है, जो चाहे अनपढ़ सही, पर मुझसे ज्यादा जिन्होंने जीवन के मर्म को समझा है। यह पुरस्कार मैं अपनी उन्हीं माँ को समर्पित करता हूँ, जिनके कारण एक बिगड़ा हुआ बच्चा वसंत आखिर आप सबका लाड़ला वसंतदेव बन गया।..."

कहकर वसंतदेव उठे और सभा की अगली कतार में बैठी अस्सी बरस की बूढ़ी माँ सीतादेवी की झोली में मानपत्र रख दिया। बोले, "माँ, तुमने उस दिन रोते-रोते कहा था न कि बेटा, तू पढ़ता क्यों नहीं है? मैं कभी तेरी वे डबडबाई आँखें नहीं भूल पाया और आज तक जो कुछ मैंने लिखा, उसके पीछे तेरी उन्हीं आँखों का गहरा दर्द है।" कहते-कहते उन्होंने माँ के चरणों की धूल सिर पर लगा ली।

सभा-कक्ष तालियों की गड़गड़ाहट से गूँज उठा।

सीतादेवी की आँखों में उस समय अनोखी चमक थी। उन्होंने बड़े प्यार से बेटे के सिर पर हाथ फेरकर आशीर्वाद दिया।

कुछ ही देर में वसंतदेव उन्हें सहारा देकर सभा से बाहर ले जा रहे थे और सारी सभा आदर से भरकर अपलक उन्हें देख रही थी।

□

8
घोष बाबू का स्कूल

सुबह उठकर घंटा-दो घंटा पढ़ने के बाद थोड़ी देर बाहर लॉन में टहलना घोष बाबू का रोज का नियम है। और अकसर वे बाहर टहल रहे होते हैं, तभी मिल्दू आता है। घरों का कूड़ा उठाने के लिए।

"कूड़ा··· !" उसकी रोज की आवाज एक साथ कई घरों में गूँजती है।

कुछ लोग उसी समय उठकर झटपट ताला खोलते हैं। जल्दी से दरवाजा खोल देते हैं, मगर कुछ मिल्दू के घंटी बजाने पर भी देर तक बेपरवाह सोए रहते हैं। कहीं-कहीं दो-दो, तीन-तीन बार घंटी बजानी पड़ती है। मिल्दू को हर घर का पता है। कौन सा घर सुबह जागा-जागा सा होता है, कौन सा आलस में पसरा, सोया-सोया सा, और कौन सा गहरी नींद की निस्तब्धता में डूबा।

पर घोष बाबू के यहाँ मिल्दू को कोई मुश्किल नहीं थी, क्योंकि ऐसा कभी नहीं हुआ कि वह आया हो और घोष बाबू का बाहर का दरवाजा बंद हो। बल्कि कभी-कभी तो ऐसा लगता, जैसे घोष बाबू टहलते हुए उसी का इंतजार कर रहे हैं।

और इधर कुछ दिनों से तो घोष बाबू और उनकी पत्नी मिताली, दोनों ही मिल जाते हैं। अकसर वे बाहरवाले लॉन में आरामकुरसी पर बैठे चाय पी रहे होते हैं। साथ ही धीरे-धीरे पता नहीं कौन-कौन सी दुनिया-जहान की बातें कर रहे होते हैं।

मिल्दू के आते ही घोष बाबू बड़े प्यार से कहते, "आओ बेटा··· !"

एक-दो बार उन्होंने नाश्ता करते हुए मिल्दू से बात करने की भी कोशिश की। यही कि वह रहता कहाँ है, घर में और कौन-कौन हैं और कब से यह काम कर रहा है, उसे कोई परेशानी तो नहीं··· ? किसी चीज की जरूरत तो नहीं ?

पर मिल्दू संकेत में जवाब देता, फिर आगे अपने काम पर निकल जाता, जैसे उसकी इस तरह के सवालों में कोई दिलचस्पी न हो।

मिताली अपने पति से कहतीं, "जब वह बात नहीं करना चाहता तो आप क्यों बार-बार छेड़ देते हैं?"

घोष बाबू कटकर रह जाते। फिर धीरे से, रुक-रुककर कहते, "छोटा सा बच्चा है। पता नहीं किस मजबूरी में उसे यह काम करना पड़ रहा है?"

पर मिताली घोष बाबू की बात को पूरी तरह अनसुना कर देती थीं। जैसे कहना चाहती हों, 'आखिर किसी-न-किसी को तो यह काम करना ही है न। तो फिर यही इस काम को करके चार पैसे कमा ले, इसमें क्या बुरा है? कम-से-कम इसके सहारे घर तो चल रहा है न इसका!'

घोष बाबू भी आगे कुछ कहने की बजाय एकदम चुप्पी साध जाते।

पर अगले दिन मिल्दू आता तो फिर उनके मुँह से निकलता, "आओ बेटा, ठीक तो हो न?"

पता नहीं क्या बात थी, मिल्दू उनके जेहन से निकलता ही न था।

एक बार घोष बाबू जब नाश्ता कर रहे थे तो उन्होंने मिल्दू को प्लेट में पड़े बिस्कुट उठाकर खाने को दिए। कहा, "लो बेटा, खा लो।" पर उसने मना कर दिया। बोला, "रहने दीजिए बाबूजी, ऐसे ही ठीक हूँ।"

घोष बाबू को अचरज हुआ। वे फिर से मिल्दू के बारे में सोचने लगे। सोचते, 'देखो, कपड़े कितने मामूली हैं, फटे-पुराने। लेकिन बोलना-चालना इसका…! सबमें कुछ नफासत है। जैसे काफी समझदार हो। अपनी उम्र से ज्यादा समझदार! फिर इनकार भी किया तो किस तरह? सचमुच यह लड़का कुछ अलग-सा है। इसमें कुछ अलग बात है।…'

एक बार की बात, इतवार का दिन था। घोष बाबू को आज दफ्तर नहीं जाना था। मिल्दू कूड़ा उठाने के लिए आया। कूड़ा उठाने के बाद वापस कूड़ेदान रखकर जाने लगा तो घोष बाबू ने उसे पुकार लिया। बोले, "मिल्दू, कुछ काम है तुमसे। कब फ्री होगे?"

"कौन सा काम?" मिल्दू एकाएक चौंका। जैसे बात का सिरा न पकड़ पा रहा हो।

"वह तो बाद में बताऊँगा, पर पहले बताओ, तुम्हारा यह काम कब तक खत्म हो जाएगा? फिर कोई और काम तो नहीं है?"

घोष बाबू की आँखें मिल्दू के चेहरे पर टँगी थीं।

पता चला, कोई बारह-साढ़े बारह बजे तक मिल्दू सब घरों का कूड़ा उठाता है और उसे शहर के बाहरवाले बड़े कूड़ेदान में डालकर घर पहुँच जाता है। नहाता-

धोता है, नाश्ता करता है और कोई एक बजे बिल्कुल फ्री हो जाता है।

फिर यह भी पता चला कि शाम को पाँच-साढ़े पाँच बजे उसे कहीं और भी काम पर जाना होता है।

"तो ठीक है, साढ़े बारह या एक बजे सही। थोड़ा सा काम है, आ जाना।" घोष बाबू ने कहा।

"ठीक है, बाबूजी!" कहकर मिल्दू चला गया। कुछ-कुछ अपनी उधेड़-बुन में खोया-सा।

घोष बाबू चुपचाप उसे जाते हुए देखते रहे।

□

दोपहर को मिल्दू आया तो सुबह से काफी कुछ अलग लग रहा था। नहाया-धोया हुआ, साफ-सुथरा। उसके चेहरे पर आत्मविश्वास की दीप्ति थी।

"हाँ, बाबूजी, बताइए?" उसने गंभीरता से कहा।

घोष बाबू मुसकराए। बोले, "बैठो, काम भी बताता हूँ, पर पहले दो-चार बातें तो कर लें।"

अब मिल्दू थोड़ा निश्चिंत-सा, आराम से बैठ गया और बातें चल निकलीं।

पता चला कि मिल्दू के पिता नहीं हैं। कोई पाँच साल हुए, वे गुजर गए। मिल्दू तब सात-आठ साल का रहा होगा। तभी से वह यह काम कर रहा है। घर में माँ हैं, एक छोटी बहन भी और वे भी यही काम करती हैं।

"क्या हमेशा यही करोगे, यही करते रहोगे?" घोष बाबू ने पूछा और गौर से मिल्दू की आँखों में देखने लगे।

मिल्दू ने हैरानी से घोष बाबू की ओर देखा कि वे कहना क्या चाहते हैं?

"इसलिए कह रहा हूँ मिल्दू कि जिस फैक्टरी में मैं काम करता हूँ, उसमें तुम्हें भी काम मिल सकता है। क्या नहीं करना चाहोगे? मैं मैनेजर साहब से कह दूँगा, वे तुम्हें रख लेंगे। तनख्वाह अच्छी है और काम भी कुछ अलग-सा…!"

"पर…पर साहब, ये कैसे?" मिल्दू कुछ हैरान हुआ और यह हैरानी उसके चेहरे और आँखों में साफ पढ़ी जा रही थी।

"कुछ खास नहीं। मैं मैनेजर साहब से कह दूँगा तो वे रख लेंगे। उन्हीं के हाथ में है सबकुछ। सारी नियुक्तियाँ वे ही करते हैं। पर मेरा कहना मान लेते हैं, इसलिए जरा भी मुश्किल नहीं है।…तुम यकीन मानो।" घोष बाबू ने एक बार फिर दोहराया।

इस बार मिल्दू की आँखों में चमक दिखाई दी। "सच…?" उसने अंदर की खुशी छिपाते जैसे कहा।

"हाँ, सच···बिल्कुल सच।" मिल्दू के चेहरे पर अचानक आई रौनक देखकर घोष बाबू इतने खुश हुए, मानो उन्हें कोई खजाना मिल गया हो।

"पर साहब, वह कैसे?" थोड़ी देर बाद मिल्दू फिर पूछ रहा था। जैसे अंदर-ही-अंदर कुछ टटोल रहा हो।

"वही तो बता रहा हूँ।" घोष बाबू हँसकर बोले, "काम तुम्हें मिल सकता है, बल्कि निश्चित मिल जाएगा और इससे बहुत अच्छा काम होगा। पर अभी नहीं, तुम्हें उसके लिए अभी पढ़ना होगा।"

सुनकर मिल्दू के चेहरे की खुशी कुछ-कुछ तिरोहित हो गई। वहाँ अब उलझन नजर आ रही थी, जैसे पास आई हुई चीज अचानक दूर चली गई हो।

"अच्छा मिल्दू, तुम कितनी जमात पढ़े हो?" घोष बाबू ने पूछा।

"कक्षा चार, बाबू साहब! उसके बाद तो पढ़ाई छूट ही गई···!" कहते हुए मिल्दू के चेहरे पर मलाल था। एक उदासी का तार अंदर-अंदर काटता हुआ।

"तो क्या हुआ, मैं पढ़ाऊँगा।" घोष बाबू ने कहा, "एक साल बाद तुम पाँचवीं का इम्तिहान दे देना, फिर आगे हाईस्कूल तक तो तुम्हें पढ़ना ही चाहिए। प्राइवेट भी हाईस्कूल का इम्तिहान दे सकते हो। काम करते रहो और पढ़ते भी रहो। पर तुम चिंता न करो, पढ़ाऊँगा मैं और किताबें भी दूँगा। यह जिम्मा मेरा।"

"अच्छा, बाबूजी?" मिल्दू को यकीन नहीं हो रहा था।

"हाँ-हाँ, तुम क्या सोच रहे हो, मैं क्या खाली कहने के लिए कह रहा हूँ?" घोष बाबू के चेहरे पर कोई अलग ही बात थी, जिसने मिल्दू को रिझा लिया।

हालाँकि मिल्दू अब भी अपनी कशमकश से बाहर नहीं आ पाया था। वह सोच रहा था, 'यह कैसे होगा, होगा भी कि नहीं! यह सच है कि सपना···? क्या मैं सच ही पढ़-लिख पाऊँगा?'

पर चाहे सपना ही हो, इससे उसे इतनी खुशी हुई, जैसे अभी उठकर नाचना शुरू कर दे।

"पर यह काम···?" उसने घोष बाबू से पूछा। फिर खुद ही कहा, "यह तो जरूरी है, वरना तो साहब, हमारा घर नहीं चल सकता।"

"हाँ-हाँ, तो इसे छोड़ने के लिए मैं कब कहता हूँ? तुम इसे करते रहो, बस मेरे पास शाम के समय आ जाया करो। रोजाना कोई दो-ढाई घंटे पढ़ा दिया करूँगा। और इतवार को जब मेरी छुट्टी रहती है, दोपहर को भी आ सकते हो। उस दिन थोड़ी ज्यादा पढ़ाई हो जाएगी।" घोष बाबू ने समझाया।

"पर साहब, किताबें···?" मिल्दू ने कुछ परेशान होकर कहा।

इस पर घोष बाबू अंदर गए और बच्चों की एक सुंदर-सी किताब लेकर आए। उसे मिल्दू के हाथ में पकड़ाते हुए कहा, "लो, पढ़ो।"

उस सुंदर रंग-बिरंगी किताब में बच्चों के लिए छोटी-छोटी कविताएँ और कहानियाँ थीं।

घोष बाबू बोले, "मिल्दू, यह रही तुम्हारी किताब। मैं बोल-बोलकर पढ़ दूँगा, तुम सुनते जाओ। चित्र भी हैं, इसमें। बाद में खुद पढ़ना, अच्छे से समझ में आएगा।"

फिर घोष बाबू ने एक-एक करके दो-तीन कविताएँ पढ़कर सुनाईं तो मिल्दू का चेहरा खिल गया। इनमें एक कविता थी, कुक्कू और उसकी नानी की। एक कविता थी, कुक्कू और उसका घोड़ा। एक और कविता में कुक्कू और बादलपुर का किस्सा था।...सुनते हुए मिल्दू को लगा, जैसे वह भी कुक्कू के साथ दुनिया भर की सैर करके आ गया है। यहाँ तक कि एक छोटे से बादल के साथ उड़ते-उड़ते आसमान में बादलपुर तक जा पहुँचा है।...

इसी तरह दिल्ली की सैरवाली कविता भी मिल्दू को बहुत अच्छी लगी। मिल्दू ने कभी दिल्ली देखी न थी। उसे लगा, कविता पढ़कर उसने भी दिल्ली का लाल किला देख लिया, कुतुब मीनार देख ली। कनाट सरकस का भी चक्कर लगा लिया।

घोष बाबू ने देखा कि मिल्दू का मन किताब में रमने लगा है, तो उनके आनंद का ठिकाना न था। वह आनंद उनकी आवाज में भी छलकने लगा था। इससे मिल्दू को और भी मजा आया।

फिर कहानियों का नंबर आया। सबसे मजेदार कहानी थी, शरारती चुहिया और दर्जी की। उस शरारती चुहिया ने अपनी टोपी बनवाने के लिए दर्जी नफासत अली को क्या खूब छकाया? कैसी-कैसी बढ़िया तरकीबें लगाईं। वाह-वाह...! पहले उसका पर्स छिपा दिया, फिर अपनी अटपटी बातों से उसे खूब हँसाया। हँसते-हँसते दर्जी नफासत अली के पेट में दर्द होने लगा। हारकर बोला, 'ओ री, ओ शरारती चुहिया, अभी सी देता हूँ तेरे लिए सुंदर-सी रंग-बिरंगी टोपी!' और फिर वह नन्ही सी, सुंदर-सी टोपी तैयार हुई तो उसे पहनकर नन्ही चुहिया खूब नाची, खूब...!

कहानी सुनकर मिल्दू खूब जोरों से खिलखिलाकर हँसा। देर तक हँसता ही रहा।

मिल्दू की वह हँसी घोष बाबू के मन में गड़ी रह गई। सोचने लगे, 'यह इसके भीतर का छिपा हुआ बचपन है। यकीनन इसके भीतर जो बच्चा है, वह सही माहौल

मिले तो अच्छे संस्कारित रूप में सामने आ सकता है। आगे चलकर कुछ बन सकता है, कुछ कर सकता है। अब तो जो जिम्मेदारी का बोझ इसके सिर पर है, उसने इसके बचपन को पूरी तरह कुचलकर रख दिया है, पूरी तरह…!'

पर अच्छी बात यह थी कि पहले दिन ही मिल्दू पर घोष बाबू की बातों का जादू जैसा असर हो गया था।

पहली बार उसने अपने आपको अंदर-बाहर से बदला हुआ महसूस किया था। उसे लग रहा था, कुछ हो सकता है। जरूर हो सकता है। वह चाहे तो अपनी जिंदगी को सिरे से बदल सकता है।

इसके बाद मिल्दू रोजाना घोष बाबू के घर आने लगा। खूब ध्यान से पढ़ने-लिखने लगा।

घोष बाबू जो कुछ पढ़ाते, उसे वह बहुत जल्दी समझ लेता। याद भी कर लेता। घोष बाबू समझ गए कि उनके सामने एक अनगढ़ पत्थर है, पर वे उसे तराशेंगे, तो उसकी चमक दूर तक दिखाई पड़ेगी। वे उसे खेल-खेल में ही पढ़ाते। बीच-बीच में खूब हँसाते। मिल्दू कभी इतना नहीं हँसा था, पर घोष बाबू का तरीका ही खूब हँसा-हँसाकर पढ़ाने का था। कहानी-किस्सों और मजेदार कविताओं के जरिए ही वे जीवन की बड़ी-बड़ी गूढ़ बातें समझा देते। ज्ञान-विज्ञान की बातें भी कहानियों की शक्ल में पेश करते तो मिल्दू झट से उन्हें याद कर लेता। खुद भी आगे सोचता। पहली बार उसके दिमाग के जंग लगे ताले खुले थे।

मिल्दू सोचता, 'पढ़ाई-लिखाई इतनी मुश्किल चीज तो नहीं है। मैं तो बेकार ही डर रहा था।'

और घोष बाबू सोचते, 'मिल्दू बहुत जल्दी पढ़ाई-लिखाई की दुनिया में चल निकला है। ऐसे ही यह सरपट दौड़ता रहा तो एक दिन…!'

फिर एक बार घोष बाबू ने मिल्दू से कहा, "मिल्दू, इस इतवार को मैं तुम्हारे घर आऊँगा।"

मिल्दू को यकीन नहीं आया। बोला, "सच्ची, मास्टरजी…?"

"हाँ सच्ची, एकदम सच्ची।" घोष बाबू बोले, "मैं तुम्हारे घर आऊँगा। वहीं तुम्हें पढ़ाऊँगा, साथ ही तुम्हारा घर भी देख लूँगा।"

मिल्दू को यकीन नहीं हो रहा था कि इतनी बड़ी कोठी में रहनेवाले घोष बाबू कभी उसके घर आएँगे। वह उन्हें कहाँ बैठाएगा, यही उसकी समझ में नहीं आ रहा था।

पर इतवार आया तो सचमुच घोष बाबू मिल्दू के घर जा पहुँचे। मिल्दू बड़े

संकोच में था कि उन्हें कहाँ बैठाए, कैसे उनका सत्कार करे?

पर घोष बाबू तो अपने आनंद में थे। वे मिल्दू के घर के सामने बिछी चारपाई पर ही बड़े ठाट से बैठे। बीच में अंदर जाकर उसका घर भी देखा। मिल्दू की माँ से बड़े आदर से मिले। उसकी छोटी बहन रेखा ने चाय बनाई तो वहाँ बैठकर चाय भी पी और रेखा बिटिया के हाथ की बनी चाय की प्रशंसा करना भी न भूले।

फिर घोष बाबू ने मिल्दू को उसके घर के आगे एक पेड़ के नीचे बैठकर पढ़ाया, तो देखकर आसपास के और बच्चे भी आ गए। उनमें से ज्यादातर स्कूल नहीं जाते थे। सबकी हालत मिल्दू जैसी ही थी। मिल्दू ने सबको बता रखा था घोष बाबू के बारे में। घोष बाबू को देखा तो वे बच्चे पहले तो शरमाए, फिर हिम्मत करके पास आकर खड़े हो गए। बोले, "मास्टरजी, हम भी आ जाएँ?"

"अरे, आओ-आओ, यह तो खुला स्कूल है। यहाँ कोई हाजिरी नहीं, कोई फीस नहीं। हर किसी का स्वागत है!"

घोष बाबू जोर से हँसे तो सबकी हिचक दूर हो गई। फिर तो देखते-ही-देखते वहाँ पंद्रह-बीस बच्चे इकट्ठे हो गए। उनकी खुशी, उनकी उमंग और उत्साह का ठिकाना न था। अब तक स्कूल उन्हें कोई डरानेवाली खौफनाक चीज लगता था। पहली बार उन्होंने ऐसा स्कूल देखा, जो हँसनेवाला स्कूल था। जहाँ हँसते-हँसते पढ़ाई होती थी और जीवन के अनमोल पाठ सीखे जाते थे।

इतने बच्चों को देखकर घोष बाबू भी उत्साहित थे। बच्चों के उत्साह ने उनका उत्साह और बढ़ा दिया था। वे अपने पूरे रंग में आ गए। मिल्दू के साथ-साथ वहाँ आए सारे बच्चों को उन्होंने एक-से-एक मजेदार कविता और कहानियाँ सुनाईं। उनसे खूब हँस-हँसकर बातें कीं और पढ़ाया भी। उन्हें खेल-खेल में इस दुनिया की बहुत सी मजेदार बातें बताईं, फिर विज्ञान के नए-नए आविष्कारों और करिश्मों के बारे में बताया। दुनिया के साहसी यात्रियों के बारे में बताया, जिन्होंने हर खतरा उठाकर दुनिया के अनजाने प्रदेशों की सैर की और बड़ी-से-बड़ी बाधाओं और विपदाओं की परवाह नहीं की। देश-दुनिया के महापुरुषों के बारे में बताया। उन्होंने बचपन में बहुत गरीबी देखी, बड़ी-से-बड़ी मुश्किलें झेलीं, लेकिन बड़े होकर बड़े-बड़े काम किए। दुनिया में नाम कमाया।...

हर किसी के लिए ये बातें नई थीं। बच्चों को लगा, ऐसी बातें तो कोई नहीं बताता और इतनी मजेदार कविताएँ और कहानियाँ भी कोई नहीं सुनाता। जबकि घोष बाबू तो कहानियाँ सुनाते ही नहीं थे, खुद बच्चों से सुनते भी थे। इससे बच्चों का हौसला और बढ़ता था, आनंद भी।

कोई दो-सवा दो घंटे तक घोष बाबू की क्लास चली। इस बीच न घोष बाबू को समय का कुछ खयाल रहा और न बच्चों को। बल्कि आसपास बस्ती के बहुत सारे बड़े लोग भी इकट्ठे हो गए थे। वे भी हैरान होकर घोष बाबू के इस नए स्कूल को देख रहे थे और आनंद उठा रहे थे। साथ ही सोच रहे थे कि उनके बचपन में भी ऐसा ही स्कूल होता तो वे भी क्यों न पढ़ने जाते और पढ़-लिखकर कुछ बन भी सकते थे।

क्लास के बाद घोष बाबू ने बच्चों से खुलकर बात की। पूछा, "हाँ भई, साफ-साफ बताओ, कैसा लगा हमारा स्कूल... ?"

सुनकर सारे बच्चों का समवेत स्वर, "बहुत अच्छा मास्टरजी, बहुत ही अच्छा।"

"अगर हर इतवार को मैं पढ़ाने आऊँ तो क्या तुम लोग भी आओगे?"

"हाँ मास्टरजी, आएँगे, जरूर आएँगे।..." बच्चों का उत्साहित स्वर। इनमें मिल्दू की बहन रेखा भी थी, बल्कि रेखा की कई और सहेलियाँ भी।

लड़कियों को यहाँ कोई स्कूल भेजता ही नहीं था, पर मिल्दू ने अपनी बहन रेखा को बताया, तो उसके मन में भी पढ़ने की ललक पैदा हो गई। फिर उसने अपनी सहेलियों—रेशमी, आरती और संध्या को बताया। उस बस्ती की और लड़कियों को भी पता चला। अब तो वे सभी घोष बाबू के स्कूल में पढ़ने के लिए उत्साहित हो गईं।

घोष बाबू को लगा, वे तो एक मिल्दू की तलाश में आए थे, पर यहाँ तो एक नहीं, कई मिल्दू हैं।

तो अब तय हुआ कि घोष बाबू हर इतवार को यहाँ आकर पढ़ाया करेंगे, ताकि मिल्दू के साथ-साथ बस्ती के और बच्चे भी पढ़-लिख लें। बाकी दिनों में मिल्दू शाम के वक्त घोष बाबू के घर जाकर पढ़ आया करेगा। जो कुछ सीखेगा, वह बस्ती के दूसरे बच्चों को भी सिखाएगा।

मिल्दू खूब उत्साहित था। बस्ती के और बच्चे भी। लड़के, लड़कियाँ दोनों ही। उन्होंने तय किया कि वे अपने घर के सामनेवाले मैदान को साफ करके बच्चों के बैठने का इंतजाम कर देंगे। बस्ती के बड़े-बुजुर्गों ने भी मदद करने का फैसला किया।

घोष बाबू का स्कूल चल पड़ा।

□

इतवार आया तो शाम के समय घोष बाबू के आने से पहले ही सब बच्चों ने

मिल-जुलकर मैदान की खूब अच्छी तरह सफाई की। फिर दौड़कर अपने-अपने घरों से बोरे लाए और उन्हें बिछाकर बैठ गए। सब अपने घरों से अच्छी तरह हाथ-मुँह भी धोकर आए थे।

सबको घोष बाबू का इंतजार था। पिछली बार घोष बाबू की सुनाई हुई कविताएँ और कहानियाँ उन्हें याद आ रही थीं और सोचते थे, 'देखें, भला आज घोष बाबू क्या सुनाते हैं?'

थोड़ी देर में घोष बाबू और उनकी पत्नी मिताली दोनों आ पहुँचे। पर इस बार घोष बाबू के पास लाल रंग का एक बहुत बड़ा थैला था। उसमें कहानियों और कविताओं की सुंदर-सुंदर रंग-बिरंगी किताबें थीं। कॉपियाँ थीं, पेंसिल और रंग थे। और भी बहुत कुछ।

साथ ही चेहरे पर बड़ी रहस्यपूर्ण मुसकान।

बच्चों की उत्सुक आँखें उन थैलों को टटोल रही थीं। उन्हें लगा, घोष बाबू इस बार अपने साथ सांताक्लॉज की तरह कोई जादू का पिटारा भी ले आए हैं, जो बस, अभी खुलने ही वाला है।

और सचमुच वह जादू का पिटारा थोड़ी देर बाद खुला। मिताली मैडम ने उस थैले में से सुंदर-सुंदर किताबें निकालीं और एक-एक करके सब बच्चों में बाँटनी शुरू कीं। यह क्या…? बच्चों की उत्सुक आँखों में सवाल। उन्हें यकीन ही नहीं हो रहा था कि ये सुंदर किताबें मिताली मैडम उन्हीं के लिए लाई हैं और अब ये हमेशा-हमेशा के लिए उन्हीं के पास रहेंगी।

वे बड़ी उत्सुकता से उन किताबों को छू रहे थे, धीरे-धीरे बड़ी सावधानी से उलट-पलट रहे थे और उनमें बने सुंदर-सुंदर रंग-बिरंगे चित्रों का आनंद ले रहे थे। किसी में किताब पढ़ता हुआ भालू था, किसी में माइक के आगे गाना गाती हुई चिड़िया, किसी में फुटबॉल खेलता हुआ हाथी, किसी में कंधे पर बस्ता टाँगे स्कूल जाता हुआ शेर। सबसे मजेदार थी बिन्नो बछिया, जो एक पार्क में बच्चों की फिसलन पट्टी पर झूल रही थी और पास खड़े बच्चे हँस-हँसकर पागल हुए जा रहे थे। ऐसे प्यारे चित्र बच्चों ने पहले कभी देखे नहीं थे। वे चित्रों को देख-देखकर रोमांचित थे। सोच रहे थे, 'काश, हम इन सुंदर किताबों को पढ़ पाते!'

फिर घोष बाबू ने कुछ बच्चों के हाथों से किताबें लेकर उनमें से खूब मजेदार कविताएँ-कहानियाँ सुनाईं। थोड़ी गिनती और क, ख, ग सिखाया। बोलना और पढ़ना भी सिखाया। इसके बाद सबको कॉपियाँ, पेंसिलें और कलर देकर अपने मन से कोई-न-कोई चित्र बनाने के लिए कहा। इस पर सबसे ज्यादा उत्सुकता और

गहमागहमी नजर आई। हर बच्चे के भीतर कोई-न-कोई अनगढ़ कलाकार छिपा बैठा था, जो निकलकर आया।

एक-से-एक सुंदर और मनोरंजक चित्रों को देखकर घोष बाबू और मिताली रोमांचित थे। सोच रहे थे, इन मैले बच्चों के दिल कैसे हीरे जैसे हैं!

चलते-चलते घोष बाबू ने कुछ आसपास की दुनिया-जहान की दिलचस्प बातें बताईं। और फिर अँधेरा छाने लगा तो सब बच्चों से विदा लेकर अगले इतवार को फिर आने का वादा करके वे दोनों चल पड़े।

अगले इतवार को मिताली और घोष बाबू आए, तो पहले से कहीं ज्यादा बच्चे उस मैदान में जमा थे। सब पढ़ना चाहते थे, कविता-कहानी सुनना भी चाहते थे और खुद भी बहुत कुछ सुनाना चाहते थे।

इस बार घोष बाबू और मिताली ने बच्चों को एक नाटक की तैयारी कराई। नाटक का नाम था, 'पढ़ोगे-लिखोगे तो बनोगे अच्छे'। इसमें एक स्कूल के मास्टरजी थे, भोलानाथ मास्टरजी और उनकी क्लास के बच्चे। इन बच्चों में एक पैसेवाले पिता का शरारती बच्चा भी था, बीरू। बड़ा मोटा और ऊधमी। खाने-पीने का शौकीन। न वह खुद पढ़ता था और न किसी को पढ़ने देता था। उलटे मास्टर भोलानाथजी को तरह-तरह से तंग करता था। पर मास्टर भोलानाथजी इतने अच्छे थे और सब बच्चों को इतना प्यार करते थे कि आखिर तक आते-आते बीरू एकदम बदल गया।

घोष बाबू घर से ही पूरा नाटक लिखकर लाए थे। नाटक के संवाद बड़े चुस्त और मजेदार थे। बीच-बीच में हँसी की फुहारें भी थीं। बच्चों ने उसमें और भी जान डाल दी। उन्होंने इतनी अच्छी तरह से अपना-अपना पार्ट किया कि घोष बाबू को बहुत अच्छा लगा। कहा, "थोड़ी और प्रैक्टिस करो तो इसका बढ़िया-सा प्रदर्शन होगा। यहीं तुम्हारी बस्ती में।...क्यों, ठीक है न!"

"जी, मास्टरजी!" एक साथ कई आवाजें।

और उस बार तो नहीं, पर दो-तीन इतवार छोड़कर नाटक के प्रदर्शन की भी तैयारी हुई। उसी मैदान में बल्लियाँ गाड़कर शामियाना लगाया गया। रंग-बिरंगी झंडियाँ लगीं। सुंदर-सा मंच बना और फिर 'डम-डम-डम...डम-डमाडम' संगीत के साथ नाटक शुरू हुआ तो उस बस्ती के सारे लोग वहाँ इकट्ठे हो गए। बच्चों ने अपना-अपना पार्ट बड़े लाजवाब ढंग से निभाया। बीच-बीच में चुटीली हँसीवाले संवाद थे। कहीं-कहीं तो बीरू की अटपटी शरारतों वाले प्रसंग में इतनी मजेदार सिचुएशन थी कि नाटक देखनेवाले दर्शक हँस-हँसकर पागल हो गए। भोलानाथ

मास्टरजी का पार्ट खुद घोष बाबू ने किया और सच ही नाटक में जान डाल दी।

बस्ती के बच्चों का जोश अब बढ़ गया था। उन्हें लगा, हम चाहें तो क्या नहीं कर सकते? पर हमें बड़े सपने देखने चाहिए, फिर उन्हें पूरा करने के लिए जी-जान से जुट जाना चाहिए।

और मिल्दू तो जैसे उन सबका नेता बन गया हो। वह सभी को समझाता, "हम इसी हालत में क्यों रहें? क्या हमें ईश्वर ने सिर्फ कूड़ा उठाने के लिए पैदा किया है? क्या हम बड़े-बड़े काम नहीं कर सकते, क्यों नहीं कर सकते?"

मिल्दू की बातें सुनकर बस्ती के सारे बच्चों में पढ़ने-लिखने की खासी ललक पैदा हो गई। अब तो घोष बाबू और मिताली पढ़ाने आते तो पूरा मैदान बच्चों से भरा होता। आसपास उनके मम्मी-पापा और बड़े लोग भी आकर बैठ जाते। कभी-कभी तो इतने ज्यादा लोग हो जाते कि पढ़ाने-लिखाने में भी दिक्कत होने लगी।

घोष बाबू को एक तरीका सूझा। उन्होंने सोचा, 'मिल्दू को जल्दी से पढ़ा-लिखा दिया जाए, तो वह बड़ा काम कर सकता है। वह दूसरों को तो पढ़ाएगा ही, पूरी बस्ती में भी जागृति की लहर पैदा हो सकती है।'

घोष बाबू ने मिल्दू को बुलाकर कहा, "देखो मिल्दू, मेरा रिटायरमेंट अब नजदीक आ गया। दो-तीन महीने की छुट्टियाँ बची हुई हैं। सोचता हूँ, ले लूँ, तो अब मेरे पास ज्यादा समय होगा। तुम चाहो तो ज्यादा देर तक पढ़ लो, ताकि हाईस्कूल तक का कोर्स तुम्हारा जल्दी से खत्म हो जाए। फिर इम्तिहान जब होगा, दे देना।"

मिल्दू के लिए यह दुगुनी खुशी की बात थी। एक तो उसे नई जिम्मेदारी मिल रही थी। दूसरे, तेजी से पढ़-लिखकर आगे निकलने का अवसर भी। उसे भला इसमें क्या आपत्ति होती? उसने खुशी-खुशी 'हाँ' में सिर हिला दिया।

मिल्दू दो-तीन महीने में ही खासा पढ़-लिख गया, तो अब वह खुद भी बस्ती के बच्चों को थोड़ा-बहुत पढ़ा दिया करता। इतवार को घोष बाबू और मिताली पढ़ाने आते और बोलते-बोलते थक जाते तो बीच में मिल्दू खड़ा हो जाता। वह सब बच्चों को पढ़ाता, उनकी कॉपियाँ चेक करता और उन्हें नए जीवन की सीख देनेवाली बातें भी बताता।

धीरे-धीरे समय बीता। मिल्दू ने हाईस्कूल की परीक्षा पास कर ली। अच्छे नंबर आए तो घोष बाबू के कहने पर इंटरमीडिएट में दाखिला ले लिया। इंटरमीडिएट में वह और ज्यादा उत्साह से पढ़ा। घोष बाबू ने भी उसकी तैयारी कराने में कोई कसर नहीं छोड़ी। मिल्दू इस बार फर्स्ट डिवीजन में पास हुआ।

जिस दिन रिजल्ट आया, मिल्दू की हालत अजीब थी। वह सीधा घोष बाबू

के घर गया। बोला, "गुरुजी, आपने मुझे मंत्र दिया था, शिक्षा का मंत्र! इम्तिहान में तो पास हो गया, पर...आप देख लीजिए, मैं आपकी कसौटी पर खरा उतरा हूँ या नहीं?"

सुनकर घोष बाबू ने उसे छाती से लगा लिया, फिर कहा, "मुझे खुशी है, मैंने तुम्हारी आँखों में जो प्रकाश देखा, वह आज तुम्हारे पूरे जीवन में फैल गया है। पर यह प्रकाश केवल तुम्हारे जीवन में न रहे, बल्कि बस्ती के सब बच्चों तक पहुँचना चाहिए। मेरी इच्छा है कि बस्ती के सब बच्चों को पढ़ाओ। हम एक स्कूल खोलते हैं। वहाँ कोई फीस नहीं ली जाएगी। हर बच्चा एडमिशन ले सकता है। वहाँ मुफ्त किताबें मिलेंगी, मुफ्त पढ़ाई और अध्यापक का जिम्मा तुम्हें लेना पड़ेगा। तुम्हारा वेतन मैं दूँगा और स्कूल चलाने का खर्च भी। और हाँ, साथ-ही-साथ आगे की पढ़ाई भी करते रहो। तुम्हें पढ़ाने का जिम्मा मेरा।"

"जी...!" मिल्दू के भीतर अजब-सी आँधी चल रही थी। एक थरथराहट भरी शुरुआत। एक नया मिल्दू बहुत जल्दी सामने आनेवाला था।

और घोष बाबू और मिल्दू की कोशिशों से बड़ी जल्दी वह स्कूल खुल गया, जिसका नाम था—नवप्रभात स्कूल।

घोष बाबू कहते, "मिल्दू, अब बस्ती का अँधेरा छँट जाएगा। यह नवप्रभात स्कूल बस्ती के लोगों को शिक्षा का एक नया मंत्र देगा। बस, तुम इससे दूर मत जाना। तुम्हीं इस नवप्रभात स्कूल की आत्मा हो।"

मिल्दू ने कुछ कहा नहीं। धीरे से झुका और घोष बाबू के पैर छू लिये।

उसकी आँखों में आँसू थे।

□

और सचमुच दो-तीन महीनों में ही नवप्रभात स्कूल खूब चल निकला। उसमें घोष बाबू, मिताली, मिल्दू तो पढ़ाते ही हैं, धीरे-धीरे एक-दो और उत्साही अध्यापक आ गए। पढ़ाने के अलावा डिबेट होती, नाटक होते, कला और संगीत की शिक्षा दी जाती और खेल-कूद भी।

यह केवल क्लासरूम की पढ़ाई न थी। मिल्दू बच्चों को जीवन की सीख देने के लिए जगह-जगह अपने साथ लेकर जाता। नए-नए स्थल दिखाता। कभी उन्हें लाल किला और कुतुब मीनार जैसे ऐतिहासिक स्थलों पर ले जाकर गुजरे हुए समय के इतिहास से रू-ब-रू कराया जाता तो कभी बाग-बगीचों में जाकर रोचक ढंग से फूलों और वनस्पतियों की जानकारी दी जाती। नदियों और पहाड़ों की सैर कराई जाती। रोचक किस्से-कहानियों की तरह इतिहास, भूगोल और विज्ञान पढ़ाया जाता।

अब केवल स्कूल-ही-स्कूल न था, पूरी जिंदगी ही एक स्कूल थी।

यह हँस-हँसकर पढ़ाने-लिखाने का नया प्रयोग था। बच्चों ने इसे नाम दे दिया—हँसनेवाला स्कूल।

अब मिल्दू की तो हालत यह थी कि जैसे उसे पंख लग गए हैं। जब से यह स्कूल खुला था, रात-दिन वह इसी के बारे में सोचता और रहता भी यहीं था। वही इस स्कूल का प्रिंसिपल भी था। कर्ता-धर्ता भी। घोष बाबू और मिताली तो दौड़-दौड़कर इस स्कूल में आते और कहते, "इन साधारण बच्चों को पढ़ाते हुए इतना सुख मिलता है कि हम नहीं जानते, स्वर्ग का सुख क्या होता है?"

कोई घोष बाबू से उनके बच्चों के बारे में पूछता तो हँसकर कहते हैं, "भाई, हमारे तो यही बच्चे हैं। सबसे प्यारा बच्चा है मिल्दू, और फिर ये सारे बच्चे···।"

मालूम पड़ा, घोष बाबू का एक ही बेटा है, मुक्तेश, जो इंजीनियरिंग पढ़ने अमेरिका गया और फिर वहीं बस गया। वहीं उसने अंजिका नाम की लड़की से विवाह कर लिया। एक छोटा सा बच्चा भी है, कीर्तिसंभव। विवाह के बाद बेटे से बस, इतना संबंध रह गया है कि वह साल में एक बार आ जाता है मिलने। अंजिका और संभव के साथ।···

घोष बाबू अपने बेटे-बहू और पोते संभव से कम प्यार करते हों, ऐसा नहीं। पर उनके जीवन में बहुत कुछ खाली-खाली सा छूट गया था। वहाँ कोई धड़कन नहीं थी, भावनाओं की कोई हलचल नहीं। सबकुछ रीता-रीता सा। उस खालीपन को भरा मिल्दू और लिखने-पढ़ने के लिए उत्सुक गरीब बच्चों की टोली ने। और सच्ची बात तो यह कि उनका मन गरीब बस्ती के इन गरीब बच्चों को देखकर ही खिलता है। वे ललककर सबसे कहते हैं, "अब तो यही हैं मेरी आशा के केंद्र। इन्हीं में मेरा मन रमता है।"

उन्होंने खुद अपने हाथों से वसीयत लिखकर रख ली है, "मेरे बेटे मुक्तेश को किसी चीज की कमी नहीं है, जबकि मिल्दू और उसके स्कूल के गरीब बच्चे छोटी-छोटी चीजों के लिए तरसकर रह जाते हैं। यह देखकर मेरा मन तड़पता है। तो मैंने तय कर लिया है कि मेरे और मिताली के बाद मिल्दू ही हमारी संपत्ति और विरासत का उत्तराधिकारी होगा। स्कूल का पूरा प्रबंध तो वह देखेगा ही, हमारी कोठी का मालिक भी वही होगा। वह किसी अच्छे काम के लिए इसका इस्तेमाल करेगा, तो हमें खुशी होगी।···"

ऐसे ही वर्षों गुजर गए। मिल्दू का स्कूल चलता रहा और तरक्की करता रहा। घोष बाबू और मिताली का आशीर्वाद भी बना रहा। इस स्कूल की रौनक दिनोदिन

बढ़ती ही जा रही थी, कम नहीं हुई। इन बच्चों में पढ़कर कुछ तो दूर-दूर चले गए, पर वहाँ से घोष बाबू और मिताली के लिए उनकी चिट्ठियाँ आतीं।

शिष्यों की चिट्ठियाँ आतीं, तो घोष बाबू के चेहरे पर बड़ी प्यारी मुसकान आ जाती। खुश होकर कहते, "रोशनी दूर-दूर तक फैल रही है।"

मिल्दू अब नवप्रभात स्कूल का अध्यापक ही नहीं, ज्ञान का हरकारा भी है, जो दूर-दूर तक नई रोशनी का संदेश फैलाता नजर आता है। कहीं भी कोई बच्चा अनपढ़ हो, तो मिल्दू उसके घर पहुँचकर टेर लगाता है। बस्ती में अब स्कूल खुल गया है तो कोई भी बच्चा भला अनपढ़ क्यों रहे? जल्दी से स्कूल भेजिए उसे, पढ़ाने-लिखाने की सारी चिंता हमारी। आप तो उसे बस स्कूल भेजना शुरू कीजिए।

घोष बाबू कभी-कभी आह्लादित होकर कहते हैं, "मिल्दू, हमने एक बहुत बड़ा दीया जलाया है, ज्ञान का दीया। वह तुम हो। तुम्हारे जैसे उत्साही लोग हों धरती पर तो अँधेरा नहीं रहेगा। कभी नहीं।"

श्रीमती मिताली घोष कहतीं, "हमने एक दीया जलाया था और मिल्दू ने एक-से-एक करते हुए हजारों दीये जला दिए। मिल्दू का काम हमसे ज्यादा बड़ा है।…"

और मिल्दू रात-दिन अपने नवप्रभात स्कूल को सँवारते हुए यही सोचता है कि घोष बाबू का सपना जल्दी-से-जल्दी पूरा हो। उसे पूरा होना ही चाहिए, क्योंकि तब कोई बच्चा सिर्फ कूड़ा बीनने के लिए अपनी पूरी जिंदगी बरबाद नहीं करेगा।

□

9

बीरू के फूल खिल उठे हैं

गिरीश बाबू रोजाना देखा करते थे कि सुबह कोई पाँच-छह बजे उनकी बाहर वाली क्यारी में काफी हलचल-सी मच जाती है। जल्दी-जल्दी चाँदनी के फूल तोड़े जाते हैं, थोड़े अनाड़ी ढंग से। आसपास के पौधे हिलते हैं, कुछ टूट भी जाते हैं। फूलों के साथ-साथ शायद बहुत सी कलियाँ भी तोड़ ली जाती हैं और ऊपर चढ़ने के लिए कभी-कभी गेट का भी सहारा लिया जाता है। लिहाजा फूल तोड़ने के बाद जोर की 'धम्म··· !' की आवाज आती है।

बाहरवाला गेट ज्यादा ऊँचा नहीं था, इसलिए गेट पर चढ़ना आसान था। फूल तोड़ने के बाद धम्म से कूदकर वापस जाना भी।

गिरीश बाबू अपने पढ़ने के कमरे से कभी-कभी झाँक लिया करते। उन्हें थोड़ा-बहुत अंदाजा था कि कोई है, जो सुबह-सुबह किसी चंगेज खाँ की तरह उनकी क्यारी के फूलों पर बेवजह हमला करता है और फिर बहुत कुछ तहस-नहस करके, गायब हो जाता है।

पहले उन्होंने सोचा था कि जरूर कोई शैतान लड़का है। एकाध दिन बाद वह खुद ही यह शरारत बंद कर देगा। शहर में इतनी जल्दी भला रोज-रोज कौन उठ सकता है ? पर अब वे देख रहे थे, कोई दस-पंद्रह दिन से यह तो रोज का ही सिलसिला हो गया।

यह तो ठीक नहीं··· ! गिरीश बाबू को अब गुस्सा आने लगा था।

रोज-रोज की इस भीषण प्रलय के बाद वे गेट खोलकर क्यारी के पास जाते, तो क्यारी के टूटे-फूटे, अस्त-व्यस्त पौधे जैसे हाथ जोड़कर उनसे प्रार्थना करते नजर आते, 'हमें बचा लो मालिक, बचा लो। यह लड़का तो एकदम अत्याचारी है। देखिए न, कितनी बेदर्दी से फूल तोड़ता है। तोड़ता क्या है, नोंचता है। इसी तरह चलता रहा तो एक दिन··· !'

आखिर एक दिन उन्होंने तय किया कि कुछ-न-कुछ तो करना ही होगा।

सुबह-सुबह वे तैयार होकर गेट के पास गुलमोहर के पेड़ की ओट में एक कुरसी पर बैठ गए। एकदम सावधान। हाथ में मोटा सा डंडा।

जैसे ही बाहरवाली क्यारी से पेड़-पौधों के हिलने और गेट के खड़कने की आवाज आई, गिरीश बाबू तेजी से उठे। झट गेट खोलकर चाँदनी के पेड़ के आगे आ खड़े हुए। डंडा हिलाते हुए गंभीर पुलिसिया स्वर में पूछा, "कौन··· ?"

तभी उन्हें वह लड़का दिखा, पर···वह तो बड़ा सीधा सा लड़का था। एकदम दुबला-पतला, मरियल-सा। सच पूछो तो, निरीह। उम्र कोई दस-ग्यारह वर्ष।

लड़का उन्हें देखकर थोड़ा घबराया, फिर डर के मारे हकलाता हुआ बोला, "मैं···मैं···मैं हूँ, मुझे माफ कर दो, बाबूजी! कल से नहीं आऊँगा बाबूजी, बिल्कुल नहीं आऊँगा।···आज छोड़ दो। बस, आज छोड़ दो···जरा भी मारना नहीं बाबूजी!"

गिरीश बाबू ने सुना तो उनके भीतर-बाहर मानो सन्नाटा-सा छा गया।

"मारना नहीं बाबूजी, मारना नहीं। मैं···मैं तो अपने दादाजी के लिए फूल··· !" लड़के की घबराई हुई आवाज अब भी किसी पहाड़े की तरह फिर-फिर दोहराई जा रही थी।

'अरे, यह क्या··· ? यह तो बहुत ही डरा हुआ बच्चा है। मैं तो कुछ और ही समझ रहा था।' गिरीश बाबू हैरान-परेशान।

भीतर कुछ टूट-सा गया। खन्न्न्··· !

'पर क्या यह लड़का सचमुच इस कदर डरा हुआ और भयभीत है या कि सिर्फ नाटक कर रहा है?' गिरीश बाबू ने फिर से पूरे मामले पर सोचा।

उनके लिए यह सब एकदम अप्रत्याशित था।

'···तो क्या लड़का सचमुच इस कदर डरा हुआ है? क्या इसी कारण जल्दबाजी में उलटे-सीधे ढंग से यह फूल बटोरता था और इससे और ज्यादा नुकसान हो जाता था क्यारी का?' सोचकर उनका गुस्सा तुरंत काफूर हो गया और एकाएक न जाने कैसे उस बच्चे के लिए उनके मन में अपार प्यार और ममता उमड़ पड़ी।

उसके सिर पर प्यार से हाथ फेरते हुए उन्होंने कहा, "नहीं बेटा, मारूँगा क्यों? बिल्कुल नहीं मारूँगा। तुम तो मेरे बेटे जैसे हो। पर बेटा, एक बात बताओ, इतने फूलों का तुम रोज-रोज करते क्या हो?"

"बताया न, बाबूजी, मैं···मैं अपने दादाजी के लिए ले जाता हूँ।" बच्चे ने काँपते हुए होंठों से कहा और शर्म के मारे उसकी गरदन नीचे झुक गई।

"दादाजी···! पर दादाजी के लिए क्यों, क्या उनकी पूजा के लिए···?" गिरीश बाबू पूरी बात समझ लेना चाहते थे।

"नहीं बाबूजी, पूजा के लिए नहीं। वे···वे इनकी मालाएँ बनाकर मंदिर जाकर बेचते हैं। इसलिए···!" बच्चे ने कुछ सहमते हुए कहा।

गिरीश बाबू को कुछ अजीब लगा। हैरानी से बोले, "अरे बेटा, ये तो बहुत थोड़े से फूल हैं। इससे कितनी मालाएँ बनेंगी और कितने पैसे आएँगे···?"

"दादीजी भी तो गई हैं फूल लेने। माँ भी गई हैं। जितने फूल आते हैं, उनसे तीस-चालीस मालाएँ बन जाती हैं और···और फिर···"

गिरीश बाबू मन-ही-मन हिसाब लगाने लगे। तीस-चालीस मालाओं से भला कितना पैसा मिल जाता होगा? कोई सौ रुपए, अगर सारी मालाएँ बिक जाएँ तो! सौ रुपए···! इससे जैसे-तैसे गुजारा हो तो सकता है। गुजारे का यह भी एक तरीका हो सकता है। उन्होंने तो सोचा ही नहीं था।

"और पापा···! तुम्हारे पापा नहीं हैं?" गिरीश बाबू ने पूछा।

"नहीं बाबूजी, वे कलकत्ता गए थे नौकरी करने, एक्सीडेंट में गुजर गए। अब मम्मी हैं, मैं और दादा-दादीजी। मैं फूल तोड़कर ले जाऊँगा, दादीजी और मम्मी भी। फिर मम्मी हार बनाएँगी और दादाजी रोज मंदिर में जाकर इन्हें बेचते हैं। तो किसी तरह गुजारा हो जाता है!"

गिरीश बाबू ने अबके गौर से देखा। लड़का बिल्कुल ऊधमी नहीं है, जैसा वे पहले सोच रहे थे। बल्कि शायद भोला ही ज्यादा है। एकदम सीधा-सादा। अपने अनाड़ीपन में वह क्यारी का ज्यादा नुकसान करता था। वैसे समझदार है, इंटेलीजेंट भी।

उन्होंने पूछा, "क्या नाम है तुम्हारा, बेटा?"

"बीरू···!" अब तक उस लड़के की झिझक थोड़ी कम हो गई थी और वह काफी सहज हो गया था।

गिरीश बाबू ने एक क्षण सोचा, फिर बड़ी मुलायमियत से कहा, "ये फूल तुम्हारे हैं, बीरू! जब भी मर्जी हो, सुबह-शाम तुम तोड़ सकते हो। बस, यह जरूर देखना कि पौधों को कोई नुकसान न हो। और हाँ, सुनो, फूल ही तोड़ना, कलियाँ नहीं।"

"ठीक है बाबूजी!" कहते-कहते बच्चे की आँखों में थोड़ी चमक आ गई।

वह गया तो गिरीश बाबू बड़े गौर से उसे जाते हुए देखते रहे।

□

अब तो बीरू का रोज का ही नियम बन गया। आते ही 'नमस्ते, बाबूजी' कहकर अपने काम में लग जाता। एक बड़ी सी टोकरी में जितने फूल बीन सकता था, बीनकर डाल लेता और ले जाता।

पर अब वह फूल बड़े आराम से तोड़ता था। पहले की तरह हड़बड़ और उतावलेपन से नहीं। तो क्यारी के फूलों की कराह भी गिरीश बाबू को परेशान नहीं करती थी।

पर उनके भीतर कुछ और ही चक्कर शुरू हो गया था। फूल तोड़नेवाला एक दुबला-पतला सा बच्चा। एकदम निरीह। उसकी माँ। उसकी दादी। उसके दादाजी।...कैसे गुजारा होता होगा?

एक दिन गिरीश बाबू ने पूछ लिया, "बीरू, तुम कितना पढ़े हो?"

"कक्षा छह तक, बाबूजी!" कहते-कहते बीरू का चेहरा कुछ स्याह हो गया, जैसे गहरी निराशा से भरकर उसे जवाब देना पड़ रहा हो।

"तो क्या अब तुम नहीं पढ़ते, बेटा?" गिरीश बाबू ने पूछा।

"दादाजी कहते हैं, हमारे पास पैसे नहीं हैं। हम गरीब हैं ना। तो मैं कैसे पढ़ूँ?" कहते-कहते बीरू की आँखें तरल हो गईं, जैसे अभी रो पड़ेगा।

"मैं पढ़ाऊँगा...!" गिरीश बाबू बोले, फिर पूछा, "क्यों बेटा, मैं पढ़ाऊँगा तो पढ़ोगे?"

"और किताबें...कॉपियाँ! हमारे पास तो बिल्कुल पैसे नहीं हैं।" बीरू असमंजस में था।

"वो भी मैं दूँगा।" गिरीश बाबू मुसकराए।

"आप...! आप देंगे, क्यों...?" बीरू कुछ भी समझ नहीं पा रहा था।

"इसलिए कि मैं चाहता हूँ, तुम पढ़ो। पढ़-लिखकर कुछ बनो।" गिरीश बाबू को अपनी बात समझाने में बड़ी मुश्किल आ रही थी।

"पर...आज के समय में तो...मेरे दादाजी कहते हैं, कोई किसी की मदद नहीं करता।" बीरू अजीब से द्वंद्व में था। वैसा ही असमंजस उसके चेहरे पर भी था।

"देखो बीरू, हर समय हर तरह के लोग होते हैं। आज के समय में भी हैं...!" गिरीश बाबू हँसे। बोले, "यकीन मानो, मैं तुम्हें पढ़ाऊँगा। किताबें भी दूँगा।"

सुनकर बीरू खुश हो गया। अगले दिन गिरीश बाबू ने बीरू को बच्चों की कहानियों की दो-चार रोचक किताबें दीं, साथ ही कुछ सुंदर, रंग-बिरंगी पत्रिकाएँ दीं। कहा, "बीरू, इन्हें पढ़ना और फिर पढ़कर बताना। फिर इस पर अपन बात भी करेंगे।"

बीरू में सच ही पढ़ने की रुचि थी। उसके भीतर एक खला था, जो भरने लगा। उसकी बचपन की चंचलता लौट आई थी। नई-नई चीजों को जानने की जिज्ञासा भी। और जो कुछ वह पढ़ता, उसके बारे में बड़े उत्साह से गिरीश बाबू को बताता भी था। सुनते हुए गिरीश बाबू की आँखों में चमक आ जाती।

अब बीरू रोजाना एक-दो किताबें ले जाता। अगले दिन उन्हें पढ़कर वापस कर देता और फिर नई ले जाता। गिरीश बाबू खेल-खेल में उसे आसपास की दुनिया और ज्ञान की ढेरों बातें बताते। बीरू से बातें करने में गिरीश बाबू को अच्छा लगता। लगता, इसमें जानने और पढ़ने की ललक तो है। अगर इसे ठीक-ठीक मौका मिले तो···!

□

एक दिन उन्होंने बीरू से कहा, "बीरू, तुम तो बहुत होशियार हो और मेरा यकीन है कि जल्दी ही तरक्की करोगे। एक दिन तुम मुझे अपने घर ले जाना। तुम्हारी दादी और दादाजी से मिल लूँगा और मम्मी से भी।"

"आज ही चलो न, बाबूजी!" बीरू ने जिद की तो गिरीश बाबू उसके साथ-साथ चल दिए।

छोटा सा एक कमरे का घर, जहाँ सब ओर गरीबी और अभाव की पुकार थी। कहीं बैठने के लिए ठीक-सी जगह भी नहीं। लेकिन गिरीश बाबू को लगा, इस घर में सचमुच बड़ा उजाला है। एक सुरुचि-सी भी, भीतर और बाहर की। बीरू की मम्मी और दादा-दादीजी तीनों के चेहरे पर उन्हें गरीबी के बावजूद बड़ा संतोष और तृप्ति दिखाई दी।

अभाव के बावजूद सब चीजें करीने से रखी हुई थीं। साफ और चमकती हुईं।

और बीरू के दादा-दादीजी को तो गिरीश बाबू से मिलकर लगा, जैसे उन्हें भगवान् मिल गए हों। बीरू उन्हें रोज-रोज गिरीश बाबू के बारे में बताया तो करता था, पर उनसे मिले बगैर वे समझ नहीं पा रहे थे कि वे कैसे इनसान हैं? और क्यों उनके मन में बीरू के लिए इतना प्यार है?

पर आज गिरीश बाबू से मिलकर बीरू की दादी और दादाजी समझ गए कि गिरीश बाबू के मन में तो उन सभी के लिए प्यार है, जिनके पास साधन नहीं हैं और जो मुश्किलों से जूझ रहे हैं। वे उनके मन में सपना जगाते कि वे चाहें तो आगे बढ़ सकते हैं।

इस बीच बीरू की मम्मी जल्दी से चाय बनाकर ले आईं। चाय पीते-पीते कुछ बातें भी हुईं। बीरू की मम्मी और दादाजी ने उन्हें बीरू के बारे में बहुत कुछ

बताया। बीरू के दादाजी बोले, "इसके मन में पढ़ने की बहुत ज्यादा ललक है! लेकिन क्या करें, हम पढ़ाने लायक ही नहीं। इतनी फीस कहाँ से भरें?"

फिर बीरू के पापा का भी जिक्र चला।

"बीरू ने बताया था कि इसके पापा का एक्सीडेंट··· ?" गिरीश बाबू के कहते ही जैसे कमरे में तूफान आ गया हो। बीरू की दादी और मम्मी की सिसकियाँ शुरू हुईं तो खत्म होने का नाम ही नहीं।

बीरू के दादाजी उन्हें चुप कराते-कराते खुद भी रो पड़े।

पता चला कि बीरू के पापा सोहनपाल की मृत्यु एक्सीडेंट में नहीं हुई थी। बल्कि उन्होंने आत्महत्या की थी, क्योंकि वे बेहद दुःखी थे और तनाव में थे। फिर एक दिन···

"सच्ची बात तो यह है बाबूजी कि बीरू को हमने बताया नहीं।" दादी किसी तरह रुलाई थामकर बता रही थीं, "यह इतना छोटा सा बच्चा, बेचारा और दुःखी होगा, तो क्या फायदा··· ? पर सच यह है बाबूजी कि जिस कंपनी में इसके पापा थे, वहाँ पर छँटनी हो गई, तो नौकरी के चक्कर में बेचारा बहुत भटका। बड़े हाथ-पैर मारे। चिट्ठियों में लिखता था सबकुछ।···जिम्मेदारी का तो बड़ा अहसास था उसे। सोचता था, हर महीने कुछ-न-कुछ तो घर भेजना चाहिए, पर उसके तो खुद ही खाने के लाले पड़ गए। तो यही चिंता उसे खा गई बाबूजी कि अब घर पर क्या भेजूँगा, कैसे सबका गुजारा होगा?···सोच-सोचकर वो इस कदर दुःखी हुआ कि जब कोई रास्ता नहीं सूझा, तो वो चलती हुई ट्रेन के आगे कूद पड़ा और खुद को ही खत्म कर लिया। बस जी, खत्म हो गई उसकी कहानी··· !"

कहते-कहते दादी फिर रो पड़ीं।

"इसके पापा ने तो जी, मुक्ति पा ली, पर हम क्या करें?" बीरू की मम्मी सिसकते हुए बता रही थीं, "हम लोगों पर तो बाबूजी, मुसीबतों का पहाड़ ही टूट पड़ा। अब किससे कहें, क्या कहें··· ? बस, बीरू की पढ़ाई रुक गई। स्कूल से नाम कटवाना पड़ा। तब से घर जहाँ रुका है, अब तक वहीं रुका खड़ा है और आगे तो बस, अँधेरा··· !"

"लेकिन आप चिंता न करें, लड़का जहीन है। मुझे पूरा यकीन है कि वह तरक्की करेगा।" गिरीश बाबू ने हिम्मत बँधाते हुए कहा, "हाँ, पढ़ने-लिखने के लिए इसे कुछ रोज मेरे घर भेज दीजिए, फिर इसका स्कूल में दाखिला भी हो जाएगा। मैं कोशिश करूँगा!"

और अगले दिन से गिरीश बाबू के घर बीरू की विधिवत् पढ़ाई चल पड़ी।

गिरीश बाबू दो-ढाई घंटे में बहुत कुछ पढ़ा देते और पढ़ाते इस तरह कि सबकुछ बीरू के भीतर उतरता जाता।

कुछ दिन गिरीश बाबू ने बीरू को घर पर ही गणित और साइंस पढ़ाई, ताकि पिछली छूटी हुई पढ़ाई फिर से लाइन पर आ जाए। बाकी विषयों में तो वह होशियार था ही। जब गिरीश बाबू को लगने लगा कि अब बीरू के आगे कोई मुश्किल नहीं आएगी, तो वे उसे अपने साथ भारत भारती मॉडर्न स्कूल ले गए। स्कूल के प्रिंसिपल मि. मनचंदा उनके परिचित थे। वे मि. मनचंदा से मिले। उन्हें बीरू की पारिवारिक स्थितियों के बारे में बताया, फिर फीस जमा करके बीरू का दाखिला करा दिया।

बीरू के अंदर पढ़ने की इतनी गहरी ललक थी कि जब उसे नई किताबें-कॉपियाँ, बस्ता मिला तो उसे लगा, वह एक नई दुनिया में पहुँच गया है। अब तो हर वक्त पढ़ाई-लिखाई की ही बात उसके दिमाग में घूमती। गिरीश बाबू के घर शाम को रोज दो-ढाई घंटे की क्लास ने उसके भीतर आत्मविश्वास भर दिया था। उसकी हर समस्या वहाँ हल हो जाती।

अगले दिन स्कूल जाते हुए उसकी आँखों में चमक होती थी। कदमों में भरपूर आत्मविश्वास।

बीरू अब मजबूती से सीधे खड़े होना सीख गया था।

गिरीश बाबू ने बिल्कुल ठीक सोचा था। जल्दी ही बीरू पढ़ाई में रम गया। उसका होमवर्क कभी अधूरा न रहता। बस्ता और कॉपी-किताबें साफ-सुथरी। वह इस कदर पढ़ाई में लीन रहने लगा कि तिमाही इम्तिहान में उसके खासे अच्छे नंबर आए। उसके व्यक्तित्व में ऐसी शालीनता थी कि सब अध्यापक उससे प्रेम करते थे। दूसरे बच्चों को भी वैसा बनने की सीख देते थे और फिर सालाना इम्तिहान में तो वह पूरी क्लास में तीसरे नंबर पर रहा।

बीरू का रिजल्ट कार्ड देखकर गिरीश बाबू बेहद खुश थे और बीरू के दादाजी तो ऐसे पुलकित थे कि खुद गिरीश बाबू के घर धन्यवाद करने पहुँच गए। बोले, "गिरीश बाबू, यह बच्चा तो आपका ही है। आपने इसमें नई जान डाल दी!"

होते-होते बीरू ने हाईस्कूल का इम्तिहान भी पास किया। वह फर्स्ट आया और उसे वजीफा मिलने लगा।

अब भी वह सुबह-सुबह दादाजी की फूल मालाओं के लिए फूल तोड़ने का काम करता था।

आखिर घर के लिए भी तो उसकी कोई जिम्मेदारी थी।

□

गिरीश बाबू सोच रहे थे, अब बीरू पर पढ़ाई का जिम्मा और बढ़ेगा। उसे पढ़ने-लिखने के लिए और ज्यादा समय देना होगा। तो फिर··· ?

एक दिन गिरीश बाबू ने बीरू को बुलाकर कहा, "देखो बीरू, अब तुम्हें फूल तोड़ने की जरूरत नहीं है। तुम घर का छोटा-मोटा काम कर दिया करो और यहीं रहो। पढ़ते रहो और घर के छिटपुट काम भी करो। बगिया की सफाई का काम भी तुम कर सकते हो। दो हजार रुपए महीना मैं तुम्हारे दादाजी को देता रहूँगा। यों तुम्हारे घर का गुजारा होता रहेगा और तुम आराम से पढ़ना। क्यों, ठीक है न?"

बीरू को भला इसमें क्या मुश्किल थी? उसे तो अब गिरीश बाबू के और ज्यादा पास रहने और उनसे सीखने के लिए बहुत कुछ मिलनेवाला था। बोला, "ठीक है सर, जैसा आप कहें··· !"

उस दिन से बीरू ने गिरीश बाबू की बगिया को सँवारने का जिम्मा ले लिया। खाद और बीज की बारीक-से-बारीक जानकारी गिरीश बाबू ने उसे दी। किस मौसम में, किस पौधे में, कौन सी खाद डालनी चाहिए, कितनी डालनी चाहिए, कैसे पौधे की देखभाल करनी चाहिए? गिरीश बाबू सब बताते। फिर बीरू और गिरीश बाबू मिलकर हर क्यारी की देखभाल करते। गिरीश बाबू बीरू के साथ मिलकर अच्छी तरह मिट्टी की गुड़ाई का काम करते, पानी देते, पौधों की कटाई-छँटाई और सफाई करते।

यह सब करते हुए गिरीश बाबू के माथे पर पसीने की बूँदें झिलमिला उठतीं। हाथ कुछ काँपते, पर पूरे चेहरे पर तृप्ति का कैसा अनोखा आनंद छा जाता। यह भी बीरू ने खुद अपनी आँखों से देखा था।

और हाँ, काम के साथ ही वे फूलों से, पौधों से हँस-हँसकर बात करते। उनका हालचाल पूछते। छोटे-से-छोटा सुख-दुःख भी जानने की कोशिश करते। शुरू-शुरू में बीरू को यह अटपटा लगता। पर फूलों से बात करो तो उन्हें बहुत खुशी होती है, यह भी गिरीश बाबू ने ही बीरू को सिखाया था।

वे अकसर कहते, "बीरू, तुमने गौर नहीं किया होगा, ये सुंदर-सुंदर फूल तो सचमुच बड़े चपल, बड़े बातूनी हैं। अकसर आगे आ-आकर हमसे बातें करना चाहते हैं और ऐसे ही पौधे भी, पेड़ और झाड़ भी। देखो, ये किस तरह झुक-झुककर हमें सलाम करते हैं, अपने पास बुलाते हैं। अपना छोटे-से-छोटा सुख-दुःख हमें बताना चाहते हैं। अपनी सुंदर और खुशनुमा दुनिया में हमें भी शामिल करना चाहते हैं। पर अफसोस, हम अपने आपमें ही इतना खोए रहते हैं कि फूलों की, पेड़-पौधों की बात सुनने की फुरसत ही हमें नहीं होती। तब सोचो, इन बेचारे

फूलों को, पेड़-पौधों को कितना दुःख होता होगा!"

शुरू में बीरू को गिरीश बाबू की बातें बड़ी अजीब लगती थीं। बहकी-बहकी सी। जब वे कहते थे कि हमारी तरह फूलों में और वनस्पतियों में भी जान होती है और वे भी मनुष्यों की तरह सुख-दुःख महसूस करते हैं, तो उसे यकीन न होता। उसे लगता, गिरीश बाबू कोरी गप्पें हाँक रहे हैं या फिर कोई किस्सा-कहानी!

पर धीरे-धीरे गिरीश बाबू की बातें उसे समझ में आने लगीं, और इसके साथ ही उसकी दुनिया भीतर-बाहर से बदलने लगी।

अब सच ही उसने फूलों के साथ हँसना और उनसे बात करना सीख लिया था। उसका ज्यादा समय किस्म-किस्म के फूलों के साथ गुजरने लगा। उसे लगा, फूलों की दुनिया शायद पहली बार उसके आगे खुल रही है और सचमुच किसी अंदरूनी चमत्कार की तरह खुल रही है।

और केवल फूलों की ही क्यों? फूलों के साथ-साथ इन सुंदर हँसमुख पेड़-पौधों की, हवा की, सूरज, चाँद और सितारों की, दिन और रात की, सुबह और साँझ की। कितनी दुनियाएँ थीं, जो हमारे आसपास हैं और हमारे अंदर झाँकने की कोशिश करती हैं।

उसे लगता था, इन चीजों के मायने तो पहली बार उसके आगे खुले हैं। अहा-हा, जब बगिया में हँसती, खिलखिलाती हुई चपल हवा आती है तो फूल कैसे उससे बातें करने के लिए मचल उठते हैं। हरसिंगार और अशोक के पत्ते कैसे प्यार से सरसराते हुए उससे हुलस-हुलसकर बातें करते हैं···! और तो और, सुबह-सुबह हवा को किसी चंचल बालिका की तरह हँसते-बतियाते देख, सामनेवाले बूढ़े पीपल दादा कैसे अपनी खरखराती खुक-खुक हँसी से पूरी बगिया में वात्सल्य घोल देते हैं, यह सब उसने खुद देखा था और अंदर तक रीझता चला गया था।

उसके लिए यह सब नया-नया था। बेहद रोमांचक।

गिरीश बाबू अपनी बढ़ती उम्र के कारण अब ज्यादा काम नहीं कर पाते थे, पर उन्हें फूल उगाने का शौक था। फूलों के पौधों की जानकारी बहुत थी। इस बारे में उन्होंने बहुत पढ़ा था। उससे ज्यादा गुना था। उन्होंने बीरू को इस बारे में बताया, तो धीरे-धीरे बीरू ने उनका काम सँभाल लिया और गिरीश बाबू की बगिया के फूल एक साथ खिल उठे। वासंती बहार की तरह और चारों ओर फूलों की निर्मल हँसी नजर आने लगी।

यह देखकर गिरीश बाबू के चेहरे पर भी चमक आ जाती। उन्हें लगता, उनकी क्यारियों के फूल हँस-हँसकर उन्हें धन्यवाद दे रहे हैं।

उनके आसपास की कोठियों में रहनेवाले लोग भी चौंकते। हैरान होकर पूछते, "गिरीश बाबू, आपके यहाँ तो हमेशा ही बहार है। कभी पतझर नहीं। इतने बड़े-बड़े और हवा में हर पल छन-छन करते प्रसन्न फूल कहीं और देखे नहीं। जब भी देखो, आपके यहाँ फूलों की क्यारियाँ हमेशा हँसती-खिलखिलाती नजर आती हैं। जरा इसका राज तो बताइए?"

इस पर गिरीश बाबू बीरू की ओर इशारा कर देते। कहते, "मेरे सुंदर लॉन और मेरी छोटी सी बगिया की आत्मा तो यह बीरू है। यह दीवाना लड़का एक-एक पौधे को इतने प्यार से सँवारता है कि फूल न हँसें, बगिया न हँसे, यह हो ही नहीं सकता।"

यह देखकर एक दिन पड़ोस के शर्माजी ने बड़ा आग्रह करते हुए कहा, "गिरीश बाबू, आप मेरी ओर से बीरू से पूछ लीजिए। अगर उसके पास थोड़ा समय हो तो सप्ताह में एक-दो बार देख लिया करे। हमारी क्यारी भी खिल उठेगी। महीने के दो-तीन सौ रुपए तो मैं भी दे सकता हूँ और कहेगा तो ज्यादा भी···!"

बीरू को भला इसमें क्या मुश्किल थी! इस बहाने फूलों की खेती के बारे में नई-नई बातें देखने-जानने को मिल रही थीं। जो बातें गिरीश बाबू से सुनता था, उन्हें अब असल में देखने और आजमाने का वक्त था। उसे सचमुच आनंद आ रहा था और जीवन एक नई ही डगर पर चल पड़ा था।

घर में कुछ पैसे आते तो मम्मी और दादा-दादीजी को भी अच्छा लगता। उसने झटपट हाँ कर दी।

फिर तो आसपास के घरों में भी हलचल हो गई कि गिरीश बाबू के घर में एक बीरू है। वह लड़का क्या है, फरिश्ता है। पढ़ाई में तो होशियार है ही, लेकिन साथ ही खेती-बाड़ी में उसका सानी नहीं। बस समझ लीजिए कि उसके हाथों में जादू है। इसलिए उसके हाथ लगाते ही क्यारी खिल जाती है, फूल हँसने लगते हैं। हर पेड़-पौधे की देखभाल और उसमें पड़नेवाले खाद-पानी की उसे पूरी जानकारी है। लड़का बड़ा ही गुणी है!

गिरीश बाबू की बगिया से गुजरनेवाली हवाओं में ये बातें भी पता नहीं कैसे घुल-मिल जाती थीं और फिर धीरे-धीरे पूरे मोहल्ले को इसकी खबर हो जाती थी।

फिर तो सक्सेना साहब, श्रीवास्तव साहब, जैन साहब, वर्माजी, बुधकरजी, सभी ने एक-एक कर गिरीश बाबू को घेरना शुरू किया कि अजी साहब, बीरू को कभी हमारे पास भी भेजिए। सप्ताह में दो-तीन घंटे लगा दे, इतना ही काफी है।

हमारे बगीचे की भी जरा सार-सँभाल कर दे। ढाई-तीन सौ रुपए तो महीने में हम भी दे देंगे या फिर ज्यादा···!

यों बीरू को अब हर महीने एक-डेढ़ हजार तो आसपास के घरों से ही मिलने लगे थे। इनमें अपनी ओर से दो हजार रुपए और मिलाकर गिरीश बाबू हर पहली तारीख को उसके साथ जाकर दादाजी को दे आते। साथ-ही-साथ बीरू अब गिरीश बाबू से अच्छी खेती के गुर भी सीखने लगा। पौधों और खाद के बारे में उसकी जानकारी बढ़ने लगी। दोनों गुरु-शिष्य मिलकर इस बारे में नए-नए प्रयोग भी करते। उस पर खूब चर्चा और बतकही भी होती। इसका अपना आनंद था, अपना रोमांच।

गिरीश बाबू वनस्पति विज्ञान के प्रोफेसर रह चुके थे। हैड ऑफ द डिपार्टमेंट के पद से सेवामुक्त हुए थे। वे बीरू को एक-एक चीज के बारे में अच्छी तरह समझाते। पौधों की सब किस्मों, उनके देशी और अंग्रेजी नामों और उनकी विशेषताओं के बारे में भी उन्होंने बताया। इन फूलों और पेड़-पौधों के बारे में दुनिया भर के वैज्ञानिकों ने जो नई-नई खोजें की हैं, उनके बारे में भी जानकारी दी।

बीरू के लिए यह सब नया-नया था, बहुत रुचिकर भी। गिरीश बाबू की सारी बातें वह गाँठ में बाँध लेता। यों अब तो पढ़ाई-लिखाई के साथ-साथ उसके पास बहुत सारे अनुभव भी होते जा रहे थे। जब इम्तिहान में लिखना होता, तो वह ये सारी बातें भी लिखता। परीक्षक चकित रह जाते। अरे, ये बातें तो बहुत ऊँचे स्तर की हैं, इंटरमीडिएट का बच्चा इनके बारे में कैसे जान पाया?

दिन भर खूब काम करने के बाद भी बीरू की पढ़ाई इतनी अच्छी चल रही थी कि इंटरमीडिएट उसने फर्स्ट डिवीजन में पास किया। पेड़-पौधों में उसकी ज्यादा दिलचस्पी थी, इसलिए वनस्पति विज्ञान में ही उसने आगे काम करने का निश्चय किया।

उसने गिरीश बाबू को बताया तो उन्होंने उसकी पीठ थपथपाते हुए कहा, "तुमने ठीक फैसला किया, मेरे नन्हे वैज्ञानिक!"

□

तभी गिरीश बाबू को एक संस्था 'हमराही' का पता चला, जो गरीब और प्रतिभाशाली बच्चों की मदद करने के लिए बनी थी।

'हमराही' संस्था अभावग्रस्त बच्चों की सच्ची हमराही थी और इसके संस्थापक आनंदवर्धनजी बड़े सरल और समर्पित व्यक्ति थे। उनके मन में गरीबों के लिए सच्ची करुणा थी और वे चाहते थे कि संस्था आगे बढ़कर उनकी मदद करे।

गिरीश बाबू ने बीरू की हालत बताते हुए आनंदवर्धनजी को एक मार्मिक पत्र लिखा। उसमें अपना परिचय लिखने के बाद लिखा—

'प्रिय आनंद बाबू,

हमारे आसपास ही न जाने कितने हीरे हैं, जो धूल में लिपटे हैं और इसलिए दर-दर की ठोकरें खा रहे हैं। ऐसा ही एक हीरा मैंने खोज निकाला है। नाम है, बीरू। पूरा नाम वीरेंद्र पाल। मेरी कोशिशों से वह अब आगे पढ़ाई भी कर रहा है और इंटरमीडिएट की परीक्षा अभी हाल में उसने प्रथम श्रेणी में पास की है। आपकी संस्था अगर सच में उसकी हमराही होकर उसे कुछ छात्रवृत्ति दे सके, तो बीरू की आगे की पढ़ाई में बहुत मदद हो जाएगी और यह नन्हा वैज्ञानिक आगे चलकर देश-दुनिया में बड़ा नाम कमाएगा।

आपका

—गिरीशचंद्र शर्मा'

संयोग से आनंदवर्धन गिरीश बाबू के पूर्व परिचित निकले। उन्होंने तुरंत पत्र का उत्तर लिख भेजा—

'प्रिय, गिरीश बाबू,

मैं आपकी कर्मठता से बहुत अरसे से परिचित हूँ। 'हमराही' को निश्चित रूप से आपके शिष्य बीरू का हमसफर बनकर खुशी होगी। अगले महीने से उसके लिए एक हजार रुपए महीने की छात्रवृत्ति की मंजूरी की सूचना दे रहा हूँ। आप मेरी ओर से भी उसे आशीर्वाद दीजिए।

कभी दिल्ली आया तो मिलूँगा।

आपका स्नेहाधीन

—आनंदवर्धन'

अगले महीने से बीरू को 'हमराही' संस्था की ओर से एक हजार रुपए महीने वजीफा मिलने लगा। इससे उसकी फीस और पढ़ाई-लिखाई के लिए जरूरी चीजों का खर्च निकल आता। उसकी पढ़ाई का जरा भी बोझ अब उसके बूढ़े दादा-दादीजी या मम्मी पर न था।

बीरू के भीतर अब काफी आत्मविश्वास आ गया था। उसे लग रहा था, वह भी जरूर कुछ करके दिखाएगा। उसे कुछ करना ही चाहिए, जो औरों से अलग हो और खास हो।

बीरू बी.एस-सी. की पढ़ाई कर रहा था, तो साथ ही गिरीश बाबू के कहने

पर अपने विषय की अच्छी-से-अच्छी किताबें भी पढ़ रहा था। फूलों के पौधों में उसकी सबसे ज्यादा दिलचस्पी थी। इस विषय में होनेवाली नई-से-नई खोजों के बारे में वह खूब ध्यान से पढ़ता और उनके बारे में घंटों सोचता। खुद पौधों में कलम लगाने को लेकर नए-नए प्रयोग करता।

गिरीश बाबू के घर में एक छोटी सी प्रयोगशाला भी थी, जहाँ देश-विदेश से मँगवाए गए तरह-तरह के दुर्लभ वैज्ञानिक उपकरण थे। गिरीश बाबू की तनख्वाह का एक बड़ा हिस्सा इसी में खर्च होता। इस प्रयोगशाला में कई तरह के प्रयोग करके वे पौधों की किस्में सुधारने के काम में लगे रहते। उन्होंने बीरू को एक-एक उपकरण के बारे में बताया। उनके प्रयोग का तौर-तरीका भी। बीरू यह सब इतनी तत्परता से सीख रहा था कि गिरीश बाबू हैरान थे।

□

फिर वह दिन भी आया, अब गिरीश बाबू ने बीरू के कंधे पर हाथ रखकर बड़े प्यार से कहा, "बीरू, अब यह प्रयोगशाला तुम्हारी भी है। तुम मेरे हर प्रयोग में सहयोगी होगे। इसके अलावा भी जो प्रयोग करना चाहो, करो। जो कुछ पूछना चाहो, पूछो।...मुझे यकीन है, तुम केवल परीक्षाएँ पास करने के लिए नहीं बने। जिंदगी में तुम कुछ बनोगे, कुछ करोगे।"

आखिर बीरू की मेहनत रंग लाई। उसने ग्रेजुएशन के बाद एम.एस-सी. भी बहुत अच्छे नंबरों से पास की, फिर पी-एच.डी. भी की। अब वह उसी कॉलेज में लेक्चरर बनकर पढ़ाने लगा है, जिसमें कभी गिरीश बाबू वनस्पति विज्ञान के विभागाध्यक्ष थे।

बीरू के दादाजी को अब रोज मंदिर जाकर फूलों की मालाएँ बेचने की जरूरत न थी। उसकी दादीजी और मम्मी के चेहरे पर भी गहरा संतोष था।

बीरू की अब नई पहचान बन गई थी—डॉ. वीरेंद्र पाल। इसी रूप में दूर-दूर तक जाना जा रहा था, पर गिरीश बाबू के लिए तो वह अब भी बीरू ही था, जिसे वे जी-जान से प्यार करते थे।

पर हाँ, गिरीश बाबू और बीरू का रिश्ता अब बदल गया था। अब केवल गुरु-शिष्य वाला रिश्ता ही न था, बल्कि गिरीश बाबू की आत्मा बीरू में बसने लगी थी। वे हर पल उसकी बेहतरी और आगे के जीवन के बारे में सोचते। "तुम्हें बस यहीं संतुष्ट होकर नहीं रह जाना चाहिए।" वे बार-बार बीरू को आगाह करते।

गिरीश बाबू का घर काफी बड़ा था। एक दिन उन्होंने सोचा, 'मुझे इतने बड़े घर की क्या जरूरत है? अगर बीरू और उसका परिवार भी यहीं आकर रहे तो...?'

उन्होंने उसी शाम को बीरू के घर जाकर उसके दादाजी से कहा, "मेरे घर के ऊपर के दो कमरे तो खाली हैं। मेरी इच्छा है, आप लोग भी चलकर वहीं रहें, ताकि बीरू के प्रयोग का काम भी चलता रहे और वह आप लोगों से दूर भी न रहे।"

बीरू के दादाजी कुछ हिचकिचा रहे थे, पर गिरीश बाबू ने बड़े प्यार से कहा, "बीरू आपका ही नहीं, मेरा भी बेटा है। उस पर मेरा भी कुछ अधिकार है। उसी अधिकार से कहता हूँ, आप मेरी बात ठुकराइए नहीं…!"

अब कुछ भी कहना कठिन था।

फिर बीरू ने भी समझाया और तब से बीरू की मम्मी और दादा-दादीजी भी बीरू के साथ-साथ उस घर में आकर रहने लगे।

अब गिरीश बाबू के घर में खासी रौनक हो गई है। वे अपने बच्चों और बीरू में कोई फर्क नहीं मानते, बल्कि कभी-कभी लाड़ में आकर कहते हैं, "मेरा सबसे लाड़ला बेटा तो बीरू है। देखना, यही मेरे सपनों को साकार करेगा।"

और बीरू? वह रात-दिन फूलों की किस्में सुधारने के अपने शोध-कार्य में डूबा है। इस बारे में उसके कई पेपर अंतरराष्ट्रीय जर्नल्स में छप चुके हैं।

चारों ओर उसका नाम और ख्याति है। सुप्रसिद्ध वनस्पति विज्ञानी डॉ. वीरेंद्र पाल, यही अब उसकी पहचान है। पर वह अपने मिलनेवालों से अकसर कहा करता है, "मैं जो कुछ भी हूँ, गिरीश बाबू की वजह से हूँ। उन्हीं के कारण चोरी-चोरी फूल तोड़नेवाला बच्चा बड़ा होकर फूलों का शोधकर्ता बन गया।"

□

10

वह रद्दीवाला लड़का

यह कहानी जो सुना रहा हूँ, एक रद्दी बेचनेवाले लड़के की है। उसका नाम तो था गोपाल, पर सब उसे 'गुपलू' कहकर पुकारते थे।

गुपलू देश के हजारोहजार मामूली लड़कों की तरह एक मामूली लड़का था।

बहुत छोटी उम्र में ही पिता सुक्खीलाल ने उसके हाथ में एक छोटी सी तराजू पकड़ा दी थी। कुछ पुराने, घिसे हुए बाट भी और धंधे के बारे में दो-चार चलताऊ चीजें समझाकर कहा था, "बस, अब करो बेटा।...अब तुम भी यही सब करो। हमारे खानदान में तो कई पीढ़ियों से सब यही करते आए हैं।"

शुरू में गुपलू को अटपटा लगा। उसे थोड़ा दुःख भी हुआ, पर फिर कदम चल पड़े। "रद्दी अखबार, रद्दी किताबें...रद्दीवाला आ गया, रद्दी...!" की आवाजें लगाता हुआ, वह शहर की गलियों में चक्कर काटने लगा।

यों शहर के रद्दी खरीदने-बेचनेवालों में एक रद्दीवाला मासूम लड़का और शामिल हो गया। हर रोज आधा दिन वह रद्दी खरीदने और इकट्ठा करने के काम में जुटा रहता। फिर शाम के समय पिता की रद्दी की दुकान पर आ बैठता। बहुत से लोग सीधे दुकान पर आकर भी रद्दी बेच जाते। उनसे रद्दी तोलकर लेना उसका काम था।

रद्दी में कई बार अच्छी किताबें और पत्रिकाएँ भी आ जातीं। गुपलू उन्हें निकालकर अलग रख लेता। फुरसत के समय वह उन्हें उलटता-पलटता रहता। यों उन्हें भी कुछ लोग थोड़े-बहुत पैसे देकर खरीदकर ले जाते। इससे भी कुछ कमाई हो जाती।

बस, इसी तरह गुपलू का जीवन चल रहा था। अब जीवन है तो थोड़े-बहुत सुख-दुःख तो होंगे ही। गुपलू के जीवन में भी जरूर रहे होंगे। पर गुपलू उनसे बहुत

ज्यादा वाकिफ न था। हाँ, बस इतना उसे पता था कि कोई प्यार से गुपलू कहकर पुकारे तो उसे बहुत अच्छा लगता था। कोई गुस्से से 'गोपाल' या 'गुपलू' कहकर दहाड़े तो वह अंदर-ही-अंदर सिमट जाता था और फिर देर तक अपने से बाहर नहीं निकल पाता था।

ऐसे क्षणों में चक्की की तरह बार-बार एक ही बात उसके भीतर चलती रहती थी, "मैंने तो किसी का दिल नहीं दुखाया, तो लोग मेरा दिल क्यों दुखाते हैं?" या कभी-कभी बिल्कुल दार्शनिक अंदाज में अपने आप से पूछने लगता, "भला किसी का दिल दुखाने से इनसान को हासिल क्या होता है, तो फिर ̈ ?"

जाहिर है, गुपलू बस एक ही सुख से परिचित था कि लोग उसे प्यार करें, प्यार से 'गुपलू' कहकर पुकारें। और प्यार से 'गुपलू' कहकर पुकारो तो गुपलू अपनी जान भी दे सकता था, लेकिन अगर डाँटो तो ̈ ? न, न, कुछ पूछो मत। ऐसे पलों में गुपलू अपने आप से और दुनिया से बुरी तरह नाराज हो जाता था। सोचता था कहीं भाग जाऊँ। किसी और दुनिया में ̈ ।

कोई मनोविज्ञानी कहेगा कि बचपन से ही गुपलू के मन में प्यार की, मान-सम्मान हासिल करने की ख्वाहिश थी। बात सही भी हो सकती है। पर सिर्फ यही नहीं। उसके भीतर एक ख्वाहिश और थी, जो शायद इस पहली ख्वाहिश से भी बड़ी थी और वह थी नई-से-नई चीजें पढ़ने और जानने की दुर्निवार इच्छा।

खूब पढ़ना और दुनिया की नई-नई चीजों के बारे में जानना एक बड़ा सुख है, गुपलू यह बचपन से ही जान गया था। सो उसके मन में लिखने-पढ़ने की बड़ी चाहत थी और यह चाहत निरंतर बढ़ती ही जाती थी।

पर गुपलू की लाचारी अपनी जगह। उसके पिता लाला सुक्खीलाल के पास उसे पढ़ाने के पैसे नहीं थे। यों भी तो बड़ी मुश्किल से गुजारा होता था, फिर पढ़ाई-लिखाई की कौन सोचे? गुपलू किसी तरह दर्जा तीन तक पढ़ा, फिर स्कूल के दरवाजे हमेशा-हमेशा के लिए बंद।

गुपलू अपनी मजबूरी पर कसमसाता। सोचता, "भला मैं क्यों नहीं पढ़ सकता? क्या कमी है मुझमें? जो भी पढ़ूँ, झट याद करके सुना सकता हूँ। तो फिर ̈ ?

वह बार-बार पिता के आगे जिद करता, "मैं पढ़ूँगा पिताजी, मैं पढ़ूँगा ̈ ! मुझे आगे पढ़ना है।"

पर गुपलू की पतंग थोड़ी ही ऊपर उठती कि लाला सुक्खीलाल बार-बार उसकी डोर काट देते। फिर बात को दाएँ-बाएँ करते हुए बड़े प्यार से कहा करते, "अरे बेटा गुपलू, तुम पढ़-लिखकर क्या करोगे? मेरे काम में ही कुछ मदद करो,

तो घर में चार पैसे आएँगे। किसी तरह यह घर चलता रहेगा।"

सुनकर गुपलू उदास हो जाता। वह भला क्या कहता? पर पिता की रद्दी की दुकान पर बैठा-बैठा भी वह मन में यही सोचता कि मुझे पढ़ना है, पढ़ना है। पढ़-लिखकर कुछ बनना है। पढ़ाई का यह सपना उसके मन से उतरता ही नहीं था। पिता जितना डाँटते-डपटते, उसकी जिद उतनी ही बढ़ती जाती थी।

साधन तो थे नहीं, तो गुपलू भला पढ़ता कैसे? पर हाँ, पिता की रद्दी की दुकान पर अखबार बहुत बिकने के लिए आ जाते। पुरानी पत्रिकाएँ भी आतीं। किताबें भी आ जातीं। गुपलू को ठीक-ठीक पढ़ना नहीं आता था, पर रद्दी में आईं किताब, पत्रिकाएँ या अखबार पढ़ने में भला क्या हर्ज? लिहाजा जब भी समय मिलता, वह अपनी आँखें गड़ाकर किसी अखबार का कोई रोचक लेख या फिर किसी किताब में छपी कोई कहानी, किसी महान नायक की सच्ची जीवन-कथा पढ़ने लगता। ऐसे क्षणों में उसे समय का कुछ होश ही न रहता, बल्कि समय जैसे तेज पहियोंवाली रेल बनकर दौड़ता।

जरूरी नहीं कि गुपलू जो कुछ पढ़े, उसे वह ठीक-ठीक समझ में आ जाता हो। कुछ आता था, कुछ नहीं भी आता था। पर इससे उसकी पढ़ने की रुचि कम होने की बजाय उलटे बढ़ जाती। सोचता, 'मैं पढ़ूँगा...पढ़ूँगा, जरूर पढ़ूँगा और जब बहुत पढ़-लिख लूँगा, तो वे बातें जो आज समझ में नहीं आतीं, तब साफ समझ में आएँगी।'

वैसे उसने देखा था कि पहली बार में जो बात समझ में नहीं आती, वह दूसरी या तीसरी बार गौर से पढ़ने पर अपने-आप मन में उतरती जाती है।

गुपलू की दुनिया दिनोदिन बड़ी होती जाती थी और दिलचस्प भी। लिहाजा अब गुपलू की कोशिश भी बढ़ती जा रही थी और पढ़ने-लिखने की उसकी एकाग्रता भी। कई बार कोई ग्राहक रद्दी लेने या देने आता तो भी गुपलू अपनी पढ़ाई में ही लगा रहता। उसकी अपनी दुनिया, उसकी अपनी उड़ान...!

इस पर गुपलू के पिता लाला सुक्खीलाल को गुस्सा आ जाता। डपटकर कहते, "गुपलू, तू...तू सब चौपट कर देगा, रे! मैं जानता हूँ, सब जानता हूँ।...हे भगवान्, पता नहीं, इस लड़के का यह पागलपन कब कम होगा?"

सुनकर गुपलू उदास हो जाता, फिर देर तक उसके चेहरे पर रौनक नहीं लौटती थी। आँखें बुझी-बुझी सी रहतीं।

तब लाला सुक्खीलाल का मन भी उन्हें धिक्कारने लगता। सोचते, 'इतना होशियार मेरा बच्चा है। थोड़ा पढ़-लिख लेगा तो क्या हर्ज है? स्कूल में तो मैं उसे

भेज ही नहीं पाया। बस, तीसरी क्लास के बाद पढ़ाई छुड़वा दी, अपनी कोशिश करके बेचारा थोड़ा पढ़ता-लिखता है, तो भी मैं उसे टोक दूँ। यह तो अच्छा नहीं।...'

□

धीरे-धीरे गुपलू के पिता का व्यवहार बदलने लगा। अब गुपलू को टोकने के बजाय कभी-कभी वे खुश होकर कहते थे, "बेटा गुपलू, क्या पढ़ रहा है? जरूर कोई अच्छी चीज होगी। मुझे भी बता न!"

इस पर गुपलू इतने उत्साह से अपनी पढ़ी हुई चीजों के बारे में बताता कि सुनकर लाला सुक्खीलाल की आँखों में चमक आ जाती। सोचते, 'अरे वाह! दुनिया में कितनी नई-नई चीजें हैं जानने को।...हमने तो अपनी जिंदगी यों ही रोल दी, पर यह गुपलू तो खासा होशियार है। मैं तो उसे बेकार में ही डाँटता-डपटता था। अब नहीं डाँटूँगा कभी।...'

लाला सुक्खीलाल की दुकान पर बहुत से पढ़े-लिखे लोग भी आकर रद्दी बेच जाते। वे कभी-कभी गुपलू से बात करते तो बड़े हैरान होते। सोचते, 'गुपलू में कुछ अलग-सी बात है। लड़का खासा लायक है। कैसी समझदारी की बातें करता है। पर वह इस रद्दी की दुकान पर... ?'

कभी-कभी वे प्यार से गुपलू से पूछते, "बेटा, किस क्लास में पढ़ते हो?"

इस पर गुपलू की आँखें पनीली हो जातीं। कहता, "पढ़ता नहीं हूँ, बाबूजी! तीसरी के बाद पढ़ाई छोड़ दी!"

"क्यों...क्यों...पढ़ाई छोड़ क्यों दी? पढ़ना चाहिए तुम्हें तो। इतने होशियार हो। जरूर जीवन में कुछ बनोगे।"

इस पर गुपलू के गले में जैसे कोई काँटा-सा अटक जाता। चुपचाप शून्य में देखने लगता।

कोई-कोई पूछता, "गुपलू, तुम्हें दुनिया की इतनी सारी चीजों के बारे में कैसे पता?"

इस पर गुपलू धीरे से गुन-गुन करता हुआ कहता, "मैं पढ़ता हूँ न, बाबूजी! रद्दी में जो अखबार, किताबें आती हैं, पत्रिकाएँ आती हैं, उनको!"

सुनकर हर कोई हक्का-बक्का रह जाता, "सच... ?"

उनमें से कइयों ने गुपलू के पिता से कहा, "देखना तुम, तुम्हारा लड़का बड़ा होकर कुछ बनेगा।"

सुनकर सुक्खीलाल बहुत खुश हुए। उन्होंने देखा कि गुपलू का व्यवहार इतना अच्छा है और उसकी बातचीत करने का सलीका ऐसा है कि सभी उससे बातें

करके खुश होते हैं। उससे दुकान पर ग्राहक भी बहुत आने लगे हैं और सभी गुपलू की तारीफ करते हैं। गुपलू तो जैसे चुंबक बन गया है।···सबके आकर्षण का केंद्र!

आखिर उन्होंने गुपलू के जिम्मे एक नया काम लगाया। शहर के दूसरे छोर पर यूनिवर्सिटी के प्रोफेसरों की कॉलोनी थी। बड़े-बड़े मकान, लेकिन उनमें शांति पसरी रहती। साफ-सुथरी सड़कें। उनके दोनों ओर बड़े-बड़े छतनार पेड़। गुपलू उधर कभी गया नहीं था। पिता सुक्खीलाल ने गुपलू से कहा, "बेटा, तू हर महीने जाकर उनके यहाँ से रद्दी ले आया कर। तू ईमानदारी से ठीक-ठीक तौलेगा, ठीक रेट लगाएगा तो वे तुझी को देंगे। फिर तेरा बात करने का सलीका ऐसा है कि उन्हें अच्छा लगेगा।"

"हाँ पिताजी, हाँ··· ! मैं जरूर जाऊँगा।" गुपलू की आँखों में चमक आ गई।

अभी तक वह दुकान और आसपास की एक छोटी सी तंग दुनिया में खोया हुआ था। ज्यादा पढ़े-लिखे और संभ्रांत वर्ग का उसे कुछ पता ही न था। पर अब वह रद्दी लेने के लिए प्रोफेसर कॉलोनी में जाने लगा, तो उसने दिन भर पढ़ने-लिखने और सोचने-विचारनेवाले लोगों को ज्यादा नजदीक से देखा। खासकर यूनिवर्सिटी के प्रोफेसर लोग तो उससे बात करके बड़े खुश होते।

एक-दो ने तो कहा भी, "गुपलू, तुम रद्दीवाले तो नहीं लगते। खासे पढ़े-लिखे लगते हो और फिर हर चीज की इतनी जानकारियाँ··· !"

इस पर गुपलू ने असलियत बताई तो हर कोई हैरान! उसे हिम्मत बँधानेवाले लोग भी मिले। राह सुझानेवाले भी। किसी-किसी ने कहा, "गुपलू, हम आएँगे तुम्हारी दुकान पर। तुम्हारे पिताजी से मिलेंगे। हो सकता है, तुम्हारी पढ़ाई-लिखाई का कोई रास्ता··· !"

प्रोफेसर कॉलोनी के सारे ही प्रोफेसर गुपलू से मिलकर इतने खुश थे कि वे हर महीने गुपलू का ही इंतजार करते। कहते, "तुम अपने आप रद्दी तौलकर ले जाया करो गुपलू। जो पैसे बनें, दे दिया करो।"

सुनकर गुपलू को बड़ा अच्छा लगता। उसके आकर्षण की एक और वजह थी कि यूनिवर्सिटी के प्रोफेसरों के घर से जो रद्दी मिलती, उसमें कई बार बड़ी सुंदर-सुंदर आकर्षक पत्रिकाएँ भी होतीं, जिनमें अच्छे-अच्छे चित्र छपे होते। आसपास की दुनिया की जानकारी भी होती।

उन पर एक नजर डालते ही गुपलू का मन हवा में उड़ने लगता। जैसे वह अपनी दुनिया से छलाँग लगाकर किसी दूसरी दुनिया में जा पहुँचा हो। यह ऐसी जगह थी, जहाँ उसका मन और आत्मा मुक्त हो जाती।

कई बार तो ऐसी आकर्षक किताबें भी उसके हाथ लग जातीं कि पूरी किताब पढ़े बगैर वह उन्हें छोड़ ही नहीं पाता था। वह रात देर-देर तक बैठा किताबें, पत्रिकाएँ पढ़ता रहता। ऐसी ही एक किताब अंतरिक्ष के सूरज, चाँद और सितारों के बारे में थी। उसे पढ़ते हुए गुपलू को लगा, जैसे उसके दिमाग के बंद दरवाजे और खिड़कियाँ खुल गई हों। पहली बार उसे पता चला कि ये छोटे-छोटे से टिम-टिम करते तारे असल में तो इतने विशालकाय हैं कि उसके लिए इसकी कल्पना करना भी मुश्किल है। पर वे हमसे बेहद दूर हैं, इसीलिए इतने छोटे-छोटे चमकदार मोतियों सरीखे लगते हैं। इसी तरह उसे पता चला कि प्रकाश और ऊर्जा का पिंड सूरज भी असल में एक तारा ही है। अंतरिक्ष के कई तारे तो सूरज से भी बहुत बड़े-बड़े हैं, पर ज्यादा दूरी के कारण वे बहुत छोटे लगते हैं। सूरज उनकी तुलना में हमारे पास है, इसीलिए इतना बड़ा लगता है।

ऐसे ही चाँद के बारे में उसे बड़ी अचरज भरी चीजें पता चलीं और यह भी कि मंगल, शुक्र, बृहस्पति, शनि आदि ग्रहों के भी अपने-अपने चंद्रमा हैं, जो उनकी निरंतर परिक्रमा करते हैं। यहाँ तक कि किसी-किसी ग्रह के तो कई चंद्रमा हैं। कितनी हैरानीवाली बात···!

इसी तरह दिन और रात कैसे होते हैं, मौसम कैसे बदलते हैं, धरती के किसी हिस्से में ऐसी तन-मन कँपानेवाली बर्फीली ठंड और कहीं बहुत अधिक गरमी क्यों पड़ती हैं? सूर्यग्रहण और चंद्रग्रहण क्यों होते हैं, इन सारी चीजों के बारे में इतनी मजेदार जानकारी उस किताब में थी कि गुपलू रात भर सो नहीं पाया। बस, आँखें गड़ाए वह किताब पढ़ता रहा और सुबह उसकी आँख लगी, तो सपने में भी वह अंतरिक्ष की उस मायावी दुनिया में ही उड़ान भर रहा था।

उस दिन पहली बार उसे लगा, स्कूल की पढ़ाई छूट गई तो क्या हुआ। किताबों की दुनिया तो उसके पास है और उसमें कितना कुछ भरा हुआ है।

धीरे-धीरे हालत यह हुई कि जो बातें पहले गुपलू को समझ में नहीं आती थीं और बहुत मुश्किल लगती थीं, वे भी अब खुद-ब-खुद समझ में आने लगीं। गुपलू को लगता, जो कुछ भी वह पढ़ता है, उसे हमेशा के लिए याद हो जाता है।···वाह, कितनी अच्छी बात!

पर जितना-जितना वह पढ़ता, उतनी-उतनी उसकी पढ़ने की लगन और भूख बढ़ती ही जाती। कभी-कभी जब पढ़ने के लिए कोई नई किताब न होती, तो वह चुप-चुप बैठा सोचता रहता था। दुनिया के नए-नए रहस्य उसके आगे खुलते और वह उनके बारे में लिखने के लिए कसमसा उठता।

कभी-कभी उसके मन में एक विचार उमड़ता, 'कितने बड़े-बड़े ये लेखक हैं। कैसे ये ऐसी बातें लिख देते हैं, जिनमें सारी दुनिया की सच्चाई छिपी होती है। कितनी नई-से-नई और अचरज भरी बातें। क्या मैं नहीं लिख सकता यह सब? क्यों नहीं लिख सकता भला?'

□

पिता ने गुपलू को इस कदर पढ़ाई-लिखाई में लीन देखा, तो समझ गए कि बच्चा धुनी है और जिंदगी में अपने ढंग का कोई काम करके दिखाएगा। उन्होंने उसे डाँटना छोड़ दिया था।

जब यूनिवर्सिटी के पढ़े-लिखे लोग आकर दुकान पर बैठते, तो वे गुपलू से देर-देर तक बातें करते। गुपलू की जी खोलकर तारीफ करते। इससे अंदर-ही-अंदर लाला सुक्खीलाल का मन पुलकित हो जाता। सोचते, 'कुछ-न-कुछ बात तो जरूर है गुपलू में। हे भगवान्, इसे कोई सही राह सुझाना!'

सुक्खीलाल का रद्दी का काम अब बढ़ गया था और लगातार बढ़ता ही जा रहा था। ज्यादातर लोग जो वहाँ आते, वे गुपलू के आकर्षण की वजह से ही आते। गुपलू के मन में जीवन के रहस्यों को जानने की खासी जिज्ञासा थी। जब वह पढ़े-लिखे प्रोफेसरों के आगे अपने सवाल रखता तो वे हैरान होकर कहते, "अरे गुपलू, तू तो तीसरे दर्जे से आगे पढ़ा नहीं, तो तू इतना सोच कैसे लेता है?"

कुछ लोगों को लगता कि गुपलू जो इतनी होशियारी से बातें करता है, खासा पढ़ा-लिखा होगा। ऐसे ही एक प्रोफेसर साहब एक दिन दुकान पर आ गए। प्रो. कीर्ति नारायणन। उन्होंने बातें करते-करते गुपलू से पूछा, "गुपलू, तुम तो खासे पढ़े-लिखे लगते हो, तो क्या बीच में पढ़ाई छोड़ दी⋯?"

इस पर गुपलू ने बड़े दर्द के साथ कहा, "नहीं प्रोफेसर साहब, मैं तो बस दर्जा तीन तक ही स्कूल गया हूँ। उसके बाद पढ़ाई-लिखाई छूट गई। जो कुछ भी पढ़ा, उसके लिए मैं आप लोगों को ही गुरु मानता हूँ। आपके यहाँ से जो मैं रद्दी लेकर आता था, उसमें से कई बार अच्छी-अच्छी किताबें-पत्रिकाएँ निकल आती थीं। उन्हें पढ़ा तो लगा, जीवन का रहस्य मेरे आगे खुलता जा रहा है। स्कूल जाने की तो अब उम्र नहीं रही, तो क्या हुआ? घर पर तो मैं ज्ञान और जीवन का रहस्य सीख ही सकता हूँ। इसे तो कोई नहीं रोक सकता न!⋯"

कहते-कहते गुपलू की आँखें पनीली हो गईं। मजबूरियों की जिस दीवार ने उसकी आगे की पढ़ाई रोक दी, उसके बारे में सोचते ही वह कथित हो उठता।

सुनकर प्रो. नारायणन भावार्द्र हो उठे। बार-बार गुपलू के सिर पर हाथ फेरते

हुए कहा, "बेटे, मेरा आशीर्वाद है, तुम जीवन में कुछ बनोगे।"

उन्होंने गुपलू के पिता से भी कहा, "आपका बेटा लायक है। हो सकता है, कभी मैं इसे अपने साथ काम करने के लिए बुलाऊँ। आप रोकिएगा नहीं।"

"काम ?" गुपलू की पिता की समझ में कुछ नहीं आया।

तब प्रो. नारायणन ने समझाया कि वे अंतरिक्ष किरणों पर शोध कर रहे हैं। इस बारे में एक प्रोजेक्ट बनाकर उन्होंने यू.जी.सी. को भेजा है। जैसे ही वह प्रोजेक्ट पास होगा, वे उस पर काम शुरू कर देंगे, लेकिन उन्हें अंतरिक्ष के निरीक्षण के लिए एक मेहनती और समझदार सहायक की जरूरत है। गुपलू से ज्यादा मेहनती और समझदार भला कौन होगा ? यही सोचकर उन्होंने गुपलू के पापा से कहा था, "मौका आने पर मैं गुपलू को ले जाऊँगा।"

और सचमुच देर नहीं हुई। कोई डेढ़-दो महीने में प्रो. नारायणन का प्रोजेक्ट पास होकर आ गया। उन्होंने गुपलू के पिता की दुकान पर आकर कहा, "आपके बेटे को अब आपसे मैं माँग रहा हूँ। भरोसा कीजिए, मैं उसे कुछ ऐसा बनाकर आपको लौटाऊँगा कि सारी दुनिया में उसका नाम हो जाएगा। आपको गर्व होगा कि आपके बेटे ने कितना अनोखा काम किया है।"

लाला सुक्खीलाल अब भला क्या कहते ? उन्होंने चुपचाप विनम्रता से हाथ जोड़ दिए। कहा, "जैसी आपकी आज्ञा, परफेसर साब ! बस, समझिए, मैंने लड़का आपको दे दिया। अब आप उसे चाहे जो बनाएँ !"

प्रो. नारायणन की गुपलू के बारे में राय कतई गलत नहीं थी। उन्होंने गुपलू से अंतरिक्ष किरणों के बारे में देर तक लंबी बात की। गुपलू प्रो. नारायणन के घर से जो रद्दी के कागज लाता था, उनमें से ढेरों कागजों में अंतरिक्ष किरणों के बारे में जानकारी होती थी। उन रफ कागजों को ही ध्यान से पढ़-पढ़कर वह अंतरिक्ष किरणों के बारे में बहुत कुछ जान गया था।

जब प्रो. नारायणन से अंतरिक्ष किरणों और बिजली बनाने में उनके उपयोग को लेकर बात हुई, तो गुपलू की आँखें खुशी से चमकने लगीं। बोला, "सर, अगर ऐसा हो जाए तो दुनिया का नक्शा ही बदल जाएगा। खासकर हिंदुस्तान में कितनी खुशहाली आ जाएगी !...तब कोई बिजली की कमी के कारण रोएगा-धोएगा नहीं। खूब कारखाने चलेंगे। उत्पादन होगा और भारत दुनिया का नंबर एक देश बन जाएगा।"

सुनकर प्रो. नारायणन ने जोरों से गुपलू की पीठ थपथपा दी। बोले, "शाबाश, तुमने समझ लिया मेरा क्या सपना है और मैं असल में शोध के जरिए क्या करना चाहता हूँ।"

अगले दिन से अंतरिक्ष के निरीक्षण आदि के लिए दूरबीन और दूसरे यंत्र गुपलू को मिल गए और उसका काम तय हो गया। गुपलू इस कदर मन लगाकर और इतनी होशियारी से अपना काम करता था कि प्रो. नारायणन हर बार उसकी पीठ थपथपाते हुए कहते, "शाबाश गुपलू, मुझे तुम्हारे जैसे साथी की ही जरूरत थी।"

लेकिन गुपलू स्कूल या कॉलेज में पढ़ा नहीं था, तो कभी-कभी उसके आगे मुश्किलें भी आ जाती थीं। तकनीकी चीजों में वह उलझ जाता। लिहाजा प्रो. नारायणन उसे घंटा-डेढ़ घंटा बेनागा पढ़ाया भी करते थे और गुपलू इतनी तेजी से पढ़ाई हुई चीजों को याद कर लेता कि प्रोफेसर साहब की खुशी का ठिकाना न रहता। यह दुनिया के सबसे निराले गुरु-शिष्य की जोड़ी थी।

□

एक बार की बात, प्रो. नारायणन गुपलू को अपने साथ अंतरिक्ष किरणों पर हो रहे एक राष्ट्रीय सम्मेलन में ले गए। गुपलू के लिए देश के जाने-माने वैज्ञानिकों और चिंतकों को पास से देखने का यह पहला अवसर था। उसके मन में रोमांच था। हर चीज नई। बिल्कुल नई। एक बहुत बड़ी दुनिया उनके आगे खुल रही थी।... बेहद उत्साहित होकर वह विद्वान वक्ताओं का एक-एक शब्द बड़े ध्यान से सुन रहा था।

जब विद्वानों के व्याख्यान समाप्त हुए और श्रोताओं के प्रश्नों का समय आया, तो गुपलू ने इतने अच्छे सवाल पूछे कि व्याख्यान देनेवाले वैज्ञानिक तक हैरान रह गए। उन्होंने सोचा, शायद यह यूनिवर्सिटी का कोई लेक्चरर है। वे उसे 'माई डियर डॉ. गोपाल' कहकर संबोधित कर रहे थे। पर बाद में गुपलू ने अपना परिचय देते हुए कहा, "क्षमा करें, मैं तो बस कक्षा तीन तक पढ़ा हूँ। स्कूली पढ़ाई भी पूरी नहीं की, पर...खाली अपने पिता की रद्दी की दुकान पर बैठकर अखबार, पत्रिकाएँ, किताबें पढ़ते हुए मैंने थोड़ा-बहुत लिखना-पढ़ना सीखा है!..."

सुनते ही सबके मुँह खुले-के-खुले रह गए थे। यहाँ तक कि सभा के अध्यक्ष मि. डी.डी. पारसमणि ने उसे मंच पर बुलाया और सबके सामने उसकी तारीफ करते हुए पीठ थपथपाई।

उस दिन गुपलू की जी भर तारीफ हुई। अखबारों के जो रिपोर्टर आए थे। वे इस अनोखे वैज्ञानिक का एक विशेष इंटरव्यू लेकर गए। अखबारों में अगले दिन मोटे-मोटे अक्षरों में छपा कि रद्दी बेचनेवाला एक लड़का वैज्ञानिक बनकर देश का नाम ऊँचा करने का सपना देख रहा है। उसकी प्रतिभा ने देश के बड़े-से-बड़े वैज्ञानिकों को चमत्कृत कर दिया है। अनपढ़ गुपलू अब देश का भविष्य और कल का वैज्ञानिक है।

उधर गुपलू जब सेमिनार से निकलकर बाहर आया, तो उसके मन की अजीब-सी हालत थी। उसके भीतर एक भूचाल-सा था और वह जैसे बार-बार अपने आपसे ही कह रहा हो, 'हाँ-हाँ, मैं भी कुछ कर सकता हूँ, मैं भी! बहुत सी चीजें हैं, जो मुझे खोजनी हैं, जिनसे दुनिया बेहतर हो और इनसानियत को उनसे फायदा हो। मैं...मैं अपना सारा जीवन जगाकर भी करूँगा यह। जरूर करूँगा...!'

गुपलू दिन-रात प्रो. कीर्ति नारायणन के साथ काम में जुटा था। उसने जल्दी ही उनके साथ मिलकर अंतरिक्ष किरणों की बहुत सी ऐसी भौतिक और रासायनिक विशेषताएँ खोज निकालीं, जो अभी तक किसी को ज्ञात नहीं थीं। उनसे पक्के तौर से यह पता चला कि इन अंतरिक्ष किरणों को अगर इकट्ठा करके किसी विशेष द्रव से गुजारा जाए तो इनमें बिजली उत्पन्न करने की क्षमता आ जाती है।

यह अंतरिक्ष किरणों और बिजली के बीच संबंध की निकटतम कड़ी थी, जिसने दुनिया के बड़े-से-बड़े वैज्ञानिकों का ध्यान आकर्षित किया। यानी अंतरिक्ष किरणों से बिजली पैदा करने की बात अब सिर्फ आनेवाले कल की एक सच्चाई ही थी।

और कोई साल भर के भीतर ही गुपलू और प्रो. नारायणन ने मिलकर वह अनोखा सिद्धांत भी खोज लिया, जिससे अंतरिक्ष किरणें बिजली में बदली जा सकें। अब सिर्फ उसे व्यावहारिक जामा देना बाकी था और गुपलू रात-दिन प्रो. नारायणन के साथ काम करता हुआ उसी की खोज में जुटा था।

इन दिनों गुपलू के मन में बड़ी उथल-पुथल थी। बार-बार एक ही विचार उसके भीतर दस्तक दे रहा था कि पेट्रोल और डीजल जैसी चीजें महानगरों में सबसे ज्यादा प्रदूषण फैलाती हैं। अगर इनका कोई विकल्प खोजा जाए, तो दुनिया कहीं ज्यादा खुशहाल हो सकती है।

इन्हीं दिनों अंतरिक्ष किरणों के साथ-साथ उसका ध्यान सौर ऊर्जा की ओर भी गया। उसके मन में लगातार यह विचार खलल पैदा कर रहा था कि हमारे देश में इतनी गरमी पड़ती है। अगर सूरज के प्रकाश को किसी तरह से इकट्ठा करके बिजली में बदला जाए, तो उससे न सिर्फ घर में काम आनेवाली बिजली की जरूरतें पूरी हो सकती हैं, बल्कि बड़ी-बड़ी फैक्टरियाँ और उद्योग भी चलाए जा सकते हैं।

देश में सौर ऊर्जा के यंत्र थे, पर वे बहुत महँगे थे। पर गुपलू सौर ऊर्जा से बननेवाली बिजली को हर गरीब के घर तक पहुँचा देना चाहता था।

इसमें मुश्किलें थीं, तमाम मुश्किलें। पर इतनी बड़ी तो नहीं कि रास्ता न निकले या कि हाथ-पर-हाथ धरकर बैठा जाए।

अब गरीब के घर बिजली पहुँचा देने के दो रास्ते थे और गुपलू दोनों पर ही नई-से-नई खोजों में जुटा था।

कुछ समय बाद गुपलू ने अंतरिक्ष किरणों पर काफी शोध करके अपना पर्चा लिखा और प्रो. नारायणन को दिखाया, तो प्रोफेसर साहब एकबारगी गुपलू का चेहरा ही देखते रह गए। बड़े प्यार से उसे गले लगा लिया। बोले, "गुपलू, तुमने तो मेरे काम को बहुत आगे बढ़ा दिया। दो महीने बाद कनाडा में अंतरिक्ष किरणों पर एक अंतरराष्ट्रीय सम्मेलन हो रहा है। क्या तुम वहाँ नहीं जाना चाहोगे?"

गुपलू क्या कहता? उसके लिए तो यह सब किसी सपने से बढ़कर था। वह गरदन झुकाए खड़ा हो गया। प्रोफेसर नारायणन ने उसकी पीठ थपथपाते हुए कहा, "अब तुम्हारी गरदन झुकनी नहीं चाहिए, गुपलू! तुमने वह काम किया है, जो देश के बड़े-बड़े प्रोफेसर नहीं कर पाए।...मुझे गर्व है तुम पर!"

और रद्दी बेचनेवाला लड़का गुपलू सचमुच वैज्ञानिकों के अंतरराष्ट्रीय सम्मेलन में गया और उसने अपना पर्चा पढ़ा, जिसे सुनकर वहाँ सन्नाटा-सा छा गया। सभी वैज्ञानिक चकित और चमत्कृत हो गुपलू की ओर देख रहे थे, मानो पूछना चाहते हों, 'गुपलू, यह विचार तुम्हारे भीतर आया कैसे?'

गुपलू बार-बार पत्रकारों द्वारा सवाल किए जाने पर एक ही बात कहता, "मेरे गुरु तो प्रोफेसर डॉ. कीर्ति नारायणन हैं, जिन्होंने मुझे राह दिखाई और इस लायक बनाया। मैं था ही क्या! मेरे भीतर तो बस थोड़ा पढ़ने और कुछ बनने की ललक थी। पर मैं इतनी दूर तक जा पाऊँगा, यह प्रो. नारायणन की आँखें ही देख पाई थीं, वरना तो खुद मुझे अपने आप पर यकीन नहीं था!"

गुपलू का वह पर्चा इतना प्रभावशाली था और उसकी सीधी-सादी बातों में जीवन की इतनी मार्मिक सच्चाई छिपी थी कि कनाडा के अखबारों ने जी भरकर गुपलू की तारीफ की। उसे विश्व के सबसे ज्यादा संभावनाशील वैज्ञानिकों में से एक माना गया।

□

गुपलू लौटा तो हवाई अड्डे से उतरते ही उसे प्रो. नारायणन दिखाई दिए, जो खुद उसे लेने आए थे। उन्हें देखते ही गुपलू की आँखों में आँसू छलछला आए। ये खुशी के आँसू थे। उसने प्रोफेसर साहब के पैर छूने चाहे, पर प्रो. नारायणन ने उसे गले लगाकर कहा, "गुपलू, अब तुम मेरे बराबर आ गए हो, बल्कि मुझसे भी बड़े वैज्ञानिक हो। मेरा आशीर्वाद है, तुम जीवन में बड़े-बड़े काम करो।"

और सचमुच अगले दस वर्षों में ही गुपलू ने अंतरिक्ष किरणों से बिजली

उत्पन्न करने की इतनी सरल विधि खोज निकाली कि लोग हैरान रह गए। गुपलू ने एक पत्रकार सम्मेलन में कहा, "अभी अंतरिक्ष किरणों से पैदा हुई यह बिजली थोड़ी महँगी है। मेरी कोशिश है कि ऐसे रसायन खोजूँ, जिनमें इन तीव्रवेगी किरणों को प्रवाहित करने पर और सस्ती बिजली मिल सके। वह दिन सचमुच ग्रामीण भारत के उदय का दिन होगा। तब हर गरीब के घर बिजली होगी और कोई गाँव ऐसा नहीं होगा, जहाँ बिजली का प्रकाश न हो।"

उस दिन के बाद से गुपलू अभी तक अंतरिक्ष किरणों और सौर ऊर्जा से बिजली पैदा करने की नई-से-नई और सस्ती विधियाँ खोजने में जुटा है, जिनसे देश में हर आदमी को लाभ हो। गरीब-से-गरीब आदमी भी बगैर बिजली के न रहे।

गुपलू को अब लोग उसके पूरे नाम गोपालकृष्ण वर्मा के नाम से जानते हैं। दिल्ली यूनिवर्सिटी ने उसके असाधारण आविष्कारों के कारण उसे मानद डॉक्टरेट की डिग्री प्रदान की, तो वह डॉ. गोपालकृष्ण वर्मा के नाम से जाने जाना लगा। अब सारी दुनिया में उसका नाम है। उसे डॉ. वर्मा कहकर पुकारनेवाले लोगों की कमी नहीं है, लेकिन प्रो. नारायणन के मुँह से अगर गलती से डॉ. वर्मा निकल जाता है, तो गुपलू की आँखें छलछला उठती हैं। वह बड़ी विनम्रता से कहता है, "नहीं प्रोफेसर साहब, मैं तो आपका वही गुपलू हूँ। दुनिया चाहे जो भी कहे, मगर आप गुपलू कहेंगे। आपसे गुपलू सुनकर जो खुशी मुझे मिलती है, वह दुनिया के बड़े-से-बड़े वैज्ञानिकों की तारीफ सुनकर भी नहीं मिलती।..."

सुनकर डॉ. नारायणन के चेहरे पर प्यार और संतोष का अनोखा भाव नजर आने लगता है।

□

11

लुंबा

स्मृतियों का रेला थमने में ही नहीं आता। भवानीपुर के घने और बीहड़ जंगल। उनकी अजब तरह की रोमांचकारी सुंदरता और उनमें अचानक किसी अचरज की तरह मिला लुंबा। जंगल का आदमी! ओह, आज भी याद करते हैं बावनदास तो सचमुच थरथरा उठते हैं।

मगर उससे भी बड़ा कौतुक तो आगे होता है। लुंबा उनके देखते-ही-देखते शीलू में बदलता है और शीलू, उनका बेटा किसी अबूझ जादू से लुंबा में बदल जाता है। वे असहाय से यह सारा नाटक देखते हैं और पसीने-पसीने हो जाते हैं। तभी अचानक उनके भीतर के आदिम जंगल को चीरती एक कड़क आवाज सुनाई देती है—'खोलो, कारा खोलो! खोलो, कारा!...'

एक अनहद नाद जैसी गूँजती आवाज और इसी के साथ उनकी नींद खुल जाती है। वे दौड़े-दौड़े शीलू के कमरे में जाते हैं—शीलू ठीक से बिस्तर पर सो रहा है न! ओह, ठीक...सब ठीक है!

और वे माथे पर हाथ रखे बरबस, फिर उस अतीत में खो जाते हैं, जिसमें एक दिन अचानक लुंबा ने प्रवेश किया था किसी कौतुक की तरह। पर फिर इस कौतुक पर लालच की काई और झाड़ियाँ उगने लगी थीं। और फिर...वे अपने घर और हर चीज से बेगाने हो गए थे। पूरी तरह हो ही जाते, मगर...!

मगर... ? फिर चौंकते हैं बावनदास, जैसे उन्होंने अपनी आँखों से फिर लुंबा को देख लिया हो और बरसों पीछे चले गए हों।...

2

हाँ, कोई बारह बरस पहले की बात है। भवानीपुर के जंगलों से गुजर रहे थे सेठ बावनदास। शानदार बग्घी, जिसमें उनके अलावा पाँच-छह नौकर-चाकर थे। अंगरक्षक भी। घोड़ों की टाप और बग्घी की टिक्-टिक् आवाज जंगल के सन्नाटे को चीरती जा रही थी।

कभी उनका ध्यान नौकरों की बातचीत पर चला जाता और कभी प्रकृति की अपरंपार सुंदरता उन्हें अपनी ओर खींच लेती। जिस पर दिल वाकई निसार होता था। कभी-कभी कोई हिरन दौड़ता नजर आ जाता। चीता, बारहसिंघा भी। बावनदास को जंगली जानवरों से कोई डर तो था नहीं, साथ में बल्लमधारी अंगरक्षक जो थे। मजे से प्रकृति का नजारा ले रहे थे। तभी अचानक उन्हें अजीब-सी आवाज सुनाई दी, 'कु-कू कुक्कू···कुक्···कुक्···कू···!!'

विचित्र लगा बावनदास को। ऐसी आवाज तो किसी जंगली जानवर की ही हो सकती है। कुछ और आगे गए, तो असलियत पता चली। सामने पेड़ों के झुरमुट में एक विचित्र जीव कलाबाजियाँ खा रहा था। देखने में मनुष्य जैसा, पर पूरे शरीर पर काले, घने बाल। बावनदास समझ नहीं पाए यह गोरखधंधा। उन्होंने नौकरों से पूछा।

बिरजू उनका बड़ा पुराना नौकर था। खासा समझदार भी। बोला, "मेरा तो खयाल है साहब, यह वनमानुष है!"

बीरू उठती हुई उम्र का नया नौजवान था। थोड़ा अक्खड़ और जोशीला। बोला, "नहीं-नहीं साहब, भालू है!"

बावनदास ने गौर से देखा। समझ गए, यह जानवर न वनमानुष है और न भालू ही है। यह तो कोई आदमी है, जो वर्षों से जंगल में, जंगली जानवरों के बीच रहते-रहते ऐसा हो गया है। उन्होंने इस तरह के किस्से सुने तो थे, लेकिन देखा आज ही था। बावनदास ने कौतुक भाव से बग्घी उसी ओर मुड़वा दी।

पेड़ों के झुरमुट के पास बग्घी रुकी, तो बिरजू और बीरू दोनों बल्लम लेकर कूदे। जंगली युवक भी तनकर खड़ा हो गया था। जैसे ही ये पास आए, उसने छलाँग लगाई। पैरों की ठोकर से उन्हें जमीन पर गिराकर भाग गया। बावनदास की आँखें क्रोध से लाल हो गईं। चिल्लाकर बोले, "पकड़ लो। भागने न पाए।"

अब बिरजू, बीरू, रामबहादुर, भोला, सभी दौड़े। सबके पास बल्लम और लाठियाँ। कुछ दूर जाकर उन्होंने उस जंगली युवक को घेर लिया। वह बुरी तरह हाँफ रहा था। इतने लोगों से टक्कर लेने में कठिनाई आ रही थी। था भी निहत्था।

अचानक लाठी की चोट खाकर वह जमीन पर गिरा, फिर तड़ातड़ और लाठियाँ पड़ीं। सारा शरीर लहूलुहान। बावनदास के नौकरों ने उसे पकड़ा। रस्सी से बाँधकर बग्घी में डाल दिया।

बावनदास की आँखों में चमक आ गई। सोचने लगे, "शहर में किसी ने न देखा होगा ऐसा विचित्र जीव। लोग दंग रह जाएँगे।"

3

घर आए, तो बावनदास ने अपने बेटे शीलू को बुलाया। वनमानुष जैसे दिख रहे जंगली युवक को देख, शीलू खुशी के मारे तालियाँ बजाने लगा। लेकिन फिर कुछ और आगे आने पर उसने जंगली युवक के शरीर पर जगह-जगह खून के धब्बे देखे। शीलू उदास हो गया। बोला, "इसे बाँधा क्यों, पिताजी ?"

बावनदास हो-हो करके हँसे, "अरे, यह तो खिलौना है, मेरे बेटे के लिए। जंगल में देखा, तो सोचा, शीलू खुश होगा इसे देखकर। सो ले चलूँ, मगर बगैर बाँधे यह आता कैसे ? बड़ा ताकतवर है!..."

शीलू ने फिर कुछ और नहीं कहा।

बावनदास ने जंगली युवक के लिए लाल झँगोला सिलवाया। एक बड़ा सा पिंजरा बनवाया। पिंजरे में बंद जंगली युवक को देखने के लिए आसपास के बच्चों की भीड़ लग गई। बावनदास ने उस जंगली युवक का राम रखा—लुंबा।

जल्दी ही पूरे शहर में चर्चा फैल गई कि इस बार बावनदास अपने साथ एक अनोखा जीव लाए हैं, जो आदमी है, मगर दिखता जानवर जैसा है। दिनोदिन लुंबा को देखनेवालों की भीड़ बढ़ती गई। आखिर बावनदास के मन में खयाल आया, "यह तो कमाई का बढ़िया धंधा है!"

अगले दिन लुंबा को देखनेवालों के लिए उन्होंने पाँच रुपए का टिकट लगा दिया। रोज सैकड़ों लोग देखने आते। दिन भर में खूब कमाई हो जाती।

बावनदास को ऐसी उम्मीद न थी। खुश होकर उन्होंने लुंबा की खुराक बढ़ा दी, लेकिन लुंबा दिनोदिन दुबला होता जा रहा था। उसके चेहरे पर उदासी साफ नजर आती। हाँ, अगर उसके चेहरे पर कभी चमक आती, तो केवल शीलू को देखकर। शीलू को भी लुंबा को देखे बगैर चैन न मिलता। कोई भी खाने-पीने की चीज होती, तो वह दौड़कर लुंबा के लिए ले जाता। लुंबा को केले और अमरूद सबसे ज्यादा पसंद थे। शीलू चुपके से केले, अमरूद और मिठाइयाँ लुंबा को लाकर देता, फिर देर तक लुंबा को खाते देखता। लुंबा को खुश देख, उसे भी खुशी होती।

कुछ दिनों में लुंबा और शीलू की इतनी गहरी दोस्ती हो गई कि दोनों बगैर कुछ कहे, एक-दूसरे के मन की बात समझ जाते। वैसे भी लुंबा को तो जंगली बोली के सिवा कोई और भाषा आती ही नहीं थी। शीलू ने कुछ शब्द सिखा दिए थे। लुंबा अटपटे ढंग से उन्हें दोहराता, तो उसकी हँसी छूट जाती।

बावनदास ने जब देखा, शीलू दिन भर लुंबा के पास ही रहता है, तो उनको बेहद गुस्सा आया। उन्होंने शीलू को मना किया। न मानने पर डाँटा-फटकारा, फिर भी शीलू को लुंबा के पास जाए बगैर चैन न पड़ता। लुंबा के आगे भी एक नई ही दुनिया खुल रही थी। उसने पहली बार जाना था, इतना प्यार, ऐसी दोस्ती!

बहुत मना करने पर भी शीलू ने लुंबा के पास जाना कम नहीं किया, तो एक दिन बावनदास गुस्से से आगबबूला हो उठे। उन्होंने शीलू को कमरे में बंद करके ताला लगा दिया। चाबी पत्नी योगमाया को दे दी। कहा, "आज इसके खाने-पीने की छुट्टी। दिन भर कमरे में बंद रहेगा, तो होश ठिकाने आ जाएँगे। शाम से पहले मत खोलना।"

उसी दिन शीलू को बुखार आ गया। शाम को योगमाया ने दरवाजा खोला, तो उसका बदन तप रहा था। तुरंत डॉक्टर आया। दवाई दे गया। कई दिनों तक शीलू चारपाई पर पड़ा रहा। इस बीच लुंबा ने न कुछ खाया, न पिया।

कुछ दिनों बाद ठीक हुआ शीलू, तो सबसे पहले लुंबा को देखने गया। लुंबा के चेहरे पर दुःख की गहरी छाया थी। देखकर शीलू की आँखें भीग गईं, लेकिन वह चाहकर भी लुंबा को अपनी मजबूरी समझा नहीं सकता था। लुंबा भी बगैर भाषा जाने आखिर कैसे समझ पाता उसकी बात?

तभी शीलू के मन में एक विचार आया, 'क्यों न लुंबा को आदमियों की तरह बोलना सिखाया जाए?' स्कूल से पढ़कर आता, तो सीधा लुंबा के पास भागता। बावनदास को गुस्सा आता, लेकिन लाचार थे। समझते थे, शीलू को मार-पीटकर ठीक नहीं किया जा सकता। इधर शीलू की जिद भी बढ़ती ही जा रही थी, "पिताजी, लुंबा भी तो हमारी तरह मनुष्य है न! यह क्या नुमाइश के लिए है? पिंजरा खोलकर इसे बाहर निकालिए न, जिससे यह भी हमारी तरह घूम-फिर सके।"

"वाह! यह तो कमाई का जरिया है। कैसे छोड़ दूँ?" बावनदास ने मुँह बिचकाया।

लेकिन वे समझ गए, अब कुछ करना होगा। उन्होंने अपने एक मित्र से बात की। यह तय हुआ, लुंबा को बेच दिया जाए।

4

उन्हीं दिनों एक विदेशी सरकस आया भवानीपुर में। उसमें तमाम जंगली जानवर थे। वे तरह–तरह के करतब दिखाते। भवानीपुर के सरकस की खासी धूम थी। अच्छी-खासी आमदनी हुई।

सरकस का मालिक था, माइकेल गेयर्ड। खूब गोरा और लंबा अंग्रेज। चेहरे पर चालाकी और गर्वीलापन। आँखें छोटी–छोटी, नीली। उसे किसी ने लुंबा के बारे में बताया, तो वह खुशी से उछल पड़ा। दौड़ा–दौड़ा गया बावनदास के पास। आँखों में चमकती खुशी और काइयाँपन के साथ कहा, "आप···आप लुंबा को बेच दीजिए सेठजी। मुँह माँगी कीमत देने को तैयार हूँ। उसे मैं तमाम करतब सिखाऊँगा और··· !" वाकई माइकेल की प्रसन्नता छिप नहीं रही थी।

उसी समय वह लुंबा के पिंजड़े के पास गया। कोड़ा फटकारते हुए दो-एक इशारे किए। वह गौर से लुंबा के चेहरे के हाव-भाव देख रहा था, फिर अचानक उछल पड़ा, "हमारे बहुत काम का है यह।···मुझे हर हाल में लुंबा चाहिए, सेठजी! आप···आप तो यह बताइए, चेक पर कितनी रकम लिखूँ? आप जो बताएँगे, वही··· !"

बावनदास तो यह चाहते ही थे। उन्होंने एक लाख रुपए कीमत लगाई। माइकेल फौरन मान गया। तय हुआ, दो दिन बाद आकर माइकेल लुंबा को ले जाएगा।

दरवाजे के बाहर खड़ा शीलू भी यह सुन रहा था। उसे माइकेल के आने पर ही शंका हुई थी और अब तो उसका शक सच में बदल गया था। उसका हृदय जैसे फटा जा रहा था। भूख–प्यास सब खत्म हो गई। एक ही धुन थी, 'जैसे भी हो, लुंबा को बचाना होगा, वरना···'

वह लुंबा के पिंजरे के पास गया, तो लगा, लुंबा की आँखें प्रार्थना कर रही हैं, 'मुझे बचा लो···मुझे बचा लो! सरकसवाले मुझ पर अत्याचार करेंगे, मुझे आजादी चाहिए! फिर से जंगल में लौटना चाहता हूँ मैं।'

उसी दिन शाम के समय पिता बाहर गए, तो शीलू ने कमरे की एक-एक चीज खँगाल डाली। आखिर उसे चाबी दिखाई दी। अलमारी के ऊपरवाले खाने में पड़ी थी। उसने चुपके से चाबी उठा ली। रात को पिता आए, खाना खाकर सो गए, लेकिन शीलू को नींद कहाँ? आधी रात को उठा। दबे पाँव लुंबा के बाड़े की ओर बढ़ा। लुंबा शीलू के पैरों की आहट पहचान गया, लेकिन समझ नहीं पा रहा था, 'शीलू यहाँ, इतनी रात गए, क्यों··· ?'

तब तक शीलू ने पास आकर झट से, पिंजरे का दरवाजा खोल दिया। हाथ के इशारे से कहा, 'भाग जाओ, जल्दी…!'

लुंबा की आँखों में अचरज था। अचरज और खुशी एक साथ। अवर्णनीय खुशी। जाने से पहले लुंबा देर तक एकटक शीलू को देखता रहा, फिर तेज कदमों से चलता हुआ गायब हो गया।

लौटकर शीलू ने चाबी फिर से पिता के कमरे में रख दी। चुपचाप अपनी चारपाई पर आकर सो गया।

सुबह बावनदास उठे तो पता चला, लुंबा गायब हो गया। लेकिन कहाँ, कैसे? कुछ भी पता न चला। पिंजरे में पहले की तरह ताला लगा हुआ था। चाबी भी अलमारी में रखी थी, तो फिर…? समझ न पाए, क्या गड़बड़झाला है। उन्होंने पत्नी योगमाया से पूछा। नौकरों से भी जवाब-तलबी हुई, लेकिन कुछ पता नहीं चला।

अचानक बावनदास को खयाल आया, 'शीलू कह रहा था लुंबा को छोड़ने के लिए। कहीं उसने ही तो…!'

वे धमधमाते हुए शीलू के कमरे में गए। चिल्लाकर पूछा, "सच-सच बताओ, लुंबा कैसे भाग गया?"

एक क्षण के लिए शीलू के चेहरे पर डर की छाया दिखाई दी, लेकिन फिर गायब हो गई। शांत स्वर में बोला, "पिताजी, मैंने भागा दिया उसे। उसका कष्ट नहीं देखा जा रहा था। मैं नहीं चाहता था, आप उसे विदेशी सरकस कंपनी को बेचें। इसलिए…!"

"तुम…! तुम्हारी यह मजाल?" गुस्से के मारे बावनदास थर-थर काँपने लगे। पता नहीं, कब उनका हाथ छड़ी पर गया और फिर, 'सड़ाक!…सड़ाक!!'

शीलू की पीठ पर नीले-नीले निशान उभर आए, लेकिन आश्चर्य! वह चुप था। एकदम चुप। मुँह से सी तक नहीं।

5

बावनदास का क्रोध और बढ़ा, फिर से छड़ी उठानेवाले थे कि पीछे से योगमाया ने आकर रोक दिया, "अब बस भी कीजिए। पैसे के लोभ ने आपको अंधा कर दिया है। आप शीलू के मनबहलाव के लिए ही तो लाए थे लुंबा को, फिर उसने लुंबा को छोड़ दिया, तो इतना गुस्सा क्यों?"

बावनदास के चेहरे पर एक रंग आ रहा था, एक जा रहा था। उन्हें लगा, 'हाँ, सच ही तो। लुंबा को नुमाइश की चीज बनाने के लिए थोड़े ही लाया था मैं जंगल

से। यह तो मुझे बाद में सूझा और फिर···'

योगमाया ने फिर कहा, "आपने जिस जंगली बालक की। आजादी छीन, नुमाइश की चीज बना दिया, उसे शीलू ने आदमी बनाने की कोशिश की, ढेर-सा प्यार देकर। आपसे यह भी बर्दाश्त नहीं हुआ। आपकी बेशुमार धन-दौलत किस काम की, अगर व्रह आदमी को आदमी नहीं बना पाती। और फिर आप खुद भी तो कितने बदल गए! अपने ही बेटे को बेरहमी से पीटते हुए तकलीफ नहीं हुई··· ?"

बावनदास की आँखों के आगे से जैसे परदा हट गया। मन ग्लानि से भर गया।

उन्होंने शीलू की ओर देखा। चेहरे पर दर्द की रेखाएँ, लेकिन शांत। जैसे कुछ हुआ ही न हो। रुँधे गले से बोले, "बेटे, मैं अपनी मनुष्यता भूल गया था। जंगली बालक को आदमी तो बना नहीं सका, उलटे मैं खुद जानवर बन गया!" कहते-कहते उन्होंने शीलू को छाती से लगा लिया।

□

उस दिन के बाद लुंबा से सेठ बावनदास का कुछ अजब रिश्ता बन गया। शायद ही कोई दिन हो, जब लुंबा उन्हें सपने में दिखाई न दिया हो। और पता नहीं, वह कहाँ-कहाँ, किस-किस रूप में नजर आ जाता है।

कई बार झुँझलाकर वे उससे पीछा छुड़ाना चाहते हैं, हालाँकि वह पीछा कहाँ छोड़ता है? जिद्दी, महा जिद्दी है लुंबा। फिर-फिर वह सपने में आता है और फिर···!

अचानक सपना देखते-देखते चौंक उठते हैं बावनदास। फिर कोई छायाकृति है, जो बार-बार आँखों के आगे से गुजरती है। घबराकर उन्होंने आँखें खोल दीं।

आँख खुली तो सामने शीलू! शीलू न जाने कहाँ से आकर वहाँ खड़ा हो गया था और उन्हें अचरज से देख रहा था। उन्होंने उठकर शीलू का कंधा थपथपाया और बाहर आँगन की ओर निकल गए।

शीलू कुछ समझा, कुछ नहीं। पर उसके होंठों की मुसकान कह रही थी कि जीत उसकी हुई है। उसकी नहीं, लुंबा की!

□

बावनदास कामकाज के सिलसिले में जब-जब उस जंगल से गुजरते हैं, उन्हें लगता है, झाड़ियों की ओट से कोई छाया-आकृति उन्हें देख रही है। और फिर किलकारी जैसी आवाज सुनाई देती है, जैसे लुंबा उन्हें धन्यवाद दे रहा हो। लेकिन बावनदास अब रुकते नहीं हैं। तेज कदमों से आगे बढ़ जाते हैं।

□

12

टैक्सी ड्राइवर रामलाल दुआ की सच्ची कहानी

यह एक संयोग ही था कि अपने कलकत्तावाले भतीजे आशु की सगाई के समारोह में जिस टैक्सी से मैं सपरिवार दिल्ली गया, वह टैक्सी ड्राइवर रामलाल दुआ की थी। यह हमें बाद में पता चला कि वही उसका मालिक था और ड्राइवर भी।

यह संयोग एक सुखद संयोग इसलिए था कि वह दिन, जैसा कि हम घर से ही आशंका लेकर चले थे, हमारे जीवन के तमाम-तमाम 'बोझिल' दिनों में से एक था। बात शायद कुछ गड़बड़झाले में फँसी जा रही है। तो मैं साफ कर दूँ कि सगाई तो सगाई की तरह ही हुई थी और ठीक उसी 'पंप एंड शो' के साथ हुई थी, जैसी होती ही है, हमारे जैसे मध्यवर्गीय घरों में, और जिसमें भीतर के तमाम दाग-धब्बे ऊपर की चमकदार पॉलिश-ऑलिश से छिपा लिये जाते हैं। यों भी आशु कलकत्ता की किसी बड़ी कंपनी में सॉफ्टवेयर इंजीनियर है, तो उसका 'कद' और 'कीमत' भी ऊँची ही हुई न! फिर भला 'शो-शा' क्यों न होती?

तो बहरहाल जिस सगाई के लिए हम गए थे, वह हुई और वहाँ तमाम किस्म के नफीस पारिवारिक नाटकों के बीच, जहाँ हैसियतों के हिसाब से सबका अलग-अलग किस्म का स्वागत हो रहा था, ज्यादा अपमानित हुए बगैर हम किसी तरह खुद को बचाकर वापस ले आए, यही शायद उस दिन का सबसे बड़ा सौभाग्य था। अब आपको कैसे समझाऊँ कि इस काम में टैक्सी ड्राइवर रामलाल दुआ ने हमारी काफी मदद की। मेरा मतलब उसकी कहानी ने और कहानी की ओट में छिपे उसके संजीदा चेहरे ने—या हमारी 'सभ्य' दुनिया से अछूती उसकी भोली बातों ने…

जिससे अगर कोई अपमान-वपमान हुआ होगा, जो हमारे जैसे 'मिसफिट' लोगों का होता ही है समाज में, तो हमें कुछ खास वह महसूस नहीं हुआ।

हम उसकी टैक्सी से उतरकर जब होटल के भीतर खुशबूदार फूल-फाल, लट्टुओं और झाड़-फानूसों से सजे लकदक हॉल में दाखिल हुए, तब भी उसमें और उसकी दुःख भरी कहानी में इस कदर खोए रहे कि हमारे साथ क्या-कुछ हुआ, कैसे बारीक आत्मीयता में लपेटकर हमारा वध किया गया और उस फंक्शन में दूसरों के बच्चों की चटक-मटक, चुस्ती की तुलना में हमारी और हमारे बच्चों की मामूली हैसियत और मामूली कपड़ों के कारण कैसी उपेक्षा भरी नजरें हम पर पड़ीं, इस सबकी ओर हमारा ध्यान ही नहीं गया। इसलिए कि हमारे भीतर तो 'कुछ और' ही था और हम उसमें पूरी तरह लीन थे।

रामलाल!...रामलाल दुआ की संजीदा कहानी, जिसका दर्द हमारी कहानी से कई गुना बड़ा और भीतर तक सिहरा देनेवाला था।

□

यह भी संयोग ही था कि रामलाल दुआ की उस नीली मारुति वैन में, उसकी बगल की सीट पर मैं बैठा था। भीषण गरमियाँ थीं, पसीने से लथपथ कर देनेवाली। आसमान मुहावरे में नहीं, सचमुच लपटें उगल रहा था और जमीन अंगारा बनी हुई थी। लिहाजा वह मारुति वैन भी लू के गरम उच्छ्‌वासों से तप रही थी। छोटी बेटी नन्ही मेरी गोद में थी और मैं लगातार उससे बातें करता जा रहा था। ये बातें करना इसलिए जरूरी था, क्योंकि पेट्रोल की गंध उसके लिए नागवार थी। कोई बस हो, कार या फिर टैक्सी, किसी में भी उसकी यात्रा यातनादायक है। बैठते ही उसे उलटी होती है और मेरी इधर-उधर की गपशप शुरू, ताकि उसका ध्यान किसी तरह मेरी बातों और किस्सों में उलझ जाए। बीच-बीच में मैं उसे सुझाव देता, "बेटी, नाक को बाहर निकालो, ऐन हवा की सीध में! और हाँ, शाबाश, लंबी साँस लो! अब धीरे-धीरे छोड़ो!..." और छुटकी कभी हँस पड़ती, कभी सीरियसली मेरी बात मानकर वैसा ही करने लगती।

रामलाल दुआ मुझे उत्सुकता से देख रहा था, तो मैंने उससे कहा कि लड़की की तबीयत खराब हो जाती है पेट्रोल की गंध से, इसीलिए इसका मन लगाना जरूरी है।

"साब, कहीं से छोटी इलायची मिल जाए, तो थोड़ी सी ले लेंगे। उससे तबीयत खुद-ब-खुद सँभलती है।" रामलाल दुआ ने सुझाव दिया।

"छोटी इलायची...?" मुझे झटका-सा लगा, "हाँ-हाँ, इलायची! खूब याद दिलाया। इलायची घर से लेकर तो चले थे, कहाँ गई पुड़िया?"

"शायद बुआजी के घर रह गई।" छुटकी ने आशंका प्रकट की, मगर तब तक बड़की ने किसी जादुई कहानी की तरह पर्स में से इलायची की पुड़िया निकालकर हाथ में रख दी, "लो पापा, मिल गई!"

इलायची से सचमुच छुटकी की तबीयत कुछ सँभली। एक इलायची मैंने ली, एक रामलाल दुआ को दी और इलायची चबाते हुए मौसम, चिलचिलाती धूप की तपिश, महँगाई, पोल्यूशन, हर मामले में सरकार की ढिल-पों और बेवकूफी, मौजूदा खराब समय और आनेवाले और ज्यादा खराब समय की चर्चा आदि-आदि से गुजरते हुए हमारी बातचीत कब, कैसे एक अतरंग कथा की ओर मुड़ गई, इसे तो कैसे कहूँ! ये बातें कुछ तय करके तो होती नहीं! बस, चलती हैं तो चल ही निकलती हैं।

यहाँ तक कि रास्ते में पानी की जरूरत पड़ी तो रामलाल दुआ ने अपनी पानी की बॉटल मुझे पकड़ाते हुए कहा, "बहिनजी को बोलिए, इसमें से पानी ले लें। एकदम साफ पानी है। रास्ते में ठेले-वेले का पानी पीना तो खतरे से खाली नहीं है।" फिर तुरंत इसमें जोड़ा, "मैं तो जी, घर से चलने से पहले दो बार खुद से पूछता हूँ, रामलाल दुआ, पानी लिया? फिर जब तक पानी की बॉटल साथ न रख लूँ, घर से बाहर हरगिज नहीं निकलता।"

बहरहाल, इसी बातचीत में मालूम पड़ा कि रामलाल दुआ यू.पी. का है—यू.पी. के रामपुर शहर का। शायद मैंने अपने यू.पी. वासी होने की चर्चा की थी और इसी पर रामलाल दुआ भी दौड़कर अपने गृहनगर जा पहुँचा था। और अब उसकी आँखें चमक रही थीं—असामान्य ढंग से चमक रही थीं! हालाँकि अपने घर और अपने शहर का जिक्र चलने पर उसके चेहरे—एक सीधे-सादे, गोल, शरीफ किस्म के चेहरे पर दुःख की कुछ ऐसी झाइयाँ नजर आईं, जिन्हें मैं चाहूँ भी तो अपने शब्दों में बाँध नहीं सकता।

तभी पहले-पहल पता चला कि जिस टैक्सी यानी नीली मारुति वैन को रामलाल दुआ चला रहा है, वह असल में उसी की है।

तभी पता चला कि उसकी एक बेटी है रिंकी, छुटकी जितनी ही, जिसे वह बहुत प्यार करता है और एक बेटा है नील, जो बेटी से शायद साल-डेढ़ साल बड़ा है।

"साब, हमें तो सबकुछ मिला जिंदगी में। हमें किसी से कोई शिकायत नहीं है, हालाँकि जो कुछ गुजरा, सो तो गुजरा...गुजर ही गया! उसका अब क्या सोचना। किससे क्या गिला?"

रामलाल दुआ पता नहीं, खुद से कह रहा था या मुझसे? लेकिन उसके स्वर में बेहद संजीदगी थी, जो सीधे दिल में उतरती थी।

क्यों···क्यों··· ? क्या··· ! क्या हुआ भाई रामलाल दुआ, तुम्हारे साथ? मैं पूछना चाहता था, मगर कह नहीं पाया।

"जिंदगी भी एक नाटक है साब और वह नाटक कभी खत्म नहीं होता। हमारे मर जाने के बाद भी!···कितनी ही कोशिश करें, हम इस नाटक से छूट नहीं सकते। क्यों साब, आपको नहीं लगता?" उसने सवालिया निगाहें मेरी ओर उठा दीं।

इससे एक गलत 'सिग्नल' मेरी पकड़ में आ गया कि रामलाल दुआ का नाटक-वाटक से कोई रिश्ता है—यानी कोई 'पुराना खिलाड़ी' है, जो कभी थिएटर वगैरह करता रहा है। मुझे अपने एक लँगोटिया यार की याद आई, जो नौटंकी के लिए घर से भाग निकला था और नौटंकी की 'तीसरी कसम' टाइप कोई एक साँवले बदन की पतली-सी औरत थी, जिसके चक्कर में वह पड़ गया। फिर सालों बाद वह घरवालों की पकड़ाई में आया तो उसे मार-पीटकर बाल-वाल कटवाकर और शरीफजादोंवाले कपड़े पहनाकर बमुश्किल बंदा बनाया गया।

मैंने गौर से रामलाल दुआ की ओर देखा। उसके जरूरत से थोड़े ज्यादा ही सेहतमंद शरीर में कोई ऐसी कला-अला नजर नहीं आती थी! फिर भी क्या कह सकते हैं! कभी ऐसी कोई 'बीमारी' रही होगी। आदमी का कुछ पता नहीं चलता।

पर मैंने जब इस बारे में कुछ खोलकर पूछना और दरयाफ्त करना चाहा, तो उसने साफ कहा, "जी, काहे का नाटक-वाटक? हमारी तो जिंदगी खुद एक नाटक है। आप देखेंगे कि यह जो जिंदगी का नाटक है, रामजी का नाटक, यह सारे नाटकों से बढ़कर है।" कुछ रुककर उसने फलसफाना अंदाज में कहा, "यहाँ तो हर चीज नाटक है, साब! जो मैं आपसे बात कर रहा हूँ, हो सकता है, वह भी कोई नाटक हो!"

इस 'नाटक···नाटक' की अजब-सी धुन में मैं थोड़ा ऊब गया और खिड़की से बाहर देखने लगा। छुटकी अब तक मेरे कंधे से लगकर सो गई थी। लिहाजा मन अब थोड़ी देर हवा में खुला उड़ना चाहता था। यों भी 'एम्स' पार हो जाने के बाद सड़क कुछ इस कदर खुली मिल जाती है कि मन उड़ना ही चाहता है!

इस बीच रामलाल दुआ ने फिर एक-दो बार मेरा ध्यान आकर्षित किया और घर-परिवार की कुछ ऐसी बातें छेड़ दीं, जिन्हें मैं चाहते हुए भी अनसुना नहीं कर सका।

मालूम पड़ा कि वह अपने बच्चों को बेहद प्यार करता है। रात दस-ग्यारह बजे भी पहुँचे, तो बच्चे इंतजार करते हुए मिलते हैं कि देखें, पापा आज उनके लिए

क्या लाए हैं। फिर शुरू होती हैं पापा से बातें और फरमाइशों का लंबा सिलसिला कि पापा, आज तो कोफ्ते बनाओ, पोहा बनाओ···चीला बनाओ! और रामलाल दुआ तब टैक्सी ड्राइवर का बाना छोड़कर झट 'कुक' का बाना पहन लेता है। फिर वो लजीज आइटम बना-बनाकर पेश करता है कि बच्चों के चेहरे खिल जाते हैं।

"क्यों, मम्मी से नहीं कहते वे?" मैं चौंका।

इस पर रामलाल दुआ के चेहरे पर जो कुछ अजीब-सी आड़ी-तिरछी रेखाएँ उभरीं, उन्हीं में उसकी पूरी जीवन-कथा पढ़ी जा सकती थी।

"मम्मी··· ? उहँ, एक तो वह इतनी दिलचस्पी नहीं लेती, फिर वह पापा जैसा लजीज खाना भी नहीं बना सकती! बच्चों को तो ऐसा आदमी चाहिए न साब, जो बगैर चिढ़े हुए उनके मन की सारी फरमाइशें पूरी करे और उन्हें खुश रखने की हरचंद कोशिश करे। तभी तो बच्चे सोते नहीं मेरे बगैर। खाना खाने के बाद रात बारह बजे तक उनकी बातों का पीरियड चलता है और तब कहीं उन्हें नींद आती है।" रामलाल दुआ की आँखों में झप से एक चमक कौंध गई।

फिर उसके स्वर में एक अजीब-सी आर्द्रता नजर आने लगी, "मुझे तो अपनी जिंदगी में कोई खुशी नहीं मिली साब। पर अब नहीं मिली, तो नहीं मिली। उसका तो क्या किया जाए? पर मैं अपने बच्चों को दुनिया-जहान की सारी खुशियाँ देना चाहता हूँ। जी हाँ, सारी! मेरा बस चले तो मैं आसमान के चाँद-तारे तोड़कर उनकी झोली में डाल दूँ।" कहते-कहते उसकी आँखें छलछला आईं। चुपके से हथेली के पार्श्व से उसने उन्हें पोंछ लिया।

अब तक हमारी टैक्सी वजीरपुर डिपो के आसपास जा पहुँची थी। वह फैशनेबल और आधुनिक साज-सज्जा से पूर्ण 'सूर्या मड हाउस', जिसे सगाई के लिए चुना गया था, यहाँ से कोई डेढ़-दो किलोमीटर दूर था। पर जब गंतव्य का पता चला रामलाल दुआ को, तो उसके चेहरे पर खिंचाव हो गया, "होटल!···होटल क्यों चुना साब आपने? घर की तो बात ही कुछ और है। घर पर जो खाना बन सकता है, साफ-सुथरा, जायकेदार और किफायती भी, होटलवाले क्या खाकर मुकाबला करेंगे उसका? फिर—माफ कीजिए—होटल में फंक्शन हो, तो मन में कोई छाप नहीं पड़ती साब! ऐसा लगता है, बाहर-बाहर गए और बाहर-बाहर से आ गए। घर में चाहे थोड़ी-बहुत दिक्कत हो, पर घर की बात कुछ और है। आदमी जो एक बार आता है, कभी भूलता नहीं। इसीलिए तो साब, उसे घर कहते हैं।"

फिर वह उसी धुन में लहक-लहककर बताने लगा, "अभी साब, मेरे साले की शादी की सालगिरह थी। पच्चीस साल हो गए साब, उसकी शादी को। खूब

धूम-धड़ाका हुआ। बड़ा सा फंक्शन उन्होंने रखा। मैं भी पहुँचा अपनी वाइफ और बच्चों के साथ तो मालूम पड़ा, किसी होटल-वोटल में चलने का प्रोग्राम है। तो मैंने कहा—मारो झाड़ू होटल को! मुझे आप बताइए क्या बनना है और बेफिकर हो जाइए!''और साब, मैंने सब सँभाल लिया। खुद मैं गया मंडी में और आलू से लेकर बैंगन, गोभी, मटर, पनीर सबकुछ खरीद लाया, इसी गाड़ी में रखकर, जिसमें आप बैठे हैं। अब तो जी, रात में मैंने शाही पनीर बनाया और उड़द की धुली हुई दाल। सुबह गोभी के शानदार पराँठे और आलू-मटर की सब्जी। दोपहर को कोफ्ते, पुलाव, रायता। रात में आलू-बैंगन ऐसे कि चाटते रह जाओ हाथ! और आप यकीन नहीं करेंगे, सब-के-सब उगलियाँ चाटते रह गए कि वाह रे रामलाल दुआ, तेरी वजह से तो हमने जश्न मना लिया, जश्न! वरना तो क्या होटल, क्या होटल का सड़ा हुआ घासलेटी खाना। सबमें जैसे मोबिलाइल डाल रखा हो। हर चीज में एक जैसी बू-बास। एक ही-सा स्वाद, मरे हुए चूहे जैसा! और रोटियाँ ऐसी चिबड़ी कि दातों को कुश्ती लड़नी पड़े। लोग-बाग कैसे खा लेते हैं साब, हमसे तो खाया नहीं जाता।''"

रामलाल दुआ ने टैक्सी साइड में खड़ी की, इंजन में थोड़ा पानी डाला, फिर अपनी सीट पर जमते हुए कहा—

"''घर की चीज में एक और अच्छाई है साब, जिसे आप भी मानेंगे कि घर के लिए आप कोई खराब चीज लेकर नहीं आओगे। न खराब गोभी, न आलू, न मटर-पनीर। ऐसा कुछ भी, जिसमें गड़बड़ हो, आप उसे हाथ नहीं लगाओगे। मगर होटलवाले को क्या फर्क पड़ता है? वो तो ऐसी सारी चीजें बटोरकर ले जाएँगे। बस, सस्ती मिलनी चाहिए। सड़ी हुई गोभी या सड़ा हुआ आलू है। तो ग्राहक निपटेगा, हमें क्या! जबकि अच्छा खानेवाले इन चीजों की चिंता करते हैं। हर औरत इस चीज को जानती है। गरीबनी-से-गरीबनी औरत भी सड़ी हुई चीज नहीं ले जाएगी, चाहे जो हो! और मैं तो साब, मसाले भी साबुत खरीदता हूँ, उन्हीं को पीसकर काम चलाता हूँ। पता नहीं हल्दी या गरम मसाले के नाम पर बाजार में क्या चीज मिल जाए! और आप यह मत सोचो कि उसमें पैसा ज्यादा लग जाता है। अजी, जो दावत हमने अपने साले के घर दी, उसमें पैसा एक-चौथाई भी नहीं लगा और चीजें टनाटन। आदमी अगर खुद को थोड़ी तकलीफ दे ले, तो''!"

"कौन करे भई रामलाल दुआ, ये सारे झंझट?" मैंने उसके लंबे भाषण से थोड़ा परेशान होकर कहा, "पहले शादी-ब्याह हो या कोई और फंक्शन, तो बिरादरी के लोग आ जाते थे और सब सँभाल लेते थे। तब चाहे तंदूर जला लो

या मिठाइयाँ बना लो, सब हो जाता था। मगर अब कोई किसी के घर झाँकने नहीं जाता। सब ऐन टाइम पर पहुँचते हैं टाई-सूट पहनकर···बन-ठनकर! तो अकेला बंदा क्या-क्या करे, क्या-क्या न करे!"

"यही तो, यही तो···यही तो मुश्किल है साब! आदमी ने बिरादरी को छोड़ दिया और बिरादरी ने आदमी को। इसका असर अभी तो नहीं, मगर आगे जाकर जरूर कहीं-न-कहीं नजर आएगा साब और तब हमारे हाथ में पछतावे के सिवा कुछ नहीं रहेगा। हुआ यह कि आदमी ने पहले खुद को औरों से काटा, फिर औरों ने उसे काट दिया। अब तो हर आदमी अकेला है, साब! बड़ी जल्दी ही वह समय आनेवाला है कि किसी के मरने पर कंधा देने और रोने को चार आदमी भी नहीं जुटेंगे। किराए के लोग लाने पड़ेंगे!···याद रखना रामलाल दुआ की बात साब, यह मैं कोई झूठ नहीं कह रहा!"

वैन एक झटके के साथ रुकी, सामने 'सूर्या मड हाउस' था। मैं बच्चों को सँभालने में व्यस्त हो गया और रामलाल दुआ की बात अधूरी रह गई।

2

'सूर्या मड हाउस' में पहुँचे तो उम्मीद के मुताबिक खासी गहमागहमी थी। और वहाँ लरजती हुई साड़ियों, क्रीजदार पैंटों, रेडिमेड शर्टों, स्कर्टों, नकली हँसियों और नफीस ठहाकों का एक भरा-पूरा जंगल था, जिसमें हम थोड़ा झिझकते और परेशान होते हुए घुसे और एक कोने में जाकर अँट गए।

थोड़ी देर में 'ठंडा' सर्व किया गया, तो मैं गिलास लेकर बाहर गया। रामलाल दुआ ने थोड़ा झिझकते हुए कहा, "इसकी क्या जरूरत थी, साब?"

"अरे भाई, ले लो। ऐसा कैसे हो सकता है कि हम अदर ठंडा पीते रहें और तुम बाहर गरमी और लू में अपनी टैक्सी में प्यासे पड़े रहो।" मैंने प्यार से कहा।

रामलाल दुआ ने धन्यवाद के साथ गिलास थाम लिया और मैं अंदर आ गया।

थोड़ी देर बाद खाने की बारी आई तो मैंने बैरे से कहा, "एक प्लेट हमारे टैक्सी ड्राइवर के लिए भेजिए। वह बाहर ही है, नीलीवाली मारुति वैन में।"

बैरा थाली लेकर बाहर गया और लौट आया, "वहाँ तो कोई नहीं है, साब!"

"अरे···!" हैरान होकर बैरे के साथ मैं बाहर गया तो सचमुच रामलाल दुआ नजर नहीं आया, वैन लॉक्ड थी। परेशान होकर इधर-उधर ताका, तो वह एक पानवाले की दुकान पर नजर आ गया। वह उससे लहक-लहककर बातें कर रहा था और खूब खुश था।

मैंने बैरे से प्लेट लेकर पास जाकर उसे पकड़ानी चाही, पर वह लगातार 'न-न' कर रहा था, "नहीं साब, मैं तो सुबह घर से खाना खाकर निकलता हूँ और रात को घर पर जाकर ही खाता हूँ। मेरे लिए लंच-वंच का कोई चक्कर नहीं। और फिर बाहर का खाना···बुना न मानिए, मैं तो अवॉइड ही करता हूँ।"

"अब ले लो भाई! हम भी कोई होटल-वोटल का खाना खानेवाले जीव नहीं। मगर कभी-कभार तो नियम तोड़ना ही पड़ जाता है।"

मेरे बहुत आग्रह पर उसने प्लेट पकड़ ली और धीमे से अपनी मारुति वैन की ओर बढ़ गया। उसकी आँखों में एक ऐसी नमी थी, जिसने क्षण भर के लिए मुझे बाँध-सा लिया।

इसके बाद कोई घंटा-डेढ़ घंटा और लगा उस पार्टी के निबटने में, जिसमें लोग खाने पर बुरी तरह टूट पड़ने के बाद अब उसे पचाने के लिए बातों का 'हॉट' सिलसिला चलाए हुए थे। और वे बेवजह इतना मुसकरा रहे थे कि मैं खुद को हँसी और मुसकानों के 'सुगंधित दलदल' में फँसा हुआ महसूस कर रहा था।

हम चले तो रामलाल दुआ कुछ और आत्मीय 'सुर' में अपनी कथा के गर्भगृह में प्रवेश कर चुका था।

अब वह बता रहा था—

"मेरी माँ ग्रेट औरत थी साब, एकदम ग्रेट! कितना प्यार करती थी मुझे, यह मैं आपको बता नहीं सकता और मुझे लगता था, बस, मैं अपनी माँ के लिए जान दे दूँ तो हो गया मेरे जीवन का मकसद पूरा!"

"और पिता··· ?" मैंने औचक ही पूछ लिया।

"उलटे, माँ से एकदम उलटे! आप यकीन नहीं करेंगे साब, मेरी कहानी सुनकर कि ऐसा भी कोई पिता होता है या कि हो सकता है! आप कहेंगे, झूठ बोल रहा है रामलाल दुआ! पर मेरी कहानी का एक शब्द भी झूठ हो तो हे प्रभु, जो कातिल को सजा मिलती है, बड़े-से-बड़े पापी को सजा मिलती है, वह सजा मुझे मिले।"

"मगर···तुम्हारे पिता ऐसे क्यों थे, रामलाल?" मैंने बात की तह में उतरने की कोशिश में, जैसे एक बेवकूफी का सवाल पूछ लिया।

"क्या कह सकते हैं साब, क्या कह सकते हैं··· ?" रामलाल दुआ ने जैसे दुःख से सिर धुनते हुए कहा, "मुझे तो कई बार लगता है, ईश्वर एक बनिया है। हिसाब बराबर रखता है साब, एकदम बराबर। इतनी अच्छी माँ उसने मुझे दी, तो बाप ऐसा जल्लाद कि उसे बाप कहते शर्म आए। हालाँकि आपको यकीन नहीं

आएगा कि मैं अब भी अपने पिता की इज्जत करता हूँ। इसलिए कि जो कुछ उन्होंने किया, सो किया, मगर बाप तो एक ही होता है। साब, उसकी जगह तो कोई नहीं ले सकता न!

"हाँ तो साब, माँ मेरी गुजर गई और मेरी जिंदगी तो उसी दिन फीकी पड़ गई, जिस दिन माँ गई इस दुनिया से। कितना भर-भरकर प्यार करती थी मुझे। मुझे तो कितने लाड़ से खिलाती-पिलाती, पुचकारती थी। मुझे एक जरा-सा काँटा भी चुभ जाए, तो तड़पती थी। मैं जब तक रोटी न खा लूँ, उसके गले में रोटी जा नहीं सकती थी और आज··· ? आप यकीन नहीं करेंगे साब! आप जब प्लेट में मेरे लिए खाना लेकर आए और मेरी 'न···न' के बावजूद मेरे हाथ में थमा गए, तो मुझे अपनी माँ की याद आ गई। आपमें अपने लिए वही प्यार देखा, साब। आपकी आँखों में ठीक वही भाव था, जो मेरी माँ की आँखों में हुआ करता था, जब वह मेरे लिए थाली लेकर आती थी और पुचकारकर कहती थी, 'ले, खा ले रामलाल।' आज इतने बरस बाद लगता है, आपमें अपनी माँ को देख लिया।"

कहते-कहते रामलाल दुआ की सिसकियाँ चालू हो गईं। वह फूट-फूटकर रो पड़ा।

3

संयोग से उस समय वैन रुकी हुई थी और उसमें मेरे और रामलाल के सिवाय और कोई नहीं था। सुनीता और दोनों बेटियाँ छुटकी और बड़की सामने मेरे बड़े भाई साहब के घर मिलने गई थीं और वैन में मैं और रामलाल अकेले थे। भाभी की जिद थी कि मैं भी एक बार ऊपर आऊँ! बार-बार संदेश आ रहे थे, पर रामलाल दुआ को ऐसे गहरे भावोद्रेक के क्षणों में अकेला छोड़कर जाने का मेरा मन नहीं हुआ। लिहाजा उसे फूट-फूटकर रोते देख, मैंने खींचकर गले से लगा लिया। उसे भरसक दिलासा दिया कि नहीं, तमाम मुश्किलों के बावजूद उम्मीद अभी खत्म नहीं हुई है रामलाल, कि दुनिया अभी बची हुई है।···

सुनीता और दोनों बेटियाँ अब तक लौटकर आ गई थीं और गाड़ी चल पड़ी थी।

"लेकिन क्यों, तुम्हारे पिता ऐसे क्यों हो गए, रामलाल दुआ?" मैं जैसे समझ नहीं पा रहा था और बार-बार किसी अटकी हुई जिद्दी सूई से इसी चीज को खोलने में लगा था।

"शायद इसलिए कि मेरे पिता पहले बिजनेसमैन हैं, बाद में पिता।" रामलाल

दुआ ने संजीदा स्वर में कहा, "उन्होंने अपने जीवन में किसी चीज को माना या उसकी पूजा की तो पैसे की, सिर्फ पैसे की! पैसे से ज्यादा कीमती इस दुनिया में उन्हें कुछ और नहीं लगा साब, न कोई आदमी, न रिश्ता। इसी चीज से खुंदक खाकर तो मैं घर से निकला था साब!"

"अरे, क्यों, किसलिए? यह चीज तो तुमने मुझे बताई ही नहीं।" मेरे मुँह से खुद-ब-खुद मुड़े-तुड़े से शब्द निकले, "क्या कोई खास घटना हुई थी।"

"अजी, खास तो क्या!...यों खास कह भी सकते हैं।" साफ लग रहा था कि रामलाल दुआ अपनी जीवन-कथा के इस चैप्टर को खोलना नहीं चाहता। जबरन उसे इधर आना पड़ा था, "खास तो यही था साब कि हमारी एक बड़ी भाभी थी, जरा तेज-तर्रार। थोड़े पैसेवाले घर की थी, तो हमारा बड़ा भाई भी उससे दबता था और पिता भी! तो ऐसे में उसका दिमाग तो खराब होना ही हुआ, साब! उसने माँ से भी कुछ उलटा-सीधा बोल दिया। एक दिन मेरे सामने ही आँय-बाँय की तो मैंने कहा—खबरदार, आज तो मैंने सुन लिया, मगर आइंदा से मेरी माँ से कुछ कहा तो इस घर में या तो तू नहीं या मैं नहीं!

"बस, वो तो जी लगी फूँ-फाँ करने, रोने-गाने, चिल्लाने! बड़े भाई को पकड़कर ले गई अलग कोने में। कुछ उलटा-सीधा पढ़ाया। दोनों ने साब, घर में आफत मचा दी। इधर मैंने पिता से कहा, 'या तो इन लोगों को घर से अलग करो या फिर मैं निकलता हूँ। बड़ी भाभी ने माँ से जो बातें कहीं, मैं उन्हें हरगिज बर्दाश्त नहीं कर सकता।'

"तो इस पर बाप ने कहा, 'ये तो यहीं रहेंगे, तुझे घर में नहीं रहना तो निकल जा।'

"मैंने कहा, 'ठीक है, मैं निकल जाऊँगा।'

"बाप बोला, 'तो फिर देर क्यों करता है, अभी निकल...!'

"मैं बोला, 'लो, अभी निकलता हूँ।'

"मैंने साब, आप यकीन करोगे, घर से कोई कपड़ा-लत्ता नहीं लिया! दो पैसे तक नहीं लिये और जिस हाल में था, उसी में घर से बाहर आ गया। बस, माँ रोती-कलपती, आँसू बहाती रही मेरे लिए। उसकी धाड़ें बाहर तक आ रही थीं। बाकी किसी को कोई फर्क नहीं पड़ा।"

एक क्षण के लिए होंठ भींचकर रामलाल दुआ ने अपनी भावनाओं को जैसे काबू में किया। फिर थोड़े पसीजे हुए स्वर में बोला—

"तो खैर! वो रात मैंने रेलवे स्टेशन पर गुजारी। कैसे गुजारी...? कैसे आग

रात भर मेरे भीतर जलती रही और कैसे खून का घूँट मैंने पिया, यह सब मुझसे मत पूछो, साब। मगर हाँ, रात भर सोचते-सोचते मैंने एक फैसला कर लिया, और उसके बाद अगले दिन से उसी स्टेशन पर कुलीगीरी का काम भी शुरू कर दिया। ईश्वर की कृपा से शरीर तो ठीक ही था, मेहनत करने लायक। दिल में वलवला भी था कि बाप को कुछ बनकर दिखाना है, तो जी, मैंने जमकर कुलीगीरी शुरू कर दी। और एक-दो दिन नहीं, कोई साल-डेढ़ साल तक यही सिलसिला चालू रहा। लोग जो भी देखते थे, हैरान होते थे। अब कोई बड़ा शहर तो है नहीं, रामपुर। वहाँ जान-पहचानवाले भी खूब मिलते थे और हैरान-परेशान होकर पूछते, 'अरे, रामलाल, तू तो लाला खरैतीलाल दुआ का बेटा है न? बाप ने क्या घर से निकाल दिया! कुलीगीरी की नौबत कैसे आ गई?'

"मैं कहता, 'देखो भाई, मैं किसी खरैतीलाल का बेटा नहीं। मैं तो खुदा का बंदा हूँ और उसके अलावा मेरा कोई बाप नहीं।'

"तो खैर साब, मेरी मेहनत सच्ची थी तो रंग लाई। मैं ढाबे का मोटा-झोटा खाता था, खूब मेहनत-मजूरी करता और स्टेशन पर ही सो जाता। डेढ़-एक साल में जेब में कुछ पैसे जमा हो गए। अब कपड़े का काम तो मैं शुरू से जानता था। बाप की कपड़े की दुकान थी, सो यह मेरे खून में था। तो मैं कपड़े के एक व्यापारी माणिकलाल मनचंदा के पास गया और बोला, 'सेठ साब, मैं कपड़े का काम शुरू करना चाहता हूँ। मुझे थोड़ा सा कपड़ा उधार चाहिए। जैसे-जैसे बिकेगा, मैं देता जाऊँगा। हाँ, मेरे पास एक हजार रुपए हैं। ये आप सिक्योरिटी के रख लो, अपने पास!'

"सेठ ने मेरा कंधा थपथपाया, 'तू चिंता न कर रामलाल! मैं जानता हूँ, तू मेहनती लड़का है। मैंने तेरे बारे में खूब सुना है। तू जितना मर्जी कपड़ा ले ले और पैसे जब हों, तो देना। न हों, तो मत देना।'

"देख लो साब, कोई अपना न हो तो विपदा में कैसे-कैसे मदद करनेवाले मिल जाते हैं।..." रामलाल दुआ ने कहा, "तो साब, मैंने कपड़े का काम चालू कर दिया। दुकान तो कोई थी नहीं। कपड़ों की खूब बड़ी सी गठरी बाँधकर निकलता और देहात में रोजाना तीन-चार सौ की बिक्री करके लौटता था। चालीस-पचास रुपए रोज के कमा लेता था। कुछ रोज बाद तो हालत यह हो गई साब कि मेरे ग्राहक इंतजार में रहने लगे, रामलाल आएगा, हमारे मनमाफिक डिजाइन का कपड़ा लेकर। तो अब तो बिक्री और बढ़ गई। महीने के दो-तीन हजार रुपए बचने लगे। होते-होते दो साल में इतने रुपए बचे कि मैंने एक छोटी सी दुकान किराए पर ले ली और कपड़े का बिजनेस शुरू कर दिया।

"यहाँ एक छोटी सी बात और!...मैं भूल न जाऊँ, इसलिए सुन लो, साब! जिस दिन दुकान का मुहूर्त था, मैंने घर पर संदेश भिजवाया, 'मुझे पाँच हजार रुपए की सख्त जरूरत है। अगर मिल जाएँ तो मैं एक साल के भीतर मय सूद लौटा दूँगा।'"

"अच्छा...!" मुझे हैरानी हुई।

पर रामलाल दुआ रुका नहीं, बहता गया, "अब मैं कोई बेवकूफ तो था नहीं! मैं अच्छी तरह जानता था, साब कि मुझे क्या जवाब सुनने को मिलेगा। फिर भी दिल नहीं माना। मैं एक दफा टेस्ट करना चाहता था कि देखें, उनका दिल कितना बड़ा है। तो साब, मेरे बाप ने साफ-साफ कह दिया कि 'रामलाल, इस घर में तेरे लिए एक पैसा नहीं है। तू जी या मर, हमें कोई फर्क नहीं पड़ता...!' तो जी, जो थोड़ा-बहुत भरम कह लो या गलतफहमी बनी हुई थी मन में, वह उस दिन खत्म हो गई। उस दिन घर आकर मैं कितना फूट-फूटकर रोया हूँ, यह किसको बताऊँ? बताया भी तो कौन समझेगा? मुझे लग रहा था, लोगों के बाप मर जाते हैं, पर मेरा बाप तो जिंदा होकर भी मर गया!"

उत्तेजना के मारे उसका स्वर काँपने लगा था।

□

"उफ्! यकीन नहीं होता, इतना सख्त भी कोई बाप हो सकता है।" मैंने विचलित होकर कहा।

"क्या कह सकते हैं?" रामलाल दुआ अचानक दार्शनिक हो गया, "हो सकता है, इसी में कुछ भला हो, मेरे लिए! हो सकता है, कुछ सोचा हो मेरे बाप ने कि अपने आप ठोकर खाकर घर आएगा और मैंने तय कर लिया था कि नहीं जाऊँगा। जान दे दूँगा, लेकिन घर नहीं जाऊँगा। और मैंने अपना कौल निभाया। नहीं गया साब, आज तक नहीं गया।"

"तो काम चल निकला तुम्हारा?...मेरा मतलब कपड़े की दुकान?" मैंने फिर से उसी 'किस्से' पर लौटते हुए कहा।

"हाँ साब, खूब चली। बाजार में अच्छी-खासी इज्जत हो गई। थोक के दुकानदार दिल खोलकर मुझे उधार देते थे और मैं माल बेचकर टाइम से पैसा वापस कर देता था। ग्राहक की संतुष्टि, बस यही मेरा 'ऐम' था, तो साब, लोग पूछ-पूछकर मेरी दुकान पर आते थे और कहते थे कि रामलाल दुआ, तेरी दुकान छोड़कर हमने कहीं नहीं जाना, भले ही कोई मुफ्त में माल क्यों न देता हो!...लेकिन साब, शुरू-शुरू में दिक्कतें भी बहुत आईं! मैंने आपको बताया ना वो किस्सा कि मेरे बाप ने

सूखी ना कर दी थी। तो एक दिन मैं अपनी दुकान पर बैठा था और रो रहा था कि मेरे जैसा अभागा भी कोई होगा, जिसका बाप जिंदा होते हुए भी मर गया। अब चांस देखो साब, मेरी दुकान के ऊपर ही एक बैंक था। तो बैंक का एकाउंटेंट कोई कपड़ा खरीदने आया। मुझे रोता देखकर बोला, 'यार, तू रोता क्यों है?' मैंने रोते-रोते कहा, 'बाप मर गया है, इसलिए...!' और पूरा किस्सा सुना दिया। उसने कहा, 'तू चिंता न कर, मैं कुछ करता हूँ।' तो साबजी, उस एकाउंटेंट ने, कमलकिशोर सक्सेना उसका नाम था—पाँच छोड़, दस हजार रुपए मुझे लोन दिला दिया, अपनी जिम्मेदारी पर! वह लोन, साब, मैंने ढाई साल में पूरा चुकता कर दिया किस्तों में, ब्याज समेत!... तो साब, अब एक और चांस देखो! बैंक में जिन साब ने लोन दिलाया था—सक्सेना साब, वो बड़े भले आदमी थे। एकदम देवता। उन्होंने एक दिन पूछा कि रामलाल दुआ, तुम्हारी शादी हो गई? मैंने कहा—नहीं साब, मैं अकेला बंदा हूँ। कोई मेरा कुछ करनेवाला नहीं है। कौन करेगा मुझसे शादी?

"इस पर उन्होंने कहा, 'इससे क्या! अच्छे तंदुरुस्त आदमी हो। नेक खयाल हैं तुम्हारे। कमाते-धमाते भी ठीक-ठाक हो, फिर क्या मुश्किल है?'

"मैंने कहा, 'आपकी जान-पहचान में कोई लड़की हो तो देखना साब!'

"कुछ रोज बाद सक्सेना साब आकर बोले, 'रामलाल, मेरी एक छोटी साली है। सुंदर है, अच्छे स्वभाव की है। बस, थोड़ी साँवली है और एक आँख में थोड़ा डिफेक्ट है। तुम कहो तो बात करूँ?'

"मैंने कहा, 'ठीक है साब! मैंने शक्ल थोड़े ही देखनी है। बस, लड़की ऐसी हो कि मेरा साथ निभा सके!'

"कुछ रोज बाद हमने एक-दूसरे को देखा, पसंद कर लिया और शादी हो गई।"

"अच्छा! शादी में क्या तुम्हारे घरवाले भी आए—माता-पिता, भाई-भाभी?" मैंने बीच में हस्तक्षेप करते हुए कहा।

"हाँ साब, मैंने तो सबको खूब आदर से बुलाया था और जितना भी जिसका आदर-सत्कार कर सकता था, किया! मगर मेरे बाप ने, आप यकीन नहीं करेंगे, शादी में एक फूटी कौड़ी नहीं खर्ची। बहू तक को जेब से निकालकर आशीर्वाद के ग्यारह रुपए नहीं दिए।...हाँ, मेरी माँ ने जरूर चोरी से कोई साढ़े अट्ठानवे रुपए की रेजगारी और एक पुरानी सोने की अँगूठी दी थी, ट्रंक से निकालकर। मैंने साब, उसे ले तो लिया, मगर उसे छाती से लगाकर देर तक रोता रहा। आज तक माँ के दिए हुए वो साढ़े अट्ठानवे रुपए मेरे पास ज्यों-के-त्यों रखे हैं। उन्हें खर्च नहीं किया

साब मैंने और वह अँगूठी भी पहनी नहीं गई। रखी हुई है आज तक माँ की निशानी के तौर पर!...हर साल बैसाखीवाले दिन निकालता हूँ और सिर पर लगाता हूँ।... बैसाखी मेरी माँ का जन्मदिन है, साब!'

"तो माँ कब गुजरीं, कब हुआ उनका इंतकाल?" बेसुधी में उसकी 'कहानी' के साथ बहते-बहते मैंने पूछा।

"हाँ जी, माँ गुजर गईं। उस घर में बहुत-बहुत दुःख पा के, और मैं तो कहता हूँ, अच्छा हुआ जो उनकी जल्दी मुक्ति हो गई, वरना और जीतीं तो और दुःख उठातीं।" कहते-कहते उसका गला भर आया। क्रोध और करुणा का एक ऐसा उफान उसके भीतर उमड़ा कि चेहरा तमतमा गया।

उसी आवेश में बहते हुए रामलाल दुआ ने पतियाए हुए स्वर में कहा, "किसी ने घर में उसकी इज्जत नहीं की, साब!...एक देवी थी, जो आई थी हमें प्यार का पाठ पढ़ाने, पर दुःखी दिल लेकर चली गई। इसीलिए आज हमारे घर की यह हालत है। पूरा घर जैसे भूतों का डेरा बना हुआ है। आप उस घर में साँस नहीं ले सकते पाँच मिनट। मैं ठीक कहता हूँ साब! दम घुटने लगता है।..."

4

उसने कातर निगाहों से मुझे देखा, फिर एक ठंडी साँस लेकर बोला, "और यही वजह है साब कि मुझे रामपुर छोड़ना पड़ा। मुझसे देखा नहीं जाता था साब, घर की जो हालत थी और बाप को जिस तरह बेइज्जत किया जाता था। अब जैसा बोओगे, सो तो काटोगे ही। मगर मुझसे नहीं देखा गया, तो रामपुर छोड़कर चला आया दिल्ली। मन कहता था—भाग, भाग! कहीं भी चल, कहीं भी जा, मगर यहाँ नहीं।...

"सो सब टांडा-टीरा बटोरकर चला आया दिल्ली। एकाध बिजनेस जमाने की कोशिश की ट्रांसपोर्ट वगैरह का, पर जो पार्टनर था, वह बेईमानी कर गया साब! पूर डेढ़ लाख उसने खा लिये और भाग गया। तो अब क्या रास्ता था? बाकी जो पैसे थे, बटोर-बटारकर और बीवी के गहने बेचकर यह मारुति वैन खरीदी और टैक्सी ड्राइवर बन गया। दिल्ली में गुजारा मुश्किल से होता था। किसी भले आदमी ने कहा कि फरीदाबाद में हुडा के फ्लैट मिल रहे हैं, आसान किस्तों पर। तो यहाँ आ गया। अब जिंदगी चल रही है साब! बहुत ज्यादा नहीं है, मगर ऐसा भी नहीं है कि रोटी-पानी का कोई झंझट है। जो मिला, काफी मिला। मुझे तो किसी से शिकायत नहीं है, साब!..."

5

कुछ देर की चुप्पी। शायद अपने आवेग को सँभालने के लिए उसे यह जरूरी लगा हो। फिर थोड़े हलके 'सुर' में संजीदगी से बोला, "माँ तो अब रही नहीं, पर बाप के बारे में जरूर सोचता रहता हूँ, अब भी। बाप चाहे कुबाप हो, पर है तो बाप। मैं सोचता हूँ, मैं उनका बेटा होकर उनके लिए कुछ नहीं कर सकता? वहाँ रामपुर में तो साब, बड़ी दुर्दशा है। अब तो हालत यह है कि भाई-भाभी, जिनके पास वो रहते हैं, बात-बात में उनकी बेइज्जती करते हैं—और यहाँ तक कि उनके बच्चे भी!⋯अभी पिछले साल की बात है। मेरे बड़े भतीजे ने उन्हें इतनी बुरी तरह धक्का दे दिया कि जमीन पर जा गिरे। कूल्हे की हड्डी में फ्रैक्चर हो गया। पूरे साल भर तक इलाज हुआ। अच्छे-से-अच्छे डॉक्टरों को दिखाया, मगर हड्डी ठीक से जुड़ने में नहीं आती। यों भी बुढ़ापे का शरीर है, हड्डियों में भी अब जान कहाँ रही। अब थोड़ा-थोड़ा लँगड़ाकर चल तो लेते हैं, मगर वो बात नहीं रही। और पूरे शहर में बेइज्जती अलग हुई कि लाला खरैतीलाल दुआ के पोते ने उनको मारा। देख लो साब, कैसा वक्त आ गया है!⋯

"आपको इस घटना की असली वजह बताऊँ तो आप भी ताज्जुब करोगे। मेरे भतीजे बबलू ने, जो दिन भर दोस्तों के साथ आवारागर्दी करता है और लड़कियाँ छेड़ता है, पिताजी से मोटर साइकिल खरीदने के लिए पच्चीस हजार रुपए माँगे थे। अब ये पुराने आदमी हैं साब, किफायत से खर्च करनेवाले, तो उन्होंने मना कर दिया। बस इसी बात पर बबलू ने—उनके सगे पोते ने गुस्से में उन्हें धक्का दे दिया और कोई साल भर वे हाय-हाय करते खाट पर पड़े रहे। अब जैसे-तैसे लाठी लेकर डगमगाते, लँगड़ाते हुए दुकान पर जाते हैं, मगर इज्जत घर में दो पैसे की नहीं है। और शहर में भी लाला खरैतीलाल दुआ के पुराने दिल लद गए। जिंदा रहकर भी मुर्दे के समान है साब, वो आदमी।⋯

"और घर की हालत⋯? अब मैं आपको तफसील से बताऊँ। आप इससे अंदाजा लगाइए कि मुझे जब पता चला कि ऐसी-ऐसी बात हो गई तो मैं यहाँ से गया टैक्सी लेकर कि उन्हें अपने साथ फरीदाबाद लेकर आऊँगा। गाड़ी में उन्हें आने में कोई मुश्किल नहीं होगी। पर आप देखिए, मेरे साथ क्या बरताव हुआ! यानी मैं उनसे मिलने तो गया, पर मैं उस घर में एक दिन नहीं रुका।⋯मैंने उस घर में एक वक्त का खाना तक नहीं खाया। चाय तक नहीं पी। मैं सीधा रामपुर में होटल में रुका था और कोई पंद्रह दिन वहीं रहा, तो रोजाना होटल में नहा-धोकर, खाना खाकर जाता था। बाप के पास बैठता दो-चार घंटे, फिर लौटकर होटल में आकर

टिक जाता। और मुझसे—यह हकीकत है, साब, अगर मैं झूठ बोल रहा होऊँ तो जो गाय का मांस खाने की सजा होती है, वह सजा मुझे मिले—कभी किसी ने एक वक्त की रोटी या चाय के लिए नहीं पूछा, जबकि किस मुश्किल से मैं वहाँ पहुँचा था। वैन चाहे अपनी है, पर यहाँ से वहाँ तक जाने का पेट्रोल का खर्जा तो लगता है कि नहीं? होटल में रुकने का, खाने का, चाय-पानी का खर्चा अलग से, और फिर पूरे पंद्रह दिन तक काम का हर्जा! यह सब काहे के लिए? उसी बाप के लिए न, जिसने चाहे कितने ही दु:ख दिए, धक्का मारकर घर से निकाला, मगर फिर भी मेरे मन में उसके लिए इज्जत बची हुई है। मैं तो खुद से एक ही बात कहता हूँ कि रामलाल दुआ, अगर तेरे बाप ने खुद को आदर के योग्य साबित नहीं किया, तो क्या! तुझे तो अपना फर्ज पूरा करना ही है।

"और एक दफा नहीं, मैं बहुत दफे उनसे मिलने जा चुका हूँ, साब! कोई दस-बारह बार, पर भाई-भाभी के घर में मेरी इतनी भी इज्जत नहीं, जितनी कि घर में घुस आए खुजैले कुत्ते की!···वो भी जानते हैं कि कितनी ही दुर-दुर करो, फिर भी यह आएगा, क्योंकि इसका बाप यहाँ है। और मजे की बात देखो साब, जिस बाप के लिए मैं धक्के खाता वहाँ पहुँचता हूँ, वह अभी तक इस उमर में भी माया-मोह के चक्कर में इस कदर फँसा है कि उसके लिए बेटा-वेटा कोई चीज नहीं है, पैसे के आगे! मैं कहता हूँ, 'छोड़ो यह सब। क्या ले जाना है आपको अपने साथ?···मेरे पास आकर रहो, सुख से चार दिन। मेरे भी दिल को शांति पड़ेगी।' पर उनका मन तो साँप की तरह पैसे पर कुंडली मारकर बैठा है। मैं, आपको यकीन नहीं आएगा, पंद्रह दिन तक लगातार रट लगाता रहा कि आप चलिए···चलिए···चलिए मेरे साथ! पर वे नहीं आए। टस-से-मस नहीं हुए।

"उन्हें कोई गलतफहमी न रहे, इसलिए मैंने साफ-साफ कहा कि मुझे आपका एक पैसा नहीं चाहिए। बस, मेरी एक ही इच्छा है कि कुछ दिन आप हमारे घर चलकर रहिए, ताकि हमें भी लगे कि हमारा घर भी घर है। जरा अपनी छोटी बहू को, पोते-पोतियों को भी देखिए। वो तरसते हैं आपके लिए!···मगर मजाल है, जो उनके कानों पर जूँ भी रेंग जाए!

"आखिर में जब मैं लौट रहा था, निराश होकर, मैंने कह ही दिया कि देखिए पिताजी, आप माया के चक्कर में पड़ गए हैं। अब इस उम्र में आप माया का जंजाल छोड़िए। एक बेटे को आपने देख लिया, अब दूसरे बेटे को भी आजमाकर देख लीजिए। हमें भी सेवा का मौका दीजिए।···मगर नहीं साब, माया तो बेड़ी बनकर उनके पाँवों में पड़ी है।"

"क्यों? क्या वहाँ दुकान तुम्हारे बड़े भाई के जिम्मे नहीं है?...क्या इस उम्र में भी पिताजी ही उसे देखते हैं?"

मेरे सवाल ने उसे खासा उत्तेजित कर दिया—

"अरे, राम भजिए! किसी और को भला कैसे जिम्मा दे सकते हैं वे? बयासी साल के हो गए, लेकिन चाबियाँ अभी तक उन्हीं के हाथ रहती हैं। कोई लाख माथा पटक ले, उनसे एक पैसा ले नहीं सकता।...आप मानेंगे साब, जितने दिन वे बिस्तर पर रहे, रोजाना बेटे से दुकान का पूरा हिसाब लेकर तब सोते थे। एतबार उन्हें किसी का नहीं है, चाहे उनके सगे पिताजी स्वर्ग से नीचे उतर आएँ, तो भी नहीं।"

"यानी दुकान अभी तक उन्हीं के अंडर है? वही सँभालते हैं सबकुछ... ?" मैंने हैरान होकर पूछा।

"बिल्कुल! बड़े भाई को तो सिर्फ महीने का घर चलाने का खर्चा देते हैं, बाकी सबकुछ अपनी मुट्ठी में। और मुट्ठी इतनी सख्त है कि कोई एक निक्की पाई तो ले ले उनसे!..."

"ऐसा क्यों?" मैंने भौचक होकर कहा, "आखिर आदमी परिवार के लिए ही तो करता है, सबकुछ!"

"इसलिए कि किसी पर उनका विश्वास नहीं है। आपको बताया तो है साब, पैसा ही उनका प्राण, मित्तर, प्यारा है...वही खुदा, वही ईश्वर! बस, पैसा ही दुनिया में एक ऐसी चीज है, जिसके लिए वे मजे से जान दे सकते हैं।"

रामलाल दुआ के होंठ व्यंग्य से शायद कुछ 'टेढ़े' हो गए।

"खैर जी, मैं वहाँ से लौट तो आया।" फिर से उसी घटनाक्रम पर लौटते हुए उसने कहा, "घर आकर मैंने उन्हें चिट्ठी लिखी। अपने अल्प ज्ञान के बावजूद मैंने कोशिश कर-करके ऐसी भाषा लिखी, चुन-चुनकर एक-एक शब्द...कि सीधा मन में उतरता जाए। मैंने उन्हें लिखा कि पिताजी, अब इस उम्र में तो आपको समझना चाहिए। आप 'नीति' भूलकर 'नीयत' के चक्कर में फँस गए हैं...!

"तो खूब लंबा सा पत्र मैंने लिखा साब, जिसमें दिल का पूरा दर्द उड़ेल दिया, पर उन्होंने उसका जवाब तक नहीं दिया।...एक लाइन तक नहीं!

"अब मैं फिर से एक और चिट्ठी लिख रहा हूँ। आधी लिख ली है, बाकी आधी और पूरी करनी है। उसमें हो सकता है, महीना-डेढ़ महीना लग जाए। मुझे इतनी अच्छी भाषा कहाँ आती है! पर लिखना ऐसा चाहता हूँ कि उन्हें महसूस हो कि उन्होंने किया क्या है और क्या उन्हें करना चाहिए था। अभी तक सही अल्फाज ढूँढ़ने में लगा हूँ। रोजाना कुछ-कुछ वाक्य लिखता हूँ। सारे दिन गाड़ी चलाता हुआ

सोचता रहता हूँ, तब मुश्किल से दो-चार पंक्तियाँ लिख पाता हूँ। जिस दिन पूरी हो जाएगी चिट्ठी, आपको दिखाऊँगा। मुझे कविता तो नहीं आती, पर कोई कवि भी क्या ऐसी चिट्ठी लिखेगा, जो मैंने अपने पिता को लिखी है...!

"पहले भी जो दो-तीन चिट्ठियाँ भेजी थीं, मेरे पास उनकी रफ कॉपी होगी साब! आप देखना कभी, आप मान जाएँगे कि रामलाल दुआ, तुझमें कुछ बात है!"

□

रामलाल दुआ ने थोड़ी आत्मकरुणा से भरी निगाहों से मुझे देखा और फिर उसने एक दूसरी ही पगडंडी पकड़ ली—

"और दिल में कोई बात न होती या कोई आग, कोई तड़प न होती अंदर, तो मैं घर से भागता ही क्यों साब! शुरू से ही लगता था कि रामलाल दुआ, तुझे सच्चाई का पक्ष लेना है...और एक भला और नेक बंदा बनना है। कितना बन सका हूँ साब, कह नहीं सकता, मगर अंदर तड़प तो वही है।

"आपको वो किस्सा सुनाऊँ साब, जब मैं रामपुर रेडियो स्टेशन जाया करता था। आपको पहले बताया था न? अच्छा, नहीं बताया।...वो ऐसा है जी, मैं बचपन में गाने का बहुत शौकीन था। मुकेश के, रफी के गाने तो हू-ब-हू बिल्कुल उन्हीं की आवाज में गा लेता था। कोई पहचान नहीं सकता था माई का लाल कि ये मुकेश की आवाज नहीं, रामलाल दुआ की आवाज है...या कि ये रफी साब नहीं गा रहे हैं, अपना यार रामलाल दुआ मौज में आकर आलाप ले रहा है!

"तो साब, मैं बहुत छोटा सा था, तभी से रामपुर रेडियो स्टेशनवाले मुझे गाने के लिए बुला रहे हैं, युववाणी में! उन दिनों वहाँ के स्टेशन डायरेक्टर थे, शाद साब! वो तो साब, इस कदर मुझे प्यार करते थे कि पूरे रेडियो स्टेशन पर यह बात फैल गई थी—और हर शख्स की जुबान पर थी कि रामलाल दुआ शाद साब का खोया हुआ बेटा है। वो बेटा, जो बचपन में तीन साल की उमर में उनसे बिछुड़ गया था, जब वे किसी मेले में गए थे, और फिर उसका कुछ पता नहीं चला। बहुत खोजा, बहुत तलाशा, मगर कहीं कोई निशानी तक नहीं! तो इसी दर्द ने साब, शाद साब को भी एक मशहूर म्यूजीशियन बनाया! और क्या एक-से-एक कमाल की धुनें बनाया करते थे, साब वो! सितार और बाँसुरी तो उनके हाथ में आते ही जादू-मंतर...बस जादू-मंतर हो जाती थी एकदम!...

"मुझे भी कहा करते थे कभी-कभी साब वो कि 'रामलाल दुआ, तुझे मैं सिखाऊँगा ये सब और अपने पास रखूँगा बेटा बनाकर। खुद ब्याह-शादी करूँगा तेरी, नौकरी दिलवाऊँगा। लाइफ बन जाएगी तेरी!' पर मैं कहता, 'नहीं साब, अपन

मौज में गा लेता, इतना काफी है। अपन बैठकर छह-छह घंटे म्यूजिक वगैरह का, सितार-बाँसुरी का रियाज नहीं कर सकता। यह सब अपने बस की बात नहीं! मूड में आया तो गाया, नहीं तो नहीं। अपना तो बस ये शौक है। व्यापारी का बेटा हूँ, सो बिजनेस आता है। म्यूजीशियन की लाइफ अपन को सूट नहीं करेगी, सो यह शौक चलेगा नहीं साब!"...

"बाद में शाद साब का लखनऊ तबादला हो गया। जाते समय वो भी और उनकी घरवाली भी, सादिया बेगम नाम था, जी उनका—मुझे छाती से चिपकाकर आँखों में आँसू भर-भरकर रोए। मनाते रहे कि तू चल, चल हमारे साथ!...और रुलाई तो मेरी भी साब, बहुत छूट रही थी। मैं फूट-फूटकर रो पड़ा कि मेरे असली माँ-बाप तो छूट ही गए और ये जो नए माँ-बाप मिले, तो ये भी अब बिछुड़ रहे हैं। फिर जाने कभी मुलाकात हो-न-हो! पर साब, मैं चाहते हुए भी उनकी बात मान नहीं सका। ऐसे मामलों में तो साब, अंदर से मन जो बात कहे, सो ही माननी चाहिए। मेरा पक्का यकीन है!...क्यों साब, आपका क्या खयाल है?"

उसकी आँखों में सवाल कम, एक उमड़ती-घुमड़ती हुई वेदना ही ज्यादा थी, जो न जाने कब आँसुओं में तब्दील हो गई।

6

"चलो खैर, जो गुजरी सो गुजरी! भूलो अब बीती बातें।" मैंने कंधे पर हाथ रखकर उसे दिलासा देते हुए कहा, "अब, बीवी-बच्चे तो खूब प्यार करते होंगे?"

इस पर रामलाल दुआ का चेहरा थोड़ा खिंच-सा गया। थोड़े तंज के साथ बोला, "हाँ, बीवी तो ठीक है, वैसी ही जैसी और बीवियाँ होती हैं। पत्नी का धर्म निभा देती है, लेकिन बच्चे सच में ऐसे हैं, जो बहुत प्यार करते हैं। जानते हैं कि हमारे बाप ने बहुत कष्ट सहे हैं, हमारे लिए...इस घर को बनाने के लिए! इसीलिए वे दूना-चौगुना प्यार लुटाकर मेरे दुःख को कम करते रहते हैं और साब, बच्चों से बात करने से ज्यादा खुशी मुझे किसी और चीज में नहीं मिलती!"

"और ससुरालवाले...? वहाँ से तो खूब प्यार मिलता होगा?" पूछने पर रामलाल दुआ फिर उदास हो गया। बोला, "हाँ, साब, ठीक ही है! सब पैसे की माया है। ससुरालवाले भी जानते हैं कि जो थोड़ा कमजोर है औरों से, उसे दबा लो। अब मेरी ससुराल में सभी तो अफसर हैं, सिवाय मेरे। साले खूब अच्छी सरकारी नौकरियों में हैं!...एक साढ़ू तो बैंक मैनेजर ही है। उसका किस्सा तो आपको बताया था कि मेरी शादी उसी ने कराई थी। बाकी एक साढ़ू रेलवे में स्टेशन मास्टर, एक

सेक्शन ऑफिसर है उद्योग मंत्रालय में। सभी एक-से-एक पहुँचे हुए हैं। और अपन तो साब, टैक्सी ड्राइवर होकर ही रह गए!⋯तो साब, टैक्सी ड्राइवर की खातिर तो टैक्सी ड्राइवर जैसी ही होगी न, कोई अफसर जैसी तो हो नहीं सकती। और यह बात कोई और नहीं, खुद मेरी बीवी कहती है। जिस दिन मेरी बीवी ने कहा था पहली दफा, तभी से मेरे माथे पर मोटे-मोटे हर्फों में खुद गया है—'टैक्सी ड्राइवर'! और अब तो मुझे भी इसमें इतना मजा आने लगा है कि मैं चाहूँ भी तो इस पेशे को बदल नहीं सकता!⋯"

कहते-कहते, रामलाल दुआ की आँखें फिर से पनीली हो गईं। कहीं मेरी पकड़ में उसकी यह कमजोरी न आ जाए, इसलिए होशियारी से नजरें बचाकर वह बाहर देखने लगा था। फिर अचानक जैसे पूरा बटोरकर उसने मेरी ओर देखा और पनीली, बेहद पनीली आवाज में कहा, "पत्नी?⋯बस पत्नी ही तो मेरी हार है। वही अगर मुझे इस कदर न दागती तो मैं⋯मैं पूरी दुनिया से लड़ सकता था साब, पूरी दुनिया से!"

रामलाल दुआ रो तो नहीं रहा था, पर उसका पूरा शरीर थरथरा रहा था।

उसकी उदास नजरों का पीछा करते-करते मैंने एक निगाह बाहर डाली। हमारी बातों के साथ-साथ वैन तेजी से भागी जा रही थी। हवा में थोड़ी ठंडक घुल चुकी थी। मुद्रिका का रास्ता पार करके अब हम 'अपर्णा आश्रम' पर थे।

जल्दी ही गाड़ी मथुरा रोड पर आ गई। यानी फरीदाबाद अब कोई पच्चीस मिनट दूर था।

"मैं जरूर कभी तुम्हारी कहानी लिखूँगा, रामलाल दुआ! तुम्हें कोई आपत्ति तो नहीं?" मैंने उसे टोहते हुए पूछा।

"आप⋯अच्छा, आप राइटर हैं। तभी तो⋯मैं खुद भी सोच रहा था कि आप जरूर कुछ-न-कुछ हैं। कोई बिल्कुल अलग किस्म के आदमी⋯वरना तो कौन हमसे इस तरह बात करता है!" कहते-कहते उसकी आँखों में चमक भर गई, "ठीक है साब, आप⋯आप लिखिए, जरूर लिखिए! मैं आपको और भी चीजें बताऊँगा।"

कुछ रुककर उसने झिझकते हुए कहा, "कभी आप खाली हों साब, तो मैं आपको अपना घर भी दिखाना चाहता हूँ। आप देखिएगा आकर कभी! आपको इस गाड़ी में बिठाकर ले जाऊँगा। हमारे घर के पास ही सूरदासजी की जन्मस्थली है—सीही गाँव में। वहाँ अभी एक कवि-सम्मेलन भी करवाया था सरकार ने⋯आप चाहोगे तो आपको वहाँ भी ले चलूँगा।"

"तो ठीक है, अगले इतवार को! एकदम पक्का रहा।" मैंने उसके प्रस्ताव पर खुशी जताते हुए कहा।

कोई साढ़े नौ बजे उसने हमें घर पर छोड़ा। तब तक छुटकी मेरे कंधे पर लगी-लगी सो चुकी थी। पीछेवाली सीट पर सुनीता और बड़की तंद्रा में थीं। पैसे लेकर अगले इतवार को आने का वादा करके 'नमस्कार' करके उसने विदा ली।

7

अगले इतवार को वह शायद किसी जरूरी काम में उलझ गया और उसके कुछ रोज बाद, शनिवार की सुबह उसका फोन आया तो मैं एक दिलचस्प उपन्यास पढ़ रहा था। जाहिर है, मैं तीव्रता से किसी और भावधारा में बहने लगा था। रामलाल दुआ की कहानी याद थी, पर नाम उसका विस्मृति के हलके कुहासे में चला गया था।

उसने फोन पर संकोच भरी आवाज में कहा, "प्रकाशजी, मैं दुआ...पहचान रहे हैं न!"

"हाँ-हाँ!" मैंने असमंजस में पड़कर कहा। मैं वाकई पहचान नहीं पाया था, पर यह कहना शायद बदतमीजी होती! इस बीच मैं लगातार उसकी आवाज के सहारे पहचानने की कोशिश कर रहा था।

"असल में, पिछले इतवार को तो मैं आ नहीं सका। कुछ काम था...कल अगर आप कहें तो मैं आ जाऊँ!"

"हाँ-हाँ, ठीक...!"

मैंने कह तो दिया, पर पहचान अब भी नहीं पाया था। मेरे एक मित्र दुआ साहब एयरफोर्स में बड़े अधिकारी रहे हैं। मुझे लगा कि कहीं वही तो नहीं बोल रहे? हालाँकि आवाज थोड़ी बदली हुई थी।

लेकिन फोन रखते ही मुझे अपनी गलती पता चल गई। यह तो रामलाल दुआ था, टैक्सी ड्राइवर...!

उसी समय मैं समझ गया—रामलाल दुआ कह भले ही रहा हो इतवार को आने के लिए, पर वह नहीं आएगा...हरगिज नहीं आएगा। मेरी आवाज का अनुत्साह उससे छिपा न रह गया होगा।

मैंने सुनीता से कहा, "गलती हो गई! उसने भी सिर्फ 'दुआ' कहा और मैं पहचान नहीं पाया। अगर उसने पूरा नाम रामलाल दुआ ही कहा होता तो..."

"नहीं, तुम्हारी क्या गलती है!" सुनीता ने मेरे जख्म पर फाहा रखते हुए कहा, "इतने लोग रोजाना मिलते हैं, हर किसी का नाम थोड़े ही याद रखा जा सकता है!

यों भी कोई लंबी पहचान तो थी नहीं। या फिर वह पूरी बात बताता कि मैं टैक्सी ड्राइवर रामलाल दुआ बोल रहा हूँ, आप उस दिन मेरी टैक्सी में बैठकर···!"

"यही तो···यही तो तुम नहीं जानतीं सुनीता! यही तुम नहीं समझोगी!" मैं एकाएक चिल्ला पड़ा, "वह टैक्सी ड्राइवर के रूप में मेरे पास नहीं आ रहा था, एक व्यक्ति रामलाल दुआ के रूप में···एक दोस्त। तुम समझीं, समझीं कुछ?"

सुनीता अचकचाकर मुझे देख रही थी कि अचानक मुझे हुआ क्या है। और मेरी गलती सचमुच ऐसी 'अक्षम्य' थी कि रामलाल दुआ फिर नहीं आया, आज तक नहीं आया। हो सकता है, अपना अपमान करनेवाले 'हृदयहीन' लोगों में उसने एक नाम और जोड़ लिया हो। और यों भी, इसमें झूठ क्या है?···मेरा खयाल है, आप मुझसे सहमत होंगे।

□□□